U0029034

西尾維新
NISIOISIN
Illustration
take

絕妙邏輯
下
石丸小唄之裝神弄鬼

目次

＊「第二天（１）　延宕的開始」之前是上集內容。

Book Design Hiroto Kumagai
Cover Design Veia
Illustration take

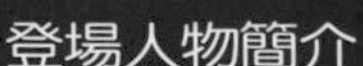

登場人物簡介

玖渚友（KUNAGISA TOMO）——《死線之藍》。
鈴無音音（SUZUNASHI NEON）——監護人。
我（旁白）——十九歲。

斜道卿壹郎（SHADO KYOICHIRO）——《墮落三昧》。
大垣志人（OGAKI SHITO）——助手。
宇瀨美幸（UZE MISACHI）——祕書。
神足雛善（KOUTARI HINAYOSHI）——研究員。
根尾古新（NEO HURUARA）——研究員。
三好心視（MIYOSHI KOKOROMI）——研究員。
春日井春日（KASUGAI KASUGA）——研究員。
兔吊木垓輔（UTSURIGI GAISUKE）——《害惡細菌》。

哀川潤（AIKAWA JYUN）——承包人。
石丸小唄（ISHIMARU KOUTA）——超級小偷。
零崎愛識（ZEROZAKI ITOSHIKI）——入侵者。

第二天（2）——感染犯罪

石丸小唄
ISHIMARU KOUTA
超級小偷。

0

沒有不會枯萎的花，但有不會綻放的花。

世間就是如此徹底地不公平。

1

「——你這廢物！」卿壹郎博士暴跳如雷地大肆咆哮，同時用木製手杖敲打志人君。被結結實實地打了一杖的志人君應聲倒地，但卿壹郎博士仍不罷休，一而再、再而三地敲打志人君倒地不起的身軀，同時一再怒叱：「你這個廢物！你這個廢物！**你這個廢物！**」

我們看著那幅景象。

啞口無言楞楞看著那幅景象。

斜道卿壹郎、神足雛善、根尾古新、三好心視、春日井春日、宇瀨美幸、大垣志人，加上鈴無音音、玖渚友和我，十人集聚在第一棟的那間會客室。換言之，除了「她」以外，目前研究所內的成員都在這裡。

「……」

事發至今一個多小時，可是警方尚未抵達。美幸小姐發現屍體後就立刻報案，但這裡畢竟是深山，加上凌晨又下了一場大雨。儘管並未造成山崩，但多少也延誤了警方的預定抵達時間。

殺人事件。

應該就是這麼一回事。

雖然毫無現實感，但想必就是這麼一回事；難以想像昨天那個侃侃而談的兔吊木垓輔慘遭殺害，但大概就是這麼一回事。

「可惡……今天不是該我先提問了嗎……」

我看著挨打受罵的志人君，嘴裡喃喃說著。若能提問，我會問那個男人什麼呢？一方面覺得有什麼該問的，另一方面又覺得沒有。到頭來，兔吊木還是順利逃過我的逼問，姑且不管這是不是他所冀望的結果。

「請不要再打了。」美幸小姐拉住博士的手臂。「博士，請冷靜下來……」

「閉嘴！」卿壹郎博士甩開美幸小姐，甚至像對待志人君一樣用手杖毆打她。美幸小姐摀住臉似地伸臂抵擋手杖，同時輕聲哀號，倒向地板。

「**你們所有人**都想阻撓我！」博士邊說邊朝美幸小姐的背脊一踹。

「……」

這麼容易崩潰嗎？

人類這種生物。

此刻在我眼前大發雷霆的矮小老人，身上早已看不見任何威嚴和原先那種老練的氣氛，完全找不到一絲昨日那種氛圍。此刻的他就宛如心愛玩具遭人弄壞，幼稚無知、愛鬧脾氣的兒童。人類就是如此容易墮落，不論是什麼來頭也好，就連以非凡氣魄震懾我的那個斜道卿壹郎亦然。

是故，要是換成我的話。

「難看死了，斜道博士。」

卿壹郎博士又舉起手杖，打算敲打美幸小姐時，室內響起一道利箭般的聲音。博士聞言，手臂硬生生地停在半空。

聲音主人是鈴無小姐。

她在椅子上翹著二郎腿，先是鄙夷似地朝博士揚起下顎，接著真正投以蔑視的目光。

「呿，打著『墮落三昧』這種嚇死人的名字，還以為有多厲害，本姑娘真是看走眼了。沒想到你是如此無聊的生物，簡直是無聊透頂。活了六十年的大男人，居然因為一個人被殺就驚慌失措，對婦孺動手動腳，還沒了解情況，就在那大吵大鬧。真是難看死了、難看死了、難看死了。」

「閉嘴！不到三十歲的小丫頭竟該對我大放厥詞？明明就一無所知！」

博士怒叱，將手杖扔向鈴無小姐。鈴無小姐非但沒有閃躲，就連眼睛都沒有眨。杖尖不偏不倚地擊中她的額頭，但鈴無小姐只是輕輕「哼」了一聲，依然繼續對博士投以蔑視的目光。

那雙眼彷彿看著無聊透頂的生物，曾被鈴無小姐用那種眼神注視過一次的我，不難察覺此刻博士的心情，那是讓當事人品嘗自身卑微與低劣的目光。

「妳……竟敢用那種眼神看我——」

「博士！請住手！」倒在地上的志人君叫道：「請冷靜……請冷靜下來！」

「冷靜？這種情況教我如何冷靜？**那個東西**一死……」博士再度轉向志人君。「**那個東西**一死，**少了那個東西**，現在該怎麼辦？不就等於一切都結束了？迄今累積的**東西**全都泡湯啦！」

那個東西——兔吊木垓輔。

「……是誰？」博士朝眾人所在的圓桌射來充滿無限敵意的眼神。「是誰殺了那個東西？是誰幹的好事？究竟是誰？為什麼做這種莫名其妙的事？犯人就在你們之中吧？寡廉鮮恥的悖德者！」博士狂嗥，雙手拍打桌面，但無人回應。並非心生畏懼，單純只是眾人都不知道那個問題的答案罷了。

鈴無小姐彷彿認定博士「甚至沒有映照在眼裡的價值」，轉開目光。大概是剛才的手杖所傷，額頭微微滲血，但她毫不在意，看起來既像是若有所思，又像是什麼都沒想。

至於她旁邊的玖渚，只是默默地觀察這一切。

「……真是戲言哪。」

事情的開端——不曉得能否這樣形容，總之最早察覺事情有異的是志人君，他今天早上沒接到兔吊木的聯絡電話。因為以前也發生過好幾次——睡過頭、一時忘記、惡作劇等等非常有兔吊木風格的理由——志人君並未放在心上，主動撥電話聯絡，但對方還是沒有回應。

志人君感覺情況跟平常不太一樣，便向博士和美幸小姐報告。博士得知後要他「去看看情況」，志人君便依命前往。據說這時大約是六點半左右。

然後，志人君發現了**那個東西**——渾身是血，全身上下慘遭刀械蹂躪的兔吊木，目睹了那個「悖德者」用一整面牆展現的殺人藝術。

大垣志人是第一個發現兔吊木垓輔屍體的人。

「……悖德者嗎……」

雖然不曉得博士為何使用這個字眼，但想必就是如此。這座深山是與世隔絕的密閉空間，既然有一個人類在此遇害，犯人必然就在倖存者之內，換言之——

換言之，就是醜陋惡劣的發展。

「——哎呀呀，大夥冷靜一下吧？」正當無可奈何的空氣開始流動……不，是正當無可奈何的空氣開始沉積的時候，根尾先生冷不防出聲。打趣似地對眾人雙手一攤，落落大方地說：「再激動也無濟於事，博士，對吧？現在必須先想想今後的應對之道。」

「**今後**？」博士向根尾先生投以怫然不悅的眼神。「今後又能怎樣？**今後**這東西早就沒了，根本已經不存在了。」

「不不不，這麼馬虎不太好喲。依我看，就讓幹那種荒唐事的傢伙負起責任吧？既然手法那麼誇張，不可能沒留下任何證據。只要警察一來，一定可以馬上揪出犯人的，接下來——」

「犯人？是你們其中的哪個？」

「這種想法太狹隘啦，博士，一點都不像卿壹郎博士。喏，前幾天不是有入侵者嗎？也可能是外人所為。不，鐵定是這樣。這裡雖是易守難攻的城堡，終究不是百分之百無法入侵。」

——入侵者。

一聽見這個字眼，我整個人不禁僵硬，但還不至於被誰發現。

「懷疑內部人員也不能怪你，但這種想法不太好，基本上咱們——研究員根本沒理由做這種事吧？因為**那個東西**對我們來說，也是非常、非常重要的**研究材料**。」

「根尾！」博士以不同於剛才的語調叱道。

「這有什麼關係？」但根尾先生滿不在乎地應道：「反正玖渚大小姐、這位看起來冰雪聰明的小姐，還有少年郎大概也發現了。正因如此，他們才不遠千里地到咱們這裡，我說得沒錯吧？我說大家就別再這樣明欺暗騙、裝模作樣、相互愚弄了，現在可不是無故猜忌彼此的時候吧？」

「……」「……」

根尾先生說完，分別偷覷博士和玖渚一眼，但博士神色不悅地悶不吭聲，玖渚則像是根本沒在聽他說話，置若罔聞。「哎呀呀，」根尾先生聳聳肩，「唉，也罷，我就繼續說吧？總之，因為這樣，咱們這些研究員不可能殺死兔吊木，這是天經地義的。既然如此，接下來呢？難道要懷疑博士的祕書宇瀨美幸女士？或者助手大垣志人君？」

倒在博士兩側的美幸小姐和志人君同時一顫。

「但這也是不可能的，大家都曉得他們倆對博士忠心耿耿。這話或許不太好聽，但大垣君的忠心程度堪稱非比尋常。既然知道這種事只會令博士不快，就不可能貿然為之。所以，接下來呢？嗯啊，就不得不懷疑玖渚大小姐他們這些『貴賓』了……」

根尾先生轉向我們。

「可是這也不可能，因為他們三人明明是來拯救兔吊木的。『拯救』這種說法咱們聽起來或許不太舒服，但總之他們不可能想殺兔吊木，沒錯吧？」根尾先生接著又轉回博士。「這麼一來，博士，犯人就不在咱們之中了，這當然也包括你在內。」

「……」

儘管難以稱為有條不紊，但根尾先生的論點也算是合乎邏輯，博士亦不禁默然。即使再激動，精神狀態再不穩定，不論何等窮途落魄、衰敗失意、山窮水盡，斜道卿壹郎終究無法對邏輯視而不見。

「所以，這只能判斷是外人所為。既然搞得那麼轟轟烈烈，我看應該是那個吧？準是跟博士敵對的研究機構幹的好事。本人倒是認為『張空機關』跟『百夏機構』十分可疑。」

「……那些人行事不可能如此誇張。」

「或許吧？但終究是有可能性，所以目前還不能斷定咱們之間有悖德者，對吧？沒錯吧？各位先生小姐。」根尾先生徵詢眾人感想似地回頭。

「……」

我想他說得沒錯，雖然語氣有些油腔滑調，但大概也是為了打破這股沉重氣氛的手法，至少根尾先生確實讓眾人——尤其是博士——冷靜到能夠思考的程度。

這當然也包括我在內。

「心視老師。」

我呼喚坐在離我們最遠的心視老師。「咦？」老師杏眼圓睜，接著不知為何浮起淺淺一笑，轉向我問道：「怎麼了？小徒弟……難不成是有問題想要問咱家嗎？小徒弟。」

「……老師，憑妳的話，光看那個應該就能推測出什麼吧？」我有些緊張地說：「畢竟老師是人體解剖學的權威，應該已經知道兔吊木垓輔是如何被殺，死因為何之類的……」

「嘿嘿嘿，想不到你竟也有求於咱家的一日啊。人生雖然無趣，但也算有苟活的價值嗎？」老師露出那個在休士頓經常看到的討厭笑容。「哎，咱家也只有稍微瞟了幾眼，沒辦法評論些什麼。」

「……」

「應該是大量出血造成失血死亡，不然就是外傷性休克致死吧？不過這種事誰都看得出來才對。」老師並非對我，而是對眾人講述似地娓娓道來。「死亡時間是……嗯……大概是凌晨一點到三點這之間吧？」

「範圍挺大的嘛。」

「嗯啊，這種**隨便看看**的情況，一般都是靠屍體僵硬程度和眼球狀況來推測死亡時間，不過咱家並沒有觸摸兔吊木先生的身體，再加上眼球又是那種狀態。」

兔吊木先生那雙被剪刀貫穿的眼珠。

「抱歉辜負各位的期待，不過目前咱家能說的，大概就只有這些了。」

「……謝謝。」我點點頭，轉開目光。

昨夜凌晨起的三小時……我在那段期間做了什麼？記得凌晨一點左右見到春日井小姐，接著，在那之後……

「什麼？什麼？你是想調查不在場證明嗎？少年郎。」根尾先生說：「既然如此，還有更好的方法喔，喏，宇瀨小姐？」

「什麼？」突然被點名的美幸小姐抬頭。「……什麼事？」

「妳去查查看嘛，研究棟的進出紀錄。」

「……」

美幸小姐瞟了博士一眼，博士心煩氣躁地丟了一句：「快去快回。」

「……是。」

美幸小姐點點頭，接著快步離開房間。

紀錄？我對根尾先生的那句話愣了一下，那是什麼意思？啊啊，莫非進入各個研究棟時的那些嚴密手續（卡片鑰匙、數字密碼、ＩＤ、聲音及網膜辨識），每次都會在某處的中央電腦裡留下紀錄嗎？原來如此，有紀錄的話，確實就能限定犯案時間，畢竟若要進入第七棟……

「……若要進入第七棟？」

我的思考猝然停止。

對了，這不是紀錄云云的問題，若要進入第七棟，勢必要**破解**那些「嚴密手續」。沒有事先登錄資料的人員，別說是殺死兔吊木，根本就沒辦法進入室內。

既然如此——我轉向根尾先生，根尾先生難道沒發現嗎？既然如此，**外人**根本不可能踏入第七棟。

例如紅色承包人哀川潤，她在模擬聲音、開鎖與讀心術方面是無出其右者，而且若非到很遠的地方，大概也找不到出其左者（當事人如此強調）；不過，那個人原本就是自稱「人類最強」的自戀狂、自命不凡者，這些事或許聽信一半就好了。話說回來，即便是那位哀川小姐，我想也沒辦法開啟那扇絕緣門的。畢竟那並非機械鎖，而是由嚴密的邏輯所建構的思考機械。

根尾先先泰然自若地將寬闊的身軀靠在椅子裡，他當然不可能沒發現，根尾先生不可能沒發現自己的主張自相矛盾。若然，那番言論只是為了讓博士冷靜下來嗎？

——真是狡猾的人物。

我不由得這麼想，而這麼一想之後，我又更加冷靜了。

換句話說，這個事實就代表我們三人——我、玖渚和鈴無小姐——不可能犯下那件案子。沒有事先接受研究員的資料登記，就不可能通過那些檢查，這種結論是必然的。

「……」

基於相同理由，亦能否定**她**的犯案可能性。是故，犯人就在其餘七人——原本就在研究所內工作的研究員之中。因為只有他們才能進入第七棟，這是必然的結果。到此為止的推論沒有重大錯誤，沒有那種無法事後修正的錯誤。

我若無其事地偷覷眾人，七人——卿壹郎博士、根尾先生、神足先生、春日井小姐、老師，以及志人君——還有離開會客室的美幸小姐，一共七人。不過，根尾先生剛才的發言倒也不只是為了讓博士冷靜，至少我就猜不出這七人之中誰有非得殺死兔吊木先生不可的動機——而且是以那麼殘酷的手法。儘管我猜不出來……

「不介意的話，我就自己先說了。」根尾先生道：「我昨晚一直待在自己的研究棟——第五棟。神足先生呢？」

「我也是。」神足先生簡短應道：「沒理由半夜在外閒蕩。」

「咱家也是。」老師說。

「我有出去遛狗。途中遇到了這位小弟弟。」

春日井小姐對我說，我一語不發，點頭同意。

「博士呢？昨晚做了什麼？」

「一樣。」博士不悅地回答根尾先生的詢問。「我一直在第一棟裡，志人和宇瀨也在，這種事看紀錄就知道了。」

「原來如此，那麼，你們呢？」根尾先生將矛頭轉向我們。「你們昨晚做了什麼呢？」

「我們一直在宿舍裡，只有我在下雨前出來散步片刻。」

「喔，散步啊。」根尾先生耐人尋味地頷首。「原來如此，人類也會在半夜散步啊。嗯……既然如此，我們之中終究沒有犯人嗎？因為誰也沒有接近第七棟。」

就連說話的根尾先生自己，大概都不這麼認為。半夜散步、說謊騙人、製造祕密，換言之這才是人類。人類不可能對他人百分之百坦誠。

「……喏，伊字訣，」鈴無小姐用只有我聽得見的音量，悄悄耳語道：「按照這個發展，情況好像不太妙耶。」

「是嗎？應該早就非常不妙了……」我斜眼偷看玖渚（仍舊一臉呆滯），一邊低聲回答鈴無小姐。「套句博士的話，現在一切都結束了……兔吊木一死，我們來這裡的意義也煙消雲散，只剩下麻煩事。」

不，鈴無小姐指的並非這件事，而是接下來跟警方的應對嗎？不但要接受冗長的訊問，而且恐怕將被視為這起事件的嫌犯，被拘禁在愛知縣內好一陣子，返回京都的日子搞不好必須延期。我這種閒閒無事的大學生和玖渚那種賦閒在家的自閉症倒還無妨，鈴無小姐（雖然是打工）到底是有工作之人，或許她是指這種「不妙」，但鈴無小姐說：「本姑娘不是指這個，意思就是局勢看起來不太妙……呿！每次淺野有事相求，就準沒好事……這種事早就知道了……明明知道，為什麼本姑娘每次、每次都……」

「呃……鈴無小姐？」

我猜不透陷入自我厭惡循環的鈴無小姐究竟想表達什麼，正當我一頭霧水時，美幸小姐回來了。美幸小姐先是略顯困惑地望著眾人，接著遲疑地走向博士，朝他一陣耳語。

「……什麼？」博士驚呼，接著對美幸小姐問道：「這是真的嗎？」

「是的……不會錯。」

她肯定表示，儘管不知她在肯定什麼，但總之美幸小姐點點頭。「嗯……」博士聞言露出沉思的表情，一路走向圓桌，扶著椅子坐下。坐下之後，用手肘撐著桌面，再度陷入沉思。

「……」

美幸小姐到底跟博士說了什麼？

不，這時的問題並非內容。博士聽了那句話就恢復冷靜——或者該說是瘦小的身軀恢復初次見面時，那種高深莫測的氛圍，對我而言才是問題。雖然還不確定有何問題，但總之是一個大問題。

歸根究柢，就是不祥預感。確信會與老師重逢的那種不祥預感在腹中翻攪，而我的不祥預感從未落空。正如那位最惡劣的占卜師，未曾猜錯任何事。

「嗯……」博士抬起低垂的臉孔，眾人視線自然集中在他身上。「事情越來越不妙了，諸位。」

一聽見「不妙」這個字眼，我轉向鈴無小姐。鈴無小姐閉著眼，宛如正在沉睡，額頭的血絲業已乾涸。我將目光轉回博士，他的臉上再度浮現那種老練的笑容。

「喂！宇瀨！」博士看著美幸小姐。「妳去聯絡門口警衛，叫他們看見警察的話，直接把他們攆走。」

「咦……」美幸小姐聞言一驚。「咦？可是，要怎麼……」

「隨便編個理由就好了，對了，就告訴他們是誤報，說是小孩子……」博士望了志人君一眼。「……惡作劇之類的。」

「啊……」美幸小姐茫然點頭，那表情彷彿不太理解情況……不，是完全搞不懂情況。「……誤報嗎？」

「怎麼了？快去！」

「……可是，為什麼……」

「不一一解釋理由，妳就不肯聽我的命令嗎？」

「不，不是這樣……對不起，我立刻就去。」

美幸小姐慌慌張張地對博士鞠躬，接著又飛奔離開房間。

「……這是怎麼一回事呀？博士。」根尾先生盯著美幸小姐消失的房門道：「把警察攆走？這未免太瘋狂了，剛才宇瀨小姐偷偷告訴你什麼？」

「就是這件事啊，根尾，就是這件事。」卿壹郎博士咧嘴一笑。「事情不妙了。」

「……這樣子當然不妙啦，可是問題不是這個吧？把警察攆走的話，就能夠解決事件嗎？」

「好了，你先聽我說。」

博士委婉伸掌阻止根尾先生插嘴，接著沉默數秒，「話說回來，根尾，」博士開口道：「你的論點很奇怪喔，兔吊木的第七棟玄關設有嚴密的保全系統，不論是何方神聖，都不可能突破那道關口，**至少**『張空』和『百夏』是不可能的。」

博士在「至少」的部分特別加重語氣，這種行為又讓我感到莫名其妙的重壓。這位老先生到底想表達什麼？

「嗯啊，聽你這麼一講，或許沒錯，是我大意了。」根尾先生聞言，裝腔作勢地應道：「話雖如此，這樣就立刻認定是內部人員的犯行，會不會太短視了？博士，咱們不是一直一起共事的夥伴嗎？博士或許是因為兔吊木先生變成那樣而驚慌失措，可是就這樣立刻懷疑內部人員，咱們的立場也未免……」

「驚慌失措？你這人還真沒禮貌，我才沒這樣，我非常冷靜。」彷彿剛才的激昂全是我們的錯覺，博士堂而皇之地說。

「不，可是博士……」

「安心吧，根尾，我不可能毫無證據就懷疑內部人員吧？你想知道宇瀨剛才跟我說了什麼嗎？」

眾人對前半段的臺詞似乎難以苟同，但又被後半段勾起興趣，便等著博士繼續說下去。卿壹郎稍微擺擺架子，接著道：「……昨晚『第七棟』的玄關沒留下任何開啟紀錄。」

「……沒留下？」根尾先生重複博士的話。「沒留下的意思就是昨晚沒有任何人進入第七棟嗎？」

「正是，第七棟大門的最後開啟紀錄是志人……玖渚大小姐和這位青年的三人組見過兔吊木之後的離開時間。按照**正常想法**，這個紀錄不可能有錯吧？根尾。」

博士這時又強調「正常想法」，就像在暗示有正常想法想不到的方法。莫非博士的意思是他已經知道犯人——悖德者是誰？事件發覺至今不過一個多小時，就堂堂進入解決篇了嗎？雖然我不這麼認為，但套句鈴無小姐今天早上的話——這又不是電影，我沒辦法預測時間還有多久。我一方面覺得事件即將結束，又覺得剛到一半，我不可能知道還剩幾頁。

我無法掌握自己目前所處的位置。

「那……總之，是怎麼一回事？」根尾先生一改原先詼諧的態度，這次真的一頭霧水，滿臉疑竇地對博士說：「這樣的話，事情就怪了，變成沒有人進入第七棟，也許是機械故障吧？」

「不可能的，**這種事**你也很清楚吧？」

「那麼……」根尾先生沉思片刻。「就可能性來說，最後進入的大垣君和玖渚大小姐有犯案嫌疑……但這麼一來，又跟三好小姐推測的死亡時間差太多了。博士，這樣就變成不可能的犯罪啦。」

「還有另一件麻煩事，根尾。」博士從容不迫地笑了。「哪，你先冷靜下來聽我說，別這麼激動，好好的大男人慌成這樣實在太難看了。宇瀨調閱第七棟的進出紀錄時，**順便**查了另一件事……就是包括我在內，所有研究員的進出紀錄。」

「咦？所有研究員……是指我們嗎？」

「不然是誰？」卿壹郎博士神彩飛揚地說道。

或許是言談間開始興奮，他越說越發得意。相較之下，我感到自己的心情……或者該說是第六感，正逐漸墜入幽暗深淵。

我明白了。雖然還不確定博士想說什麼，但我已經明白那將會抵達何處。正因如此，他的態度才如此悠閒；正因如此，他的態度才如此得意。正如羅伯·布洛奇(註1)所言：「時運不濟猶能歡笑者，必已覓得推諉塞責之對象。」

---

1 美國恐怖小說作家，希區考克經典名作《驚魂記》（Psycho）的原作者。

換句話說……

「調查結果是——因為宇瀨不在，只好由我發表——沒有任何人在半夜，至少是在三好說的那段時間內**離開自己的研究棟**。」

眾人聞言，同時倒抽一口氣。

「只有一人例外……那就是春日井。」

博士說完，春日井小姐只有略微一動，對那句話幾乎毫無反應。

「春日井在凌晨一點左右，離開第四棟五分鐘左右，就是剛才說的『遛狗』吧？可是這根本不必多想，因為短短五分鐘不可能造就那般悽慘的結果。」

「……那真多謝了。」春日井小姐一副「不明所以」的表情，曖昧地回應博士。「在此先向博士致謝。」

「……噯？那麼，意思不就是……」根尾先生結結巴巴地說：「……咦？這麼一來，博士，不是越來越沒理由懷疑我們了？我們每個人都待在自己的研究棟，再加上案發現場的第七棟也沒有進出紀錄，換言之——」

「這是不可能的犯罪啊。」心視老師打斷根尾先生。「你不覺得嗎？小徒弟。」

「……我雖然這麼覺得……」

我謹慎揀選詞彙，同意老師的發言。若對卿壹郎博士剛才的論調照單全收——確實就變成沒有任何人進入第七棟，甚至沒有任何人離開自己的研究棟。這麼一來，假設用單純的字眼來表現這種情況。

密室。

而且在物理上非常完美。

「但是，就算這是不可能的犯罪……」

姑且不管卿壹郎博士的論調是對是錯，為何必須把警察攆走？這種時候不是正該輪他們上場？我想起京都府警的雙人組刑警，內心暗忖，接著不知不覺地看向博士。

博士目中無人地笑著。

「不可能？這世界根本就沒有如此無聊的**東西**，這世界只有可能，或者可能**以前**的東西。」

「呃……不過博士，情況既然變得這麼詭異，為什麼要讓警方吃閉門羹呢？」根尾先生講出我的內心疑問。「這樣完全不合邏輯，一點都不像博士。」

「哎呀哎呀，喂，根尾，你要不要稍微動動腦？我都講得這麼白了，還沒發現的話，你可免不了大傻瓜的汙名啊。」

「大傻瓜嗎？」根尾先生雙手抱胸。「可是，博士……」

「在**這裡**的人又不是只有我們。」

說到此處……

博士用下顎朝我們比了比，隨著那個動作，根尾先生驚訝萬分地，神足先生毫不意外地，心視老師理所當然地，春日井小姐事不關己地，志人君雙眼大睜地——轉向我們。

我吞了一口口水，鈴無小姐依舊雙眼緊閉，她說不定真的在睡覺。我朝鈴無小姐旁邊的玖渚友瞧了一眼，她仍然眼神空洞地呆坐在那裡。或許是在思考「Raja Maharaja」（註2）和音樂遊戲「PaRappa the Rapper」的關係，或許沒有思考，總之可以確定不是正常狀態。確認我方戰力後（儘管看上去非常慘澹），我與眾人對峙。

「你這話教人實在沒辦法假裝沒聽見，斜道卿壹郎博士。」我竭力壓抑激動的語氣，對博士說：「這簡直就像認定我們是殺死兔吊木先生的犯人，就算是博士，也有能說和不能說的話。」

「咦？喂喂喂，我什麼都沒說喔。」博士嘲弄對方似地冷笑。「你在慌什麼？或者是有什麼線索？」

「先是懷疑內部人員，現在換成懷疑我們嗎？事情要是這麼單純就好了。那棟宿舍的確沒有任何保全系統，出入很自由。可是博士，從不可能進入兔吊木先生所在的第七棟這點來看，我們的不在場證明比你們更好，沒錯吧？在談什麼紀錄云云之前，沒有進行ＩＤ登錄的我們，根本不可能進入第七棟內部，更不可能離開。」

「哈哈哈！不在場證明？真的嗎？這個字眼根本毫無意義！」

博士豪邁大笑，接著突然變了一個人似地擰眉瞪眼，朝我伸手一指。

「你一個人或許沒辦法，**小鬼**，既進不了第七棟，也沒辦法離開。但你不是一個人吧？你們三人之中不是有一個**非比尋常**的人嗎？」博士將指著我的手指朝旁邊一滑

2　NHK音樂節目「大家的歌」裡以印度為主題的歌曲。

——指向玖渚友。「喏，玖渚大小姐？」

玖渚仍舊毫無反應，彷彿什麼都聽不見似的，宛如什麼都看不見似的，沒有任何反應；話雖如此，除了玖渚和玲無小姐之外，眾人聞言都掩不住臉上的幾分詫異。

「等等……博士這未免……」

「怎麼了？根尾，有必要這樣大驚小怪嗎？這位玖渚大小姐可是那個『叢集』（Cluster）的統率者，是我們的**夥伴**——被害者兔吊木垓輔的**前**領袖。那種程度的保全系統，哼首歌就能破解了，對吧？玖渚大小姐。」

玖渚沒有反應。博士見狀不禁有些焦慮……或者該說，雖然有些焦慮，但立刻恢復鎮定，「喔？」一笑置之，展露從容不迫的態度。

「被我說中了，無話可說嗎？」

「你這話根本就邏輯不通，博士。」我感到自己的語氣逐漸加快，但仍竭力壓抑激動的情緒道：「玖渚為何要大費周章地破解那種嚴密過頭的保全系統……」

「不光是破解，破解之後，還清除了電腦紀錄。手法雖然高明，但忘了一併篡改其他研究棟的進入紀錄，終究是白費力氣，小孩子就是小孩子！」

「胡說八道！這種理由根本說不通，小孩子就是小孩子？你憑什麼這樣斷定？玖渚有辦法解鎖的話，你們應該也……」

「我當然有理由。」博士道：「為何只有玖渚大小姐能解鎖，而且還能清除那些紀錄的理由。基本上，**撰寫**這個系統的主程式、七年前建構『那種嚴密過頭的保全系統』、以十二歲之齡**創造**本所**素材**的人，正是玖渚大小姐。」

博士滔滔不絕地說完，再度朝玖渚一指。

玖渚依然毫無反應，自從目睹兔吊木慘遭屠殺的屍體，她就沒說過半句話；話雖如此，倘若剛才博士所言屬實……

「她可是難以置信的天才啊，徹底逾越你這種凡夫俗子的想像，就連本人亦無法完全理解。可是，正因如此，這就成為**告發**玖渚大小姐……你們三人的理由。」

「告發？你說告發？」我站起來。「開什麼玩笑？這種亂七八糟的理由根本就狗屁不通！」

「別這麼激動，小徒弟。」心視老師介入我與博士的對話，猛然一瞧，心視老師嘴裡不知何時叼著香菸，右手拿著可樂罐，這個人到底是何時去拿這些東西的？「慌成這樣實在太難看了，鈴無小姐剛才不是這樣說？」

「老師……」

「話說回來，博士，你說的那些確實有點不清不楚。」

心視老師用香菸指著博士。雖然不知道是什麼牌子，但相當細，應該是女性抽的香菸。因為在休士頓時就有菸癮，或許是把肺搞壞了吧？

「不清不楚？三好，哪個部分？」

「剛才根尾先生不也說了？他們三人是來『拯救』兔吊木先生的，當然沒理由殺死兔吊木先生。誠如博士所言，玖渚大小姐是兔吊木先生的前領袖，這麼一來，不就更找不到殺他的理由了？就像研究員沒有殺死兔吊木先生的理由，他們三人也沒有非殺兔吊木先生不可的理由。」

「妳還真是缺乏想像力啊，三好。」博士說：「腦筋就不能轉一下嗎？我們再怎麼說都是學者吧？唉，妳專攻生物學，或許也是沒辦法的──」

「啊！這種論調聽起來就像瞧不起某些學門的研究者，一副鄙視他人的語氣，自認數學和工學比生物學優秀似的，哪？春日井。」

「沒錯。這正是理工學者以為世界是由數學公式組成的論調。寡廉鮮恥該有個程度。一定是阿拉伯數字看太多導致感受性退化了吧？」

春日井小姐與老師異口同聲地抗議。

喔！理工科之間也有不同派閥嗎？我還以為理工科之間的情誼堅如磐石，看來也只是自己的幻想罷了，我想著這種與事件毫無關聯的無聊事。

話說回來，春日井小姐昨天也是這樣輕描淡寫地吐槽他人，搞不好是我喜歡的類型──我又繼續胡思亂想，藉此逃避現實。

「我不是這個意思……」遭受兩名女性學者同聲指責的博士微微苦笑。「我撤回剛才的發言，不過三好，妳不覺得根尾說他們是來『拯救』的這件事根本毫無根據嗎？」

「……根據嗎？」老師瞥了我們一眼。「根據嘛……這個……嗯，可是……」

「就不能假設玖渚大小姐其實是來『**暗殺**』兔吊木垓輔的嗎？」

「暗殺？」老師聞言亦不禁蹙眉。「什麼跟什麼？我不太懂你的意思。」

「我的意思是，他們來本所的理由就是為了殺死兔吊木，如果一開始就是為了這個目的……」

「這才叫胡說八道！」我憤然大吼，聲音大到掩蓋博士的聲音。「要說毫無根據，**這**才叫**毫無根據**，不是嗎？玖渚為何非得殺死自己的『朋友』和昔日『夥伴』的兔吊木？我們根本沒有理由做這種事！」

「喂喂喂，注意你的說話態度，小伙子。」博士深藏不露地晃動雙肩。「你們今後的命運就掌握在本博士手裡，反倒應該感謝我把警察攆走才對，你們就沒辦法體會我的善意嗎？」

「惡意倒是可以體會，墮落三昧博士（Mad Demon）。」

博士聽見我的駁斥，卻只是愉快地大笑。

「可是博士，這位青年講的也不無道理。」根尾先生問博士。「再怎麼說，這種假設是不是太牽強附會了？博士的主張倒也不是無法理解，但……」

「理由嗎？」博士停止大笑。「根尾，你是想說玖渚大小姐沒有殺死兔吊木的理由嗎？」

「啊……」根尾先生一時啞然。「嗯，就假設玖渚大小姐成功破解保全系統，還清除了電腦紀錄吧，可是玖渚機關的相關人員——而且是非常接近中樞的相關人員，再怎麼說都不可能毫無理由地殺死兔吊木先生。」

「這可不一定喔，根尾。」博士瞟了玖渚一眼。「說來確實教人摸不著頭緒，就連本博士都一頭露水，搞不懂玖渚大小姐為何非殺兔吊木垓輔不可，但理由云云其實也無關緊要吧？一點都不重要，這位玖渚大小姐可是……」

博士重複剛才說過的某句臺詞，但後半段……

「……。」

博士還沒說完後半段的部分，我的身體就動了。並非無意識的行動，而是肉體基於確信、基於自我意識、基於完全正常的意識所產生的動作，唯獨思考停止了。我雙拳緊握，向前方一躍，在桌面降落。正準備繼續衝向博士時，右側頭部遭受重擊。那是可樂罐，眼角映照出奔向我的心視老師。原來如此，剛才就覺得突然喝起可樂很不自然，心視老師早就預料到這種發展了嗎？不過，我事後才想通其間道理，映照在眼裡的心視老師這時只是毫無意義的影像。我什麼都沒看見，什麼都沒聽見，看不見，聽不見。紅，一片赤紅。血之色，血之眼，光線和聲音淨是血紅；話雖如此，心視老師的這個行為成功讓我頓了一下。當我準備再衝上前時，阻力從後方出現。從後方追來的鈴無小姐掃了我一腿，我的身體在寬大的桌面微微浮起。就在這極短的剎那，鈴無小姐攫住我的腦袋，用渾身力量、全身體重，將我按向桌面。結實的木製桌面嘎吱作響，這或許是我骨頭的嘎吱聲。來不及進行防護措施，全身承受重擊的我仍拚命朝博士伸手，但那隻手也被心視老師按住。被可樂罐重擊的臉頰又被甩了一巴掌，老師的斥責聲響起，按住我左臂的鈴無小姐也唸唸有詞。她好像在跟我說話，但我聽不見，冷靜！我在幹什麼？到底在幹什麼？不對，我沒做錯事。

我想。

我想那時的我大概瘋了。

鈴無小姐朝我的頸部一拳揮來，在我失去意識的那一瞬間之前，一片赤紅的左眼角落，好像捕捉到玖渚的藍髮，或許只是我眼花了。

2

當我恢復意識——意識恢復到堪稱為正常水準時，發現自己身在一座牢籠中。未經粉刷的水泥地板、牆壁、天花板，以及鐵欄杆。昏暗、些許淤滯的空氣，些許沉悶的氛圍，憂鬱的氣氛。精神萎靡，想要再睡一會兒的感覺，彷彿剛做了一場惡夢；可是，跟惡劣的現實相比，惡夢或許還比較好吧？甚至讓人思考這種莫名其妙之事。

啊啊，管他的！怎樣都無所謂了。隱隱生疼的後腦勺還有全身上下，鈴無小姐和心視老師真是出手不知輕重，完全沒有手下留情。話說回來，在休士頓的時候也經常被老師揍。其中五成，不，九成以上都是排解鬱悶，但剩餘的一成，如今回想起來或許是我活該討打。雖然我完全無意回想這些陳年舊事，但回想起來，不挨打就想不通，不吃虧就停不下來，我從那時起就一直毫無長進。

「啊，阿伊，你醒了？」玖渚聲音讓我的意識完全甦醒。「哈囉……」

「……哈囉。」我輕輕招手回應玖渚，挺起橫躺在地的上半身。「呃……」

我重新環顧四周。

一如半夢半醒時的判斷，這裡好像是某種牢籠。我、玖渚和鈴無小姐就直接坐在牢籠的地板。

「喲！伊字訣，你醒啦？太好了，太好了，本姑娘出手重了些，還擔心你醒不來呢。」

「多謝關心……」我有些尷尬地對鈴無小姐鞠躬。「呃……這裡是哪裡呢？」

「第四研究棟，春日井小姐專用的研究棟地下室。」

「……是嗎？可是，簡直就像牢籠……」

「這裡好像是用來收容實驗動物的籠子啊。」玖渚不知為何喜孜孜地笑道：「嘻嘻嘻，人家也是第一次被關在籠子裡耶！第一次真開心。」

「我是第五次了……」我邊說邊觸摸鐵欄杆，想當然耳，欄杆不動如山。「呃……這是怎麼一回事……我們為什麼被關在籠子裡？又不是人猿，這種待遇實在難以接受。」

「還不是博士的指示？對了，伊字訣，你對剛才的事記得多少？」

「……老實說，沒多少，雖然知道被鈴無小姐和心視先生痛打一頓……」我老實回答鈴無小姐。「我想想……我記得早上起床之後到屋頂，然後鈴無小姐叫我……」

「騙人！記憶退化那麼多？這樣的話，解釋起來就麻煩了。」

「啊啊，等一下……讓我再想想。」我靠著水泥牆，重新坐正。「……接下來幫玖渚綁頭髮……咦？啊啊，對了對了……好，我想起來了。」

「是嗎？」鈴無小姐點點頭。「這樣替本姑娘省了不少工夫。」

「嘻嘻嘻，阿伊的記憶力還是一樣差哩，不過被打成那樣，嚇得忘光光也沒什麼好奇怪的。」

「……」

咦？玖渚好像恢復正常了？我邊想邊向鈴無小姐問道：「那麼，我昏睡時發生了什麼事？」

既然玖渚恢復正常，我判斷問她也沒用。

「簡言之，博士認定我們是嫌犯。」鈴無小姐道：「所以將我們關在這裡。」

「……非常簡單明瞭的說明，謝了。」

第四棟，春日井小姐專用的研究棟，而且是地下室……總覺得被對方當成實驗動物，不過跟囚犯相比，哪個比較好，或許是相當微妙的問題。偏偏將我們關在這種地方，那個博士比想像中更沒人性。

嗯……話說回來，某起殺人事件的嫌犯正是在我的提議下被隔離監禁，原來如此，一旦自己遭到這種待遇，就是這種心情嗎？雖然現在說這些為時已晚，但下次還是別再提那種餿主意了。

「所以，狀況怎樣？」

「無可奈何到悽慘的程度，對了，博士好像有講什麼『在考量今後的應對之道的這段期間，就先稍微委屈幾位吧？我不會對你們不利的。』」

「是嗎……」如果不會對我們不利的結果是監禁在地下室，要是決定對我們不利，又會是何種待遇呢？光想就教人發寒。「……啊啊，我全部想起來了……嗚哇啊！」

這時才驚叫出聲的我大概非常二百五。

「嗯，就是這麼一回事。」鈴無小姐瞇起一隻眼看著我道：「本姑娘一個人抵抗也沒用，所以決定靜觀其變……唉，真是的，雖然早就知道跟伊字訣一起旅行準沒好事，沒想到誇張到這種地步。你還真是『事故頻發體質』的最佳代言人啊，與其說是頻發，這種情況或許該說是誘發。」

「我也沒想到會發生這種事呀……」況且這次的事件，不論從哪個角度來看，我都沒有任何責任，殺死兔吊木的既然不是我，鈴無小姐的怨嘆當然與我無關。「真的萬萬想不到……還以為這次一定平安無事的……」

「嘻嘻嘻，就是因為這樣，跟阿伊在一起才不會無聊啊……」玖渚眉開眼笑。「一點都不無聊，人生好快樂唷。」

「……不過這次被殺的可是妳的夥伴啊。」

「唔？」玖渚脖子一歪。「……嗯，可是呀，事情已經結束了，再說什麼也沒用，人類要樂觀生活才行喔。」

「……妳這丫頭就是這樣。」

的確，我記得的玖渚就是這樣，剛才的她不過是一時不對勁罷了。一定是這樣的，目前就當成這樣吧。

「總之，目前的問題是……要如何突破這個狀況。」

「突破啊……這又是一個了不起的目標呢。」鈴無小姐嘟嚷一聲握住鐵欄杆。「這玩意連本姑娘都無技可施，淺野在這裡的話，或許還有辦法……」

「……美衣子小姐有辦法劈開鐵條嗎？」

「至少聽說可以劈開蒟蒻……而且居合道或拔刀術練到一定程度後，聽說就能劈開鐵條，不過，唉，她也不在這裡，說了也是白說。」

「也對。」

我抬頭看著天花板，若是拍電影的話，這時就該剛好有個換氣孔，讓我們可以從那裡逃脫；然而，現實上不可能有那種東西，世事發展不可能總是如此幸運。哎呀呀，難怪空氣如此淤滯，呿！就不能再人道一點嗎？總而言之，就冷靜的眼光判斷，要逃出這間牢籠是絕無可能之事。欄杆上附有堅固的鐵鎖，我們三人之中也沒有開鎖高手。

「話說回來……那臭老頭說話真是亂七八糟、狗屁倒灶！」

「喔！阿伊在別人面前這樣口沒遮攔，真稀奇耶。」

「當然稀奇了，當然沒遮攔了，哼！他們接下來該不會是想拷問我們吧？」

一想到心視老師，可能性非常高。先不管今後是否會進行拷問，舉凡找碴行為，那個老師都是首屈一指的天才，「青苗劊子手」這個蓋世綽號絕非浪得虛名。

「這倒不至於吧？因為那個人還出手阻止阿伊耶。萬一打中博士就糟了，會大大不妙喔。這麼一想，心視搞不好是個大好人哩。」

「大好人嗎……嗯，也許吧？」

無知是一種幸福。嗯，在我失神期間，鈴無小姐似乎已經跟玖渚解說過心視老師的背景資料。既然是鈴無小姐，應該沒有透露什麼不該說的事。

「而且呀，阿伊，博士的論點不能算亂七八糟，其實也頗有道理的。」

「什麼？哪有道理？我看是荒誕無稽吧？那何止牽強附會，根本就強詞奪理。就連還不會背九九乘法表的小學生，都能想到更好的推理。」

「本姑娘倒是不會背九九乘法表呢……」鈴無小姐冷不防插嘴。「還沒學之前就退學了。」

「……」

「……」

「咦？你們繼續說啊。」

「啊……呃……剛才說到哪了？」因為太震驚而忘了剛才的話題。「對了，博士的推理亂七八糟，就是這樣。沒有人離開研究棟，沒有人進出第七棟，所以玖渚一夥是犯人。什麼跟什麼呀？哥德巴赫猜測（註3）都比這說得通呢。」

「一夥？」玖渚嗤嗤笑個不停，似乎對「一夥」這個字眼頗為中意。「嗯，一夥很棒耶，一夥。加上『一夥』，別有一番風味，嘻嘻嘻，開玩笑的啦。」

「……嗯，至少比『一賊』好吧……別轉移話題！現在已經夠頭大了……妳告訴我博士的推理是哪裡頗有道理？玖渚大小姐是『叢集』的領袖，所以那種鎖根本難不倒她？我說這根本就狗屁……」

「人家打得開呀。」玖渚輕描淡寫地道。

「……什麼？」

「那個打得開呀，」玖渚又說了一次。「而且很簡單。」

「很簡單？」

「超簡單。」

玖渚的回應快得甚至不必換行，我頓時抱頭苦思。

「……這究竟是怎麼一回事？玖渚大小姐。」

「博士不是說了？撰寫那個系統的，基本上就是人家咩。唔，正確來說，小直和小霞也有幫忙。所以根本不必解析結構，人家原本就曉得它的構造。」

小霞——霞丘道兒先生。他是直先生的死黨，套句根尾先生的話，曾經是非常接近「玖渚機關中樞」的人，至於現在……哎，不管現在如何，總之以前，玖渚與我相遇

3　德國數學家哥德巴赫提出的猜測，即：任何大於二的偶數，都可寫成兩個質數的和。

以前，他們三人總是一起行動。話雖如此，直先生和霞丘先生應該都是機械工學的外行，換句話說，這可說是玖渚獨力設計的。

「可是，就算這樣，沒工具也沒用吧？要是理解構造就能開鎖，大家都能成為闖空門的小偷啦。我也曉得自己房間門鎖的結構，可是沒鑰匙的話，還是打不開。」

「嗯，說得也是。」玖渚頷首。「如果不是小潤，的確沒辦法打開。可是呀……對了，喏，阿伊，例如進入這座研究機構時，不是填寫入所登記簿嗎？」

「啊啊，搞半天，原來妳看見了呀？我還以為妳打電動打得出神了。」

「人家才不是在打電動咩……那時警衛不是說了？跟數位化的方式相比，那種傳統的方式比較安全之類的。」

「有嗎？」那是很久以前的對話，我早就記不得了。「喔，所以呢？」

「總而言之，意思就是高科技有高科技的缺點囉。具體來說的話，比如人家去小兔的第七棟那時就是一個好機會。乘機向小兔借一臺電腦，再連到卿壹郎博士第一棟的中央電腦。接著將人家登記成新研究員，當然是用密件方式。殺死小兔之後，再把資料刪除，最後用清除紀錄的軟體，將包括大門開關的紀錄『徹底清除』。」

光聽她講述這些步驟，好像真的很簡單；可是，這只是玖渚故意大幅簡化內容，實際上必須破解的障礙物、防火牆、保護程式、警報裝置等等肯定多如繁星。

但若是玖渚……

這的確有可能。玖渚友本身就已具有傲人的卓越技術，要是再加上「知悉」保全系統的內部結構的話。

想不到正如博士所言。

「因為電腦安全防護上有所謂的管理者權限，至少人家的立場的確比別人有利。話說回來，破解這類安全防護其實是小日的拿手絕活……但人家也不是不會。」

「小日就是『雙重世界』（Double Flick）嗎？」

「喔？媽媽咪呀，阿伊的記憶力正常運轉耶！不對，因為異常才是正常，所以正常運轉時應該說是異常運轉嗎？」

「妳別若無其事地說這種沒禮貌的話，因為兔吊木昨天提到這個名字幾次，大概只少於妳跟小豹。」

「喔……小兔也真是難以捉摸的人哩。」

被玖渚這樣說的人，我想是無藥可救了，不過說死人的壞話也不太好，就算對象是那種超級怪人。兔吊木垓輔已被釘在牆上殺死……說反了？應該是被殺死釘在牆上才對。要是聽見這件事，小日、小豹、小惡那些「集團」的昔日成員會感到傷心嗎？沒有跟其中任何人直接接觸過的我也無從得知。

「不過……那個聲明似的東西又是什麼？You just watch, 『DEAD BLUE』!! 翻成日文的話應該是『妳等著瞧吧，死線之藍』……」

「或許吧！總之就是警告人家『不許多管閒事』吧？這算是一種『釘』囑嗎？嘻嘻，唔，嘻嘻嘻。」

玖渚似乎覺得自己說的「釘」囑這個比喻很有趣，在那裡咯咯笑個不停。能夠對這種雙關語發笑的神經，就連我也不禁退避三舍。

「多管閒事……是指妳想拯救兔吊木嗎？可是，如果妳這叫多管閒事，那殺死他的犯人不就等於拔刀相助了？」

「這個疑問目前只能暫時擱下……要討論的話，問題就變成犯人為什麼要把小兔剁成肉醬？為什麼要拿走手臂？」

「巴不得將屍體剁成肉醬的理由，首先想要的就是怨恨吧……」

話雖如此，一年多未曾離開那棟建築的兔吊木，實在想不出讓人如此深惡痛絕的理由；不過，這當然只是指「這座研究機構內」——若是「集團」時代的惡行，那種下場或許是無可奈何之事，我想這種情況也不能忽略。

「可是，就算妳真的有辦法破解那個鎖，就算這樣，妳還是缺乏殺死兔吊木的理由……或者該說是必然性嗎？更何況妳到兔吊木的第七棟時，不是一直跟我和志人君在一起？先不管妳跟兔吊木單獨交談的時候，況且那個房間裡又沒電腦，根本就不可能跟中央電腦連接吧？」

「哈哈哈，伊字訣，你還真會扯三拉四。」鈴無小姐對我笑。「對博士來說，這種芝麻小事根本就不重要吧？」

「——這是什麼意思？」

「簡單說，邏輯只要一**丁點**說得通即可，我想博士不是真的認為藍藍是犯人。正如伊字訣所言，問題就在於**能否牽強附會**，而現在正是為了拼湊邏輯的『時間落差』。」

「時間落差？」

「對，博士現在……不僅是博士，想必所有研究員現在都在拼湊『玖渚友一夥的犯案證據』。春日井小姐嗎？那個人剛才說『五小時之後就能決定你們今後的命運』，嗯，就是在伊字訣醒來之前，我們剛好在談那件事。」

「……所以呢？」

「總之，阿伊，」玖渚事不關己地說：「博士可能是想把人家當成小兔的代替品。」

我剎時啞口無言，把玖渚當成——兔吊木的代替品？這，這換言之……

「不將人家交給警方的代價就是協助研究……不，是參與**實驗**。」

「這種事……這才叫亂七八糟。」

「對，目前的情況正是亂七八糟。」鈴無小姐的態度宛如看破紅塵。「雖然不曉得本姑娘和伊字訣會受到什麼待遇……嗯，大概是用來控制藍藍的人質吧？要是本姑娘就會這樣做。」

「這種事……」

可是，玖渚友確實足以當兔吊木垓輔的代替品，不，應該是比兔吊木更加適合。假使博士的**實驗內容**正如玖渚昨晚的猜測，玖渚友確實是最佳材料。兔吊木也相當不錯，但玖渚可說是最適合的。

特異人類結構研究（Ultra-humanoid Dogma）。

「這種……這種事……這種事豈能容忍……」

「噯！別急著發飆，伊字訣，若要本姑娘獨力壓制**你的怒火**，可沒讓你全身而退的自信了。剛才幸虧有三好小姐出手相助，現在你可要有全身半數骨頭骨折的覺悟囉。」

「……不用擔心，我很冷靜。」我邊說邊用拳頭敲打水泥牆，很痛。「冷靜得很，嗯。」

「嘻嘻嘻。」玖渚（明明是切身問題）不以為意地傻笑。「這種情況好懷念耶，該說是窮途末路呢？還是危機一百呢？」

危機一百是什麼東西？

「……妳挺開心的嘛，玖渚友。」

「還好咩，可是呀，跟第一次見到阿伊的時候相比，這種還是小巫見大巫，又不是會被殺死或者更悽慘。」

「……反正，我們到這裡是白忙一場了。」我說：「那接下來要怎麼辦？怎麼辦呢？鈴無小姐。」

「現在這樣又能怎麼辦？」鈴無小姐說：「唉，本姑娘要是一直沒回去，淺野應該會有所行動才對……不過大概也要等到後天之後。」

「無論如何，既然被關在這種地底三十公尺的地方，人家也束手無策咩。電話又被拿走了，也沒有ＰＤＡ，無力無力無重力。」

「這跟無重力沒關係。」我深深嘆了一口氣。「的確……看來是沒有突破這種窘境的方法……」

「——方法我有。」

我心灰意冷地說完，那個聲音極度自然、理直氣壯地響起。分秒不差，彷彿一直在等待自己的出場機會。那個聲音既不是鈴無小姐的，亦不是玖渚的，當然更不是我的，而是從鐵欄杆外傳來的。

只見石丸小唄雙手抱胸站在那裡。

沒有任何腳步聲，亦沒有任何氣息，更沒有任何預兆，她就站在那裡。

壓得低低的丹寧布鴨舌帽、丹寧布大衣、穿帶皮靴。鏡片後方隱約可見的雙眸銳利地俯視我。彷若在享受這個情況——正如玖渚打從心底享受這個情況，小唄小姐露出一抹輕笑。

「——初次見面的兩位好，不是初次見面的吾友好，我是石丸小唄。」地下室雖然昏暗，但依稀可見小唄小姐朝我們嘴角一撇，輕抬下顎。「今後請多指教。」

鈴無小姐小心翼翼地皺眉，嚴陣以待；玖渚杏眼圓睜，一臉狐疑地側頭；我則是貼著牆壁站起。

「……喲！小唄小姐，昨天多謝了。」我慎重地、慎重地、非常慎重地。「在這種地方碰面，真是天緣奇遇。」

「這該說是有緣千里才是十全啊，吾友。」小唄小姐態度狂妄、用詞親暱、語氣調侃地道：「嗯啊，實在是老套得無以復加。」

「……怎麼了？為什麼妳會在這種地方？莫非是迷路了？」

「不不不，非也非也，吾友。完全非也。」小唄小姐拚命忍笑道：「我聽說這裡的籠子裡關了珍禽異獸，才想來參觀參觀。看看那個斜道卿壹郎博士**捉到**什麼珍禽異獸。」

「……」

「你怎麼都不笑呢？」小唄小姐傻眼地嘆了一口氣。「笑容是談話的基礎喔，虧你還能維持如此十全的人際關係，還是其實並不十全？」

「感謝您的忠告，石丸小唄小姐，但要我沒事亂笑，我寧可去死。」我含糊應道：「所以是有何貴幹？基本上，妳又是怎麼進來的？」

「問得好，不過這個有趣的問題還是待會再談——」小唄小姐將目光從我身上移開，轉向玖渚和鈴無小姐兩人。「呵呵，牢籠加上『兩位』女性，還真是美妙的構圖。」

那語氣彷彿在說其中一位很礙事。

聽見小唄小姐毫無預兆、驀然出現的那句的臺詞，鈴無小姐「哈！」一聲輕笑。

「想不到伊字訣的人面挺廣的嘛，在這種荒郊野外竟然接連遇上兩個熟人。」鈴無小姐沒搭理小唄小姐，直接對我說：「而且兩位都是『女性』，簡直就像在原業平（註4）。」

4　日本平安時代三十六歌仙之一，著名的風流美男子，亦是《伊勢物語》的男主角。

「嗄？」莫名其妙的比喻。

「所以是什麼關係？你跟這位美麗的淑女？」

「昨天我向這位男士提出交往請求，但被他徹底甩了。」在我回答鈴無小姐的詢問之前，小唄小姐搶先回答，居然擅自回答。「是吧？吾友。」

「是的，呃……大約有十分之一的真實性。」

「真實這玩意兒只要有一成就夠了，話說回來，」小唄小姐話鋒一轉，「因為情況有變，我想你的想法說不定也變了……」

「糾纏不清的女人只會惹人厭的。」鈴無小姐終於對小唄小姐道：「不是嗎？吾友先生。」

「或許是這樣。」小唄小姐毫不畏怯地應道，對鈴無小姐迸射的敵意視若無睹，充耳不聞。這看起來或許沒什麼，但我知道是何等厲害的行為。

「不過我這個人非常死心眼……還是希望妳稍微控制一下敵意，我並不是你們的敵人，反倒應該能跟你們相處融洽……尤其是跟你。」小唄小姐用下顎指指我。「你不這麼覺得嗎？吾友。」

「妳剛才說了『聽說』吧？」鈴無小姐沒有回答小唄小姐的問題，卻反問她。「『我聽說』是什麼意思？可以解釋成有人告訴妳我們被囚禁在這裡嗎？」

「——哎喲！我說溜嘴了嗎？嗯，這也不算致命失誤，呵呵，還真不能小看妳——鈴無音音小姐？」小唄小姐笑得越發愉快。「不過，我倒是希望妳能將這種專長發揮在其他地方。我一開始就講了，『方法的話我有』。對現在的你們而言，這比較重要吧？」

方法，突破這種窘境的方法。

鈴無小姐也不禁默然。我偷看玖渚，她保持小唄小姐出現時的姿勢僵硬著。換言之，就是睜大眼睛側頭，偶爾這樣中止思考正是玖渚友的特色。

小唄小姐啪一聲在胸前擊掌。

「總之，意思就是『要我出手相助嗎？』」

我的神情為之一僵。

我想起昨晚的事。

「……」

「你不相信？不相信嗎？我可以體諒你的心情，猝然聽見這種美事，當然難以置信。這是非常正常想法，只不過……」

小唄小姐將手伸入大衣口袋，取出一把小刀。外形尖銳，與其說是小刀，更像錐刀或刮刀。刀刃很短，形狀似乎也不太容易操控。對，那不是用於刺殺他人、破壞物品的器具，相較於刀械，反而更像開鎖專用道具——

「喔！你們知道這種刀子嗎？這樣我也不必多費口舌，還真是十全。」小唄小姐颼的一聲朝空氣一揮。「這是朋友送的禮物，也不能用得太粗暴，總之——」

她接著將小刀插入鐵欄杆上的鐵鎖孔，喀啦喀啦搖動兩、三下，響起某種物體鬆脫的聲音之後，牢籠的門就從鐵鎖解放。一邊發出鏽鐵的嘎吱聲，一邊朝外側開啟。

「——這樣就不必談什麼相不相信，而是客觀的事實。」

「……妳的目的是？」

小唄小姐對我的問題露出不悅之色。

「你這人真沒禮貌，受人幫助時應該先向對方致謝，你媽沒教你嗎？」

「沒有，我從小嬌生慣養……也因此變得有點不相信他人。」

「這還真是十全十美，吾友。」小唄小姐這次換上高雅的笑容。「小事一樁，只是小事一樁，我的要求就跟昨晚提出的完全一樣，吾友。」

「……是嗎？」

我姑且點點頭。

跟昨晚一樣的要求，換句話說……

「……如果我還是拒絕呢？」

「無妨，這樣也很十全，請隨意拒絕。要是這樣，不過就分道揚鑣罷了。」小唄小姐雙掌對著我，做出「投降」的姿勢。「因為我自幼管教嚴苛，不過並非來自父母……總之，『希望別人對自己親切，須先無償奉獻自己的親切』，**剛才**都是免費服務。」

「……是嗎？」

究竟有多少可信度？

我的字典裡沒有相信初次謀面者的這種單字，更何況是信賴對方。而且，這個人

——石丸小唄別說是相信，無疑是值得恐懼的危險人物。不論是昨晚的事也好，或是現在的事也好。

而最不妙的就是選擇「零崎」當假名的這個事實。

紅色曾經告訴我「不可能有人選擇零崎當假名」，可是我眼前的這個人物就光明正大、堂而皇之地使用這個姓氏入侵，這到底代表什麼？

然而，話雖如此——情況還能比現在更差嗎？

「岸丸小姐，沒錯吧？」我不知該如何作答時，鈴無小姐搶先道：「岸丸小姐，對了，妳的……」

「……我姓石丸。」小唄小姐略顯不悅地應道：「是石丸小唄，請別搞錯。」

「失禮了。」鈴無小姐輕輕聳肩。「感謝妳的提議，但我們不能與妳交易——我不曉得妳向伊字訣要求什麼，但我們不能答應。」

「哎呀，這是為什麼呢？」小唄小姐故作誇張地側頭。「搞不好我要求的是非常無聊的**東西**也不一定，例如兩千圓日幣、禮券之類的。」

「因為交易不可能成功。」鈴無小姐說：「我們不能離開這裡，或許該說，離開也沒有意義。就算離開這個牢籠，也沒有任何意義，不是嗎？伊字訣。」

「……也對。」

沒錯，確實就像鈴無小姐所言，即便從這個籠子功成脫身，我們亦無力逃離春日井小姐的第四棟。這棟建築物一扇窗戶都沒有，而且唯一的出入口玄關——對，有那個「保安系統」的嚴密監控。

假設——雖然是非常虛幻的「假設」，假設剛才玖渚說的情況能夠實現，利用第四棟內某處的電腦跟中央電腦連接，經由管理者權限之類的方式開鎖。這麼一來，或許就能離開第四棟，而接下來，說不定也有機會離開研究所；話雖如此，飛雅特被對方扣住，大門口又有警衛駐守，而我們三人之中，大概只有鈴無小姐具有徒步離開這座荒山的耐力。

即使無視這些障礙，極度樂觀地假設我們能夠潛逃成功，只要卿壹郎博士通報警方，我們終究只能束手就擒。對博士來說，這種發展也不算太差。

「——所以，能否離開這座牢籠，跟我們一點關係都沒有，小唄小姐。」鈴無小姐略顯自嘲地笑了。「這根本就是八方受敵、四面楚歌。」

「不不不，充其量只是三方受敵、兩面楚歌，完全不必灰心喪氣。」小唄小姐說完，拋了一個媚眼。「**正因如此**，才要交易，我對利已不利人的交易毫無興趣。交易這種事的前提在於雙方必須同時獲利，否則就無法獲致真正的誠意和協助。」

真是了不起的想法，不，就這點來說，我也舉雙手贊成，小唄小姐所言甚是；然而，話雖如此，凡事並非正確就好。

「總之，是怎麼一回事？接下來要回頭討論『方法』了嗎？」

「正是，吾友，真不愧是我看中的男人……果然聰明，果然機敏。」

「……」

我默默等待小唄小姐的說明，鈴無小姐也是。玖渚原本就不確定是否在聽，不過，她也不發一語。

「方法就是舉發『**真凶**』，證明你們無罪。」小唄小姐終於說道：「這麼一來，卿壹郎博士就再無理由拘禁你們，不是嗎？」

「……真凶？」

殺死兔吊木垓輔，將他釘在牆上的真凶，害我們被關進這種地方的人物。

「這……」

我手捂嘴脣，陷入沉思，腦中反覆思量小唄小姐的話語。對，我太大意了。歸根究柢，那件事肯定是**某個人**做的。既然認為卿壹郎博士又臭又長的推理是狗屁倒灶，就該想到另有最佳解答。對，這麼一來，只要找出真凶，就能推翻卿壹郎博士的論點。

這裡是與世隔絕的空間，是密閉空間，條件非常受限。既然如此，真凶——既然真凶**在我們之中**，這、這提議……

「這提議……」

「的確不錯。」鈴無小姐替我接口。「這提議的確不錯，但就現實來看，終究是不可能的。理想高超固然帥氣，但時間太緊迫了。春日井小姐說『五小時之後就會出現結論』，屆時我們就結束了。因為已經過了一小時，現在只剩下四小時，要在短短四小時找出真凶未免……」

「四小時！」小唄小姐歌唱般地打斷鈴無小姐。「四小時？這是永遠的意思嗎？我看是時間太充裕才對。」她又挑釁地轉向我。「嗯？沒錯吧？吾友。」

「……假如**妳**肯出手相助，或許是這樣，小唄小姐。」

我勉為其難地點頭。

正如鈴無小姐所言，局勢十分嚴苛；正如老師所言，這是一起殘酷的殺人事件，亦是完美無缺的密室——沒有例外的密室，不可能的犯罪。嚴密過頭的的保全系統，再加上兔吊木慘遭釘死的理由，以及牆上血字的意義。原本就屬高難度的問題，現在還有時間限制。

然而……

確實如鈴無小姐所言，這個方法或許是目前的最佳選擇，儘管同時亦是最壞的選項。

「所以呢？怎麼辦？我不會強迫各位的。」

小唄小姐的右手從鐵欄杆間伸來。鈴無小姐沉默不語，玖渚也未置一詞。

我下定決心，握住她的手。

感覺就像握住人類的手。

3

鈴無小姐和玖渚留在牢籠，我則與小唄小姐展開**行動**。故意分成待機組和行動組或許有些誇張，但也不能全體一起行動，眾人均同意必須有人留在牢籠裡。既然如此，也不能只留一人（無法保證春日井小姐一定是在四小時之後出現，『潛逃』之事一旦敗露，落單不但不安，而且很危險），更不可能留下小唄小姐這個局外人（我雖然這麼希望，但被拒絕了，想當然耳），所以我們三人——我、玖渚、鈴無小姐——之中只有一人能夠成為行動組。鈴無小姐率先謝絕（『本姑娘腦筋不好』），結果就剩我和玖渚。就客觀條件來看，玖渚的確比較聰明，但是既不能把玖渚交給小唄小姐這種可疑分子，我也不認為玖渚有能力執行祕密任務，肯定離開牢籠兩秒就會露餡。既然卿壹郎博士的目標是玖渚，只要她留在這裡，萬一東窗事發，對方大概也不會亂來——對，應該不會亂來。是故，我就只能選擇行動組。

如此這般「傳教士與食人族」式的思考結果。

我選擇離開牢籠。

「——真是戲言啊。」

我咕噥著一如平時的臺詞，與小唄小姐迎面對峙。「請多指教。」小唄小姐重新壓低帽緣道：「那麼，立刻展開行動吧？也不能一直在這裡磨菇。」

「說得也是，正是如此。」我點點頭，接著回頭望著鐵欄杆。「鈴無小姐，這裡……總之玖渚就拜託了。」

「這種狀況下，本姑娘也沒辦法自信滿滿地答應，嗯，就輕～～輕接受委託吧。」鈴無小姐道：「伊字訣，我們的命運就交給你囉。」

我收下了異常珍貴的事物。

拜託對方，全權委託，收下回禮。

喂喂喂，我們這不就像是……

彼此信賴？

「阿伊。」玖渚在堪稱唐突的時間點說：「最壞的情況……阿伊真的束手無策時，聯絡小直也沒關係的。」

「……」

聯絡直先生，我知道那代表什麼意思——當玖渚友面臨**迫切的**危機，借用那個人的力量所代表的意思。

「……我知道了，就這麼辦，如果真的發生最壞的情況。」

「還有，阿伊，你記得嗎？」玖渚坐在地上，抬起小臉望著我道：「人家以前說過關於『集團』的那個規矩——我們約好『不能對別人洩漏成員的情報』。」

「……啊啊，妳說過嗎？這麼說來，好像有說過。」

「人家要毀約囉。」玖渚說道：「——昨天，小兔跟我說『差不多是可以挽回汙名的時機了』。」

挽回汙名。

兔吊木的汙名——『害惡細菌』（Green Green Green）嗎？昔日集團的終極破壞者，極盡暴虐之能事的那個時代被冠上的稱號，蔑稱。兔吊木說要挽回那種汙名嗎？

想取回那種稱號嗎？被人釘在牆上，而今命喪黃泉的兔吊木，為何有此發言？不，可是，更重要的是……

「為什麼現在忽然告訴我這件事？」

「因為人家覺得不太公平嘛。現在時間不夠，只能說這些，可是，人家希望阿伊能懂。」玖渚語氣異常平淡地說：「喏，阿伊，阿伊不會拋棄、不會討厭**我**吧？」

「不會。」

我不假思索地回答。

終於能不假思索地回答。

而且感到安心的，恐怕不是玖渚，而是我自己。

「這種不可能發生的事不要一一問我，我連回答都嫌麻煩。對我們來說，**這種事跟那種事**根本不算什麼，小友。」

「是嗎？那就好。」

玖渚再度展露平時那種天真無邪的笑靨，這樣就夠了。我下定決心，說：「那我們出發吧？小唄小姐。」。

「嗯，先來開開作戰會議吧？」小唄小姐也點點頭，開始邁步。「為了了解並掌握目前情勢，首先必須離開這棟建築。」

「就是這件事，剛才我應該已經問過了，小唄小姐又是怎麼進來的？」

「待會就跟你解釋，你先跟我來。」

我跟著大步前進的小唄小姐，沒多久繞過一個轉角，就此看不見牢籠，更看不見玖渚和鈴無小姐的身影。

這時，小唄小姐忽地噗嗤一笑。

「——有什麼好笑的？」

「不不不，就覺得挺好的。該說是友情？愛情？還是別的呢？兩位淑女都很迷人，吾友，哪個才是你的真命天女？」

「我們不是這種關係，鈴無小姐不是，玖渚也不是。我的真命天女是住在我隔壁房間，像武士一樣的人。」我隨口答道：「基本上這種事跟妳又沒關係。」

「呵呵，當然跟我沒關係，你的事跟我完全無關，毫無關係，這的確十全；不過，想深入了解即將同生共死、生死與共的夥伴，這也是正常的吧？吾友。」

「我可不打算跟妳一起殉情，小唄小姐。」我故作輕鬆。「話說回來，妳對我們似乎有一定程度的了解，我們對妳卻是一無所知，這樣不免令人有些緊張。」

「緊張？無妨，請繼續緊張，這樣事情也會比較順利。」小唄小姐速度不減地當先而行，同時應道：「只要你答應我的要求，我就毫無怨言。我要的不是信賴，而是誠意。」

「真是即物主義。」

「這叫做人務實。」

毫無意義的胡扯。我既覺得這樣不行，又覺得應該無所謂。不論如何，我目前只能依賴這個人。

「往這裡走。」

小唄小姐指著一扇綠色鐵門，她用剛才的那把錐狀小刀開鎖，將門向外一推。門後面是一路朝上延伸的樓梯，就結構來看，似乎是逃生梯。

「妳是從這裡進來的嗎？」

「嗯啊，因為電梯的聲音滿大的，一搭就會曝光。好了，快走，不是有時間限制？快點行動比較十全。」

相較於我的躊躇，小唄小姐則是迅速上樓，行動毫無半點猶豫。換言之，對她而言，這種發展是預料中之事，包括我接受她的提議，遵循她的吩咐，這一切都在她的計畫中。我輕輕甩頭，踏上樓梯。後方鐵門自動關上，門鎖聲響起，看來這扇門是採用單純的機械鎖。

「我糾正其中一個誤解。」小唄小姐忽然道：「你說得沒錯，大部分的事都一如我的計畫，但對我來說，還是有一件出乎預料的事。」

「……我……」一句話都沒講。」

「我以為要花更多時間才能說服你。」小唄小姐不理會我的提問，逕自續道：「從昨晚的態度判斷。對我來說，這樣當然比較十全；可是，你看起來實在不像是明辯事理的人，即便是走投無路，你為何如此爽快地答應我的要求呢？」

「我有一個朋友……」我先嘆了一口氣，答道：「跟妳很像。不，一點都不像，而且我也不了解妳，其實也不了解她，不過，該說是類型嗎……就像在分類學上，可以擺在相同類別的人。」

「……喔？好像挺有趣的。」

「話說回來，那個人的工作無所不包，呃……就是承包人。」我說：「並不是妳這種小偷。」

「呵呵，原來如此，這也很十全……套句那個黑衣人的話，想不到你的人面挺廣的嘛。無論如何，這麼快就說服你，實在太好了。」

黑衣人？誰？啊啊，鈴無小姐嗎？

經過一樓鐵門時，小唄小姐卻轉身朝二樓走去。

「咦？還要上樓嗎？只有一樓有出口喔。」

「因為那個出口出不去，你們才傷腦筋的吧？既然正常的方法行不通，嘗試正常以外的方法才是十全；不過……不過，話說回來，是怎麼一回事呢？」

「什麼？裝模作樣的。」

「不不不，我是想先問問看，對於這起事件……嗯，是事件吧？你有沒有順利解決的自信？」

「都被對方關在那種地方，已經稱不上順利了……不過，嗯……自信嗎……我只能保證一件事。」我模仿小唄小姐，擺了擺架子才說：「這類事件過去我經歷過無數次，而其中沒有一件是我解決不了的。」

「……沒想到你這麼有自信，我有點驚訝。」

「這只是經驗法則……或者該說這種程度還不夠。」我不帶一絲感情地道：「想要毀滅我和玖渚，這種程度的事件是辦不到的。玖渚的昔日夥伴在密閉空間裡被人貫穿雙眼、剜開嘴部、刨開胸口、扯裂腹部、刺穿雙腿、奪走雙臂、釘在牆上、書寫血字的這種程度，嗯……給它六十分吧。」

「這樣也可以取得學分了。」

「或許沒錯……不過，有時間限制倒是頭一遭。四小時……或者更短，在那之前必須返回地下室。」

「要是四小時之內解決不了，你有何打算？」小唄小姐問道：「剛才在黑衣人面前雖然那樣說，可是對我期待太高的話，我也很傷腦筋。我另有目的，跟你只能算是同盟關係，與其說是生死與共，或許比算像是吳越同舟。」

「我明白，確實是吳越同舟，也對……要是解決不了呢？」

「跟那個什麼……『小直』聯絡？」小唄小姐略微壓低音量。

「那是最後的手段，不，跟妳的共同戰線若是最壞的選項，那應該算是最低級的手段。」

如果選擇那個手段——如果玖渚直知道玖渚友，知道自己的妹妹遭受那種待遇，這起事件不用四小時，大概四秒內便能解決。直先生將動用一切力量解決這起事件……不，鐵定是**驅逐**；然而，唯獨……唯獨那個……

「可能的話，我不想使用那個手段。」

「……喔？雖然不知原因為何……但你看來確實不太想選擇那個選項，既然如此，還能怎麼辦？請你剛才說的那位『承包人』幫忙善後嗎？」

「這個手段……其實也不太想用。」我老實回答：「這不是最好或最壞的問題，嗯……因為我想跟那個人保持朋友關係，我只想跟那個人保持**單純**的朋友關係，所以不想欠太多人情、恩德這類的東西，更不想變成商業關係。」

我嘴上這麼說，其實早已受過對方無數恩惠。

「假如只是拯救兔吊木，請她幫忙倒也還好，但情況變得如此棘手，反而不好意思開口了。」

「因為是朋友，所以不想麻煩對方？我的想法跟你正好相反。這種時候不出手相救，還算什麼朋友？」

「我也是有很多難言之隱的。」

這方面的定義不易解釋，就是如此含混不清、模糊難辨。若想解釋清楚，勢必得追溯窮究，但我也不想多費心力追究，尤其是在目前這種情況。

「對我而言，生存就是矛盾的同義詞。」我姑且對小唄小姐講述現階段的結論。「我很高興能夠跟那個人成為朋友，很高興能夠跟那麼棒的人相處融洽、聊天打屁、一起用餐、同房共寢、讓對方疼愛、被對方取笑、被對方毆打、被對方欺凌，總之，我很高興能夠跟那個人成為朋友。所以，希望那個人哪天也能覺得跟我成為朋友很好，理由或許很無聊，但就只是這樣。」

「……是嗎？嗯，這的確也很十全。」小唄小姐不知是中意我那番臺詞的哪一句，微微轉頭，對我露出欣喜的神情，沒想到那是相當迷人的笑容。「所以呢？要是四小時之內解決不了，你到底有何打算？我先警告你，要說服那個博士是不可能的，那個此時此刻應該正在努力拼湊證據的墮落三昧博士。」

「……妳聽了我們的談話嗎？」

「從中途開始，差不多是『把玖渚當成兔吊木先生的代替品』那裡。」

「是嗎？真是不能小看妳……嗯……要是四小時之內解決不了，沒辦法，我會放棄。」

「騙人。」小唄小姐立刻否定。「你不像是這麼容易死心的人。」

「是嗎？或許。」但我並沒有騙她，完全發自內心，完全真心誠意。對，解決不了的話就放棄吧。事情若走到那步田地，我就放棄漂亮的破案方式，放棄不玷汙自己雙手的解決方式。事情若走到那步田地，我亦無意堅守十九年來勉強維繫的普通人生活，我悄悄確認藏在上衣內的小刀並未被對方沒收。

「嗯，無妨，淨是想解決不了的情況也不甚十全，想想光明的未來吧。」

小唄小姐說著走到樓梯盡頭，樓梯盡頭？換句話說，這裡是四樓……不，不是……

「屋頂？」

「沒錯。」小唄小姐頷首，又用那把小刀打開門。「正是屋頂。」

我隨她走出屋頂。地上鋪著磁磚，前方可以看見曬衣架，應該用來是曬衣服的，但沒有用過的痕跡。何止如此，甚至讓人懷疑這棟建築物落成迄今，從未有人踏入屋頂，沒有一絲人氣的場所。

磁磚上有一些水窪，似乎是昨夜那場雨造成的。

我抬起目光，環顧四周風景。延伸在城牆外側的整片杉樹林果然美麗，那是幾乎看不見任何人造物的真正美景，甚至因此顯得有些不自然的自然風景在牆外延伸。

然而，目前無暇沉迷於這片美景。

「你最好別太靠近邊緣，所有研究棟都沒有窗戶，可能性雖低，不過還是有可能被在室外移動的人看見。」

小唄小姐嘴裡這麼說，自己卻筆直走向邊緣，一頭霧水的我也跟在後面。

「呃……小唄小姐，該不會是要從這裡垂降吧？」

「這個方法也挺十全的，但這麼一來，就沒辦法解釋我是怎麼**進來**的了。」小唄小姐在非常靠近第五棟邊緣的位置猛然停步，直挺挺地站在那裡。「……那麼，你跟我來。」

小唄小姐剛說完，就向後退一步，助跑、跳躍。跳躍。換言之，就是在非常靠近邊緣的位置——說得更精確一點，就是在邊緣凸起處和雨水排放溝的一公釐前方——小唄小姐騰空躍起，而前方是空無一物的空間。

對面的第五棟。

宛如可以看見建築物背面浮現「輕飄飄」的字眼，小唄小姐在對面輕鬆著地，接著朝我回頭。左右兩側的麻花辮，隔了一拍才落在她的肩膀上。

「──請。」

「請什麼請……」我也不禁感到畏縮。「這要我怎麼『請』？」

「有什麼大不了的？不過是兩公尺的跳躍而已，成年男子不可能辦不到吧？」

兩公尺，就現實而言，第四棟和第五棟之間的距離差不多就是這樣。正如昨天的感覺，這座研究機構的建築物靠得很近，因此就像小唄小姐剛才所為，在建築間跳躍並非不可能之事；然而，即使實際上只有兩公尺。

我站在邊緣，試著往下一看。第四棟確實是四層樓的建築，但每一層似乎都比普通建築高，再如何保守估計，高度也不少於十公尺。要是失足墜樓，這種高度鐵定喪命。

兩公尺的跳躍雖然容易，可是一失敗就必死無疑，緊張感自是非比尋常。

「哎呀呀，雖然覺得不太可能，你該不會是怕了吧？真想不到吾友竟膽小如斯。」

「……我還未成年，不是成年男子這種藉口如何？」

「倘若吾友無意突破窘境、無意證明自己不是膽小鬼，就請自便。」

既然對方都這麼講了，我也無路可退。小唄小姐的助跑不到一公尺──這對我來說大概也綽綽有餘──但我還是退了三步，不，是四步的距離，接著又退了一步，深深吸一口氣，然後又退了一步。

「……」

新範疇——運動大會型推理。

「……真是徹頭徹尾的戲言啊。」

我喃喃自語，接著奔出。絕對跳得過去，第四棟到第五棟的跳躍本身不難，因此問題就是——能否順利起跳？萬一在邊緣摔倒就完蛋了。或許是因為這種擔憂，我最後在距離邊緣數十公分的地點就提前起跳了。

重力解脫的感覺後，

衝擊直撲全身而來。

「呼……」

我雙腳著地，整個人在第五棟屋頂蹲下。至少沒變成砸得稀爛的紅蕃茄或血肉橫飛的石榴，讓故事就此告終。

「了不起，吾友，」小唄小姐用虛假的聲音啪啪擊掌道：「紀錄差不多是三公尺，嗯，你的體能堪稱十全。」

「我是文武雙全。」我慢慢平息心跳，佯裝鎮定。雖然沒必要佯裝鎮定，可是，這大概不是因為心虛或面子問題，而是認為不該讓小唄小姐看見自己軟弱的一面。「然後呢？到第五棟之後呢？」

「什麼之後呢？」

「就是之後呀。正如妳剛才所言，我們的確成功離開第四棟，可是第五棟的大門也有保全系統，情況還是一樣……一個不留神，很可能被人發現。」

我說著轉向小唄小姐的時候……

我視線前方一扇通往室內的鐵門緩緩朝外開啟，這就叫「說曹操曹操就到」嗎？根尾古新先生驟然現身。肥胖的身軀外罩白袍，嘴裡叼著香菸，一副理所當然的樣子走到屋外。

我慌慌張張地想要躲避，但下一瞬間就醒悟這種空盪盪的屋頂上不可能有藏身處，而且也沒有躲藏的必要。

根尾先生嘲弄似地咧嘴一笑，說：「嘿，石丸小姐。」

他只朝我瞥了一眼，對我這個理應監禁在地下室的犯人就只瞥了一眼，又轉向陌生人兼入侵者的小唄小姐，深深一鞠躬。

「本來打算在**這裡**恭候大駕，但情況發展比預計更快，請恕小生有失遠迎之罪。」

「無妨。」小唄小姐大剌剌地應道：「不過，可以替我的吾友準備一點飲料嗎？」

第二天（3）——偽善者日記

三好心視
MIYOSHI KOKOROMI
研究員。

10

我相信神明，
因為我見過。

1

這是預料之中的發展。

基本上，小唄小姐何以如此順利地入侵這座固若金湯的研究機構？而且根據警衛的證詞，「早就逃出研究所」的小唄小姐，為何還留在所內？要解答其他諸多關於小唄小姐的疑點，我也預料到大概是有警衛或某人在所內充當**內線**。

然而，我實在沒想到這名內線竟是研究員之一。

喝著根尾先生替我調製的摻雜大量砂糖的咖啡，我一邊偷偷觀察對方。原以為自己的動作很小心，但根尾先生機警地捕捉到我的視線，噗嗤一笑。

「怎麼了？」根尾先生再度露出那種取笑對方的輕笑，揶揄似地問我。「你不敢喝咖啡嗎？這樣的話，我也有紅茶。雖然想請你喝酒，唉，想想接下來的處境，還是別喝那種麻痺思考的飲料比較好。」

「……我不喝酒的。」

「啊啊，這麼說來，三好小姐好像說過？你曾經一口氣喝光一瓶伏特加，結果因為急性酒精中毒住院？之後就發誓不再攝取酒精之類的。」

那位恩師果然替我到處宣揚了嗎？

「……不，我很喜歡咖啡的。我最喜歡黑咖啡，不過也很喜歡罐裝咖啡那種甜膩的口味，只是咖啡好像不太喜歡我。」

「哈哈哈，說得也是，喜歡對方，對方卻不喜歡自己，還真是痛苦。」根尾先生不懷好意地笑道：「我就不敢喝黑咖啡了，完全沒轍，甚至想要將所有苦澀的東西、辛辣的東西從世界驅逐。我要是創立宗教，就要將咖啡豆乃是不可食用的不潔物列為十戒之一。」

「……」

這裡是第五棟的四樓，是根尾古新先生的私人房間。完全看不出是學者的房間，對，正如當事人的外貌，充滿了中世紀的貴族風格。葡萄酒冷藏庫、豪華的沙發、滿是木紋的桌子、天花板上的水晶燈，以及占滿四面牆壁的繪畫。就連那些繪畫亦非平凡之物，倘若取得美術館的資料，肯定皆是刊載其中的名作。雖然很可能是贗品，但亦能從中窺知他的品味。

「咦？你喜歡畫嗎？」根尾先生說：「這些沒什麼統一性，說來還真慚愧。」

掛在這裡的畫作確實沒有統一性，從風景畫、人物畫到抽象畫，從印象派、立體派到超現實主義，包羅萬象，甚至還有自動素描（註5）。有意的話，搞不好可以在這個小房間舉行小規模的贗品展覽會。

「你喜歡畫嗎？」

「只是畫好像不太喜歡我。」根尾先生略顯開心地微笑。「不知該說是才能平庸，還是耳濡目染，學生時期……就是中學時期，嗯，我也曾經沉迷此道。」

「啊啊。」我暗想才能平庸和耳濡目染的意思根本不同，但在這種芝麻小事上吐槽也毫無意義，於是應道：「那麼，然後呢？」

「完全不行，做跟看是兩碼子事。我明明是畫自畫像，美術老師看了卻說『呵呵呵，這個……那個……是什麼呢？是那個嗎？嗯，該說是抽象風景嗎？還真是……有個性啊』。」

「……」有類似經驗的我也不便取笑對方。「……所以才改行當學者？」

「哈哈，別這樣看我嘛。剛才你也是用這種眼神看博士吧？好可怕、好可怕。你應該知道吧？我可是你的盟友，是盟友喔，我不是還請你喝咖啡了？」

「盟友嗎？」

在這種情況下，重點在於根尾先生到底是誰的盟友？至少不是博士的盟友，這是確實的。話雖如此，就認定他是我的盟友，這種思考方式未免太短淺、太樂觀。而要

5　源於超現實主義者發明的「自動書寫」（Automatic Writing）技法，意指解脫所有意識約束，自動記錄出現於潛意識的任何東西。

說他是小唄小姐的盟友，也十分可疑。從雙方的互動來看，找不到任何信賴關係。我含了一口咖啡在嘴裡，略微品嚐它的味道，再一口氣嚥下，體內升起一股無名火的感覺。

「你到底是誰？」

「真是直接的問題啊……呵呵呵，讓我這麼回答你吧。」根尾先生老氣橫秋地攤開雙手。「內部告發達人！背叛大師！祕密工作專家！悖德仿傚者！這正是在下——根尾古新是也！」

「……」

「別退後啊。」

「當然要退後了。」我退了五公里左右。「簡而言之，你是敵陣組織派來打聽這座研究機構，跟小唄小姐共謀的間諜？」

「不太一樣，我跟石丸小姐並非共犯關係，不過呢，也可算是事後從犯吧……這方面不太容易解釋。」根尾先生難以啟口地說道：「關於我，你還是別問得太詳細比較好，知道太多，保證折壽。哎，知道我不是斜道卿壹郎陣營的人，是有意協助你的人不就夠了？」

「……這樣應該夠了。」

根尾先生的目的，恐怕亦跟小唄小姐有些類似，但小唄小姐的行動是基於個人意志，根尾先生則是基於某個組織……換言之肯定就是跟這座研究機構及其高層——玖渚家族對立的某個組織之意志。正因如此，根尾先生的準備十分周延——畢竟是以一名研究員的身分入侵，計畫時程必然相當長；相較之下，小唄小姐的準備儘管較為鬆散，但很容易臨機應變。兩人的共犯型態就是基於這種理由吧？

然而，誠如根尾先生所言，這種事還是不曉得比較好。時間本來就很緊迫，我當然不可能有空理會什麼組織、什麼研究成果、什麼研究計畫。

「話說回來……你還真是被麻煩人物盯上了啊。」

「麻煩人物？你是指小唄小姐？」

「其他還有誰？你的體質好像很容易被麻煩人物看上。」根尾先生故弄玄虛地說：「唉，這次情況特殊，也是無可奈何的，但以後別招惹石丸小姐比較好喔。我不知道石丸小姐為何想幫你，但這是本人身為長輩的忠告。呵呵，你認為我在嚇唬你嗎？沒錯，跟以前相比……跟我第一次接觸的時候相比，石丸小姐確實變圓滑了，可是我知道她被稱為『七把槍』的時代時……」

從他的說法聽來，根尾先生和小唄小姐似乎不僅是這次的共犯而已。既然如此，正如根尾先生不是普通的內線，小唄小姐亦非普通的企業小偷。這方面我也不想了解太多；可是，我也不確定能否避免深入了解，因為這搞不好與兔吊木的事件有關。

「話說回來，你接下來打算怎麼辦？」根尾先生突然恢復正常口吻，對我問道：「老實說，這是不可能解決的困難問題喔。博士說的那些固然顛三倒四，但確實是目前唯一找得到的正確解答。儘管很難說是最佳答案，可是從面子上來看，倒也不算太壞，況且那個保全系統也絕非無法攻破。卡片、密碼、網膜、聲紋、ＩＤ號碼，還有應該仍留在中央電腦裡的紀錄。你或許懷疑犯人是我們其中之一，但這也是不可能的，我認為犯人一定是外人。既然如此，對方大概早就下山了，想要在四小時以內解決，根本是不可能的任務。」

「——威脅年輕小朋友不太好喔。」

這種情況下，無須解釋驀然響起的聲音出自何人之口。只見抱著紙束的小唄小姐不知何時站在根尾先生的後方，真是神出鬼沒的人。根尾先生或許是習慣了，若無其事、頭也不回地問道：「喲，石丸小姐，妳是從什麼時候開始聽的？」

「從身為長輩的忠告那附近，嗯……關於這方面的歧見，我們事後再來好好討論，根尾先生。話說回來，吾友，這個。」

石丸小姐先面對我，在根尾先生旁邊坐下，接著將手裡的紙束遞給我。上面寫著一長串教人頭昏眼花、莫名其妙的英文和數字，不，應該不是英文，這是程式語言，廣義來說，可以稱為機械語言。

「……這是？」

「我一併列印出來了，這是留在中央電腦裡的紀錄。」小唄小姐朝根尾先生瞥了一眼。「……根尾先生的電腦太爛，花了我不少時間……啊啊，那附近就是昨晚的紀錄，四位數字代表時間，旁邊的記號分別代表各個研究棟。」

我一邊聆聽小唄小姐的說明，一邊仔細端詳，確認紀錄，可是得到的結果只有博士並未說謊。昨晚確實只有春日井小姐離開自己的研究棟，而就連那位春日井小姐，在室外的時間也只有短短五分十分程度。從這個紀錄判斷，包括卿壹郎博士在內的所有研究員均有不在場證明。若是以這個時間點進行消去法，玖渚一夥確實很可疑。

情勢不利。

嗯。

消去法嗎……

「……有沒有可能被人動過手腳？」

「動手腳是不可能的。」回答的不是小唄小姐，而是根尾先生。「我們可沒那種技能，當然也包括博士在內。兔吊木先生或許還有辦法，但那個人也不是這方面的專家——那個人的專門與其說是硬體，應該比較偏向軟體——而且，被殺的正是兔吊木先生。三好小姐和春日井小姐完全沾不上邊，至於神足先生，他比較善於研究，並不適合實戰。大垣君和宇瀨小姐的問題不是能力的種類，而是能力的程度。」

「——就算其他人是這樣，博士本人應該辦得到吧？再怎麼說他都是『墮落三昧』，假如不是虛有其表，這種事應該輕而易舉吧？」

「我老實告訴你一件事。玖渚友是天才，而斜道卿壹郎**不是**天才。兩者間的差距比你想像中更大喔，小情人。」

「……」

「對，博士不是天才。對你……還有對我這種程度的人而言，當然分不出玖渚大小姐和博士的差距。在我們眼裡，他們就像不分伯仲的天才。能夠區分那兩人的差距的人**非常少**，而博士正是那**非常少**的人之一。正因如此，得知自己不是天才的博士，才放棄迄今的人工智能，轉而進行這般**荒誕無稽**的研究。」

荒誕無稽的研究，或許正如他所言。但倘若正如他所言，博士別說是不在場證明，甚至沒有殺死兔吊木的理由，因為不可能有人自行毀壞自己的研究。

「因為人類就是那樣嘛，就是最喜歡輕視他人的生物。正如你我所知，世界是不公平的，對吧?不論問誰，大概都會如此回答。這或許是很常見的比喻，但不管問誰『你認為世上找不到一個比你差的人嗎?』都不可能有人點頭同意的。」

根尾先生似乎很開心。

根尾先生說得沒錯，頂點只有一個，但底部無以數計，這正是我們的世界結構；然而，這種事聽了終究令人不快。

「話題好像扯遠了嗎?不過呢，咱們這裡的系統有太多黑盒子了，不光是保全問題，也包括中央電腦，到處都是黑盒子。而知道內部的，當然就只有造物主——玖渚大小姐。」

「……這不單單是情勢不利。」我將紙束扔向桌子。「……而且一旦扯上電腦之類的東西，我基本上就沒轍了，那不是我的專門。」

「嘿?」根尾先生似乎有些興趣。「那麼，你的專門是什麼?既然是三好小姐的弟子……啊!是解剖學嗎?」

「……我不太喜歡解剖學……對了，根尾先生，」說到解剖學，「兔吊木先生被釘在牆上的屍體，後來是怎麼處理的？」

「咦？啊啊，正如你的預測，由大垣君和宇瀨小姐搬到第三棟……三好小姐的研究棟，目前正由春日井小姐和三好小姐兩人驗屍，總之就是調查死亡原因和死亡時間那些。」

「是嗎……」

我沉吟不語。關於兔吊木屍體的情報，那是我亟欲知悉的。早上進入那個房間時太過震驚，沒有徹底吸收正確情報。而且也不是在近處觀察，因此有必要再檢視一次兔吊木慘遭殺害肢解的肉體。

另外還有一件絕對不可省略的就是——現場勘驗。必須再次前往兔吊木慘遭殺害的那個房間，重新檢視情況，前往那個血字點綴的殘酷房間。

這兩件事不能省略，可是，到底該怎麼辦才好……

「話說回來，你不覺得有件事必須先決定嗎？吾友。」小唄小姐對沉吟不語的我說：「我和你既然是合作關係，有件事得先決定才行。」

「什麼事？」

「換言之，就是以你優先，還是以我優先的問題。」小唄小姐豎起指頭，講課般地說：「換言之，就是你先提供你所知道的**情報**，還是我先助你查明真相，事後再接收你的誠意，總之就是該如何決定這個順序的實際問題。」

「啊啊……」原來如此，有這種問題啊。「這的確是個問題……」對我來說，當然希望事後再提供情報。不是因為時間緊迫，而是因為那是我對小唄小姐的王牌，但這對小唄小姐而言亦然。即使傾全力相助，也無法保證我一定會知恩圖報，畢竟我昨晚曾經一度回絕她的請求，要她完全相信我是不可能的。

小唄小姐大概也在思考相同的事，我們暫時陷入沉默。

「扔銅板決定如何？」根尾先生對小唄小姐提議。「在這裡磨蹭下去，時間可是在一分一秒地流逝喔，石丸小姐。對他而言，對妳而言，這都不是一件好事吧？既然找不到完美無缺的答案，乾脆用銅板解決不是更公平？」

「——原來如此，這倒也十全。」小唄小姐說完，在大衣口袋裡一陣摸索，取出代幣似的東西。至少看得出那不是日本銅板，但也不知道是哪國的硬幣，說不定是遊樂場的代幣。「那麼，吾友，你要猜正面或反面？」

「這樣還是不太公平。」我慎重地說：「銅板正反面不是可以用扔法控制嗎？小唄小姐，我不是在懷疑妳……不，雖然是在懷疑妳，可是這種靠普通動態視力就能控制正反面的方式……」

「的確如此。」小唄小姐爽快退讓。「那就由你來扔，我來指定正反面，這樣對你也很公平吧？」

「……可以嗎？剛才說的那些，我也做得到喔。」

「我還有一枚銅板。」小唄小姐說完，從口袋取出另一枚銅板。「這枚銅板握在右手就算正面，握在左手就算反面，可以嗎？」

說完，小唄小姐彈起銅板，接著迅速交叉雙臂，將銅板握在其中一隻手裡，我看不出究竟是哪一隻。

「……好吧。」

我輕輕彈起銅板。對方既然讓步至斯，這就是沒有任何手段、單憑運氣的輸贏。我並未用手背接住銅板，直接讓它落在桌面。銅板彈跳數次，接著旋轉，最後反面朝上靜止。

命中率二分之一。

若要說得更精確，因為銅板也可能豎起，命中率其實不到二分之一，但一來這種可能性低到幾乎不可能發生，二來既已成功迴避。我轉向小唄小姐，她略顯嘲諷地輕笑，接著緩緩打開左手，裡面沒有任何東西。

「……好，這樣也算十全，就以你優先吧。」小唄小姐從沙發站起，接著從上方俯視我。「那麼，按照這種案例的標準步驟，先去調查解剖結果和現場勘驗嗎？兔吊木先生的屍體先？還是現場先？由你決定。」

我看著小唄小姐答道：「……我想想，那麼，首先……還是先看屍體吧？時間拖得越久，能夠從對象取得的情報就越少。」我轉向根尾先生。「根尾先生，你知道兔吊木先生的屍體安置在第三棟的哪個房間嗎？」

「我記得是第三棟的第七解剖室，因為她這麼說，不過，你打算怎麼辦？」根尾先生微微側頭。「你……或者該說你和石丸小姐，不可能進入第三棟的，正如你們不可能進入第七棟。我可以像現在這樣讓你窩藏在此、提供思考的場所、提供情報、甚至提供咖啡，可是要我幫忙更多就難囉。在下自己都自身難保了，你也應該明白吧？」

「……嗯，這我也明白。」

該怎麼辦呢？我首先想到的是請老師幫忙，但這不但風險高，成功率又低。以賭博來說，是最差勁的投注。老師——那個三好天上天下唯我獨尊心視老師，實在不像是會信奉卿壹郎博士的人，話雖如此，也不像是會隨便背叛那個博士的人。老師原本就是機靈的人物，想必不是單純受僱於這座研究機構，鐵定有某種個人目的。同時，對於認為達成目的才算人生的老師而言，甚至沒有任何小宇宙優於她自己的目標。認為昔日弟子這種老套關係說不定在老師面前有幾分價值，實在是太天真了。

「……所以，方法只剩一個。」小唄小姐對沉默不語的我如此說道。接著沒等我回答，又對根尾先生說：「總之你先替我們阻擋博士。隨便製造事端，或者放一些莫須有的情報。搞得天下大亂、烏煙瘴氣、一塌糊塗，這是你的專門吧？」

「……哈哈哈哈。」根尾先生對她假笑應道：「安啦安啦安啦，石丸小唄小姐。雖然不知有何內情，但石丸小姐似乎是有非對這名少年親切不可的理由。做到這種程度也想弄到手的『情報』，究竟是什麼呢？好，我就不問妳了。雖然耐人尋味，但暫且不問了。嗯，交給我吧，石丸小姐。不肖小生根古尾新，將盡微不足道的全力幫助兩位。」

「十全，那我們走吧，吾友。」小唄小姐對根尾先生的那番話露出突兀的燦爛微笑，接著牽起我的手，將我從沙發上拉起。「冒險之旅開始了。」

「……妳說得真輕鬆啊。」

「因為與我無關嘛，雖然只是目前。」

「少年，」根尾先生以略微正經的口吻，對被小唄小姐拖著走的我說：「小心別被任何人看見喔，被發現就完了。諸如三好小姐是舊識無所謂、大垣君不是對手的這種天真想法是行不通的。」

「這我明白。」

「並非只有博士而已，這裡的所有人都徹底墮落了，當然也包括我在內。對了，要特別小心春日井小姐。」

「……春日井小姐嗎？」這句話令我有些詫異。「為什麼？要小心的話，應該是志人君或美幸小姐——」

被博士施以那種莫名其妙的暴力，仍舊將對方奉若神明，我覺得那兩人更加危險。

「這種情況的問題在於沒有信念。基本上，你想想看，博士為何將你們——或許該說將玖渚大小姐關在春日井小姐那裡，而不是自己的研究棟？這固然是為了在發生意外時替自己脫罪，不過更重要的理由是——春日井小姐**絕對**不會背叛博士的**客觀**事實。我能理解，正因我是背叛大師，正因我的前提是絕對背叛，才能如此斷言。春日井小姐不會背叛，因為她甚至沒有**合謀**。大垣君和宇瀨小姐有阿諛奉承博士的理由，諸如對博士的敬畏、對博士的恩義等等，但正因如此，只要給予他們**更有價值**的東西即可。就好比現在，慘遭博士拳腳相向、心靈受創的他們正是最容易倒戈的時期，說服他們倒戈的方法很多。然而，春日井小姐不同，她待在這裡的理由僅僅是『**不知不覺**』。」

「不知不覺……嗎？」

根尾聽見我的重複聲，咧嘴一笑。

「嗯啊，喂，有比這更可怕的事嗎？有比這更駭人的事嗎？毫無理由、毫無信念地行動的人。她沒有追隨卿壹郎博士的理由，一個都沒有，只是不知不覺地待在這裡。所以，甚至無法顛覆。因為根本沒有協助博士的理由，當然也就無從推翻。零乘上任何數字都是零，零除以任何數字還是零。這不叫盲從，又叫什麼？」

「……」

春日井春日。

我想起昨夜和她的對話。

表明選擇「不選擇」的她。

不是喜歡，不是討厭，不是普通，不是愉快，不是不愉快，不是無所謂，什麼都不是的她。

什麼都不是，「不知不覺」的她。

可是，老實說我這時還不太理解根尾先生的意思。我曉得春日井小姐的人格有些偏差，但實在沒想到是如此危險的人物。要說盲從的話，我認為志人君或美幸小姐還比較適合，根尾先生說的「不知不覺」這種不痛不癢的字眼，我無法感到任何可怕之處。

「不知不覺」的她——春日井春日。

這種事不是一點問題都沒有嗎？

——然而，我在數小時之後終於深深領略，完全沒有信念的人類，有時其存在本身就是令人觸目驚心的對象；我終於親身體會，沒有問題的人類，當然也沒有任何解答。

2

我和小唄小姐再度返回第四棟屋頂。

「……妳打算怎麼辦？」

「還用說？你不是想去第三棟？既然如此，那裡不是有路徑？獨一無二的路徑。」

小唄小姐說完，手指朝空氣一比。第四棟和第三棟的間隔，目測距離約莫四公尺……估得短一點的話，大概三公尺半。比第五棟和第四棟之間的距離更近，不，是遠了一公尺。

「……要從這裡跳？還要嗎？」

「不想跳的話也十全。就如你所願，在此宣告遊戲結束。」

「……」

我將腦袋瓜伸出屋頂，朝下一看。嗯，不管確認幾次，高度都超過十公尺。我的雙眼視力都是二點零，因此可以斷言，也唯獨這種時刻對自己的健康肉體感到怨恨。

「……這有三公尺半耶。」

「這點距離，就連現在的女國中生都跳得過去。」小唄小姐輕聲道：「發育好的小學生應該可以跳個四公尺吧？順道一提，目前跳遠的世界紀錄，男子是八公尺九十五公分，女子是七公尺五十公分，這連女子紀錄的一半都不到，怎麼可能跳不過去？」

再怎麼說，也不能跟世界紀綠比吧？況且那些人就算是賭上人生跳遠，也絕非賭上性命跳樓。失敗就必死無疑，失手將身受重傷——這種風險光想就教人卻步。

「一直呆在這裡也不太好，而且兔吊木先生的屍體也未必會一直安置在第三棟。只要取得足夠的證據——對博士而言，就是指足夠歸罪於你們的證據——立刻燒燬屍體也不足為奇。這麼一來，你就完了。啊啊，不是你，完蛋的是玖渚小姐嗎？真的是陷入絕境哪。」

既然她搬出那個名字，我也沒得選擇了。「哎呀呀。」我裝模作樣地咕噥，朝邊緣取好距離。這次更加謹慎，助跑距離比上次長了一倍；話雖如此，距離太長的話，搞不好還沒起跳就先氣竭，箇中分寸甚難拿捏。

「——先不管我，小唄小姐跳得過去嗎？」

「輕鬆得很。」

小唄小姐自信滿滿地笑了，將眼鏡朝上一推。從那種態度來看，大概正如她所言。既然如此，我還是擔心自己就好。沒問題的，只要助跑夠快，不可能連三公尺半都跳不過，只要別被邊緣凸起處和雨水排放溝絆倒——

我調整呼吸，踏出一步。七步左右抵達邊緣，第八步起跳，向後躬身彈起——視野裡是廣大的天空——不到一秒的時間，在天際飛翔，接著落地，成功落地了。

「呼——」

我回頭一看，注視自己剛才存在的第四棟屋頂。剛回頭，小唄小姐已在空中。我還來不及改變焦距，她已在第三棟屋頂降落，皮靴腳跟輕輕向前方一滑，化解多餘的衝力。

「呵呵——」小唄小姐保持略微後仰的姿勢，對我嫣然一笑。「我們倆搞不好很合呢，能夠一同享受這種雜技的男女，這大千世界也僅此一對。」

「我並沒有享受……」

我說著突然發現自己的著地點比小唄小姐更靠近屋頂邊緣。雖然不及鈴無小姐，但小唄小姐亦是身材高䠷的女性，既然腿比我長，跳遠或許更加有利，但這與其說是體格，或許單純只是體能的問題。

「怎麼了？快點行動呀，時間緊迫吧？」

「啊，是是是……」這時我又發現了另外一件事，猛然停步。「小唄小姐，我只是問問看……這個手法……我是指這種在屋頂間跳躍的方法，不是就可以一路入侵第七棟嗎？」

小唄聽見我的假設，一時露出驚訝的表情，但馬上說：「我想這是不可能的。」她沒有立即駁斥，我卻不明白為何如此堅決地否定這項提案，忍不住質疑地問：「為什麼？」

「你沒事別這麼激動，難看死了，跟卿壹郎博士爭執時也是這副模樣嗎？」

「這……不，對不起，我對這種魯莽的語氣致歉。」

我乖乖低頭致歉。

沒錯，激動又能怎樣？就連我們交談之際，玖渚和鈴無小姐都無時無刻身陷危機，我再激動也無濟於事，反倒會敗事。正因是這種時刻，正因是這種情況，我才必須強迫自己冷靜。一如平時，壓抑感情，當自己是一具思考機械，是一具沒有心的機器人。

「可是，為什麼沒辦法這麼簡單地——」

「你以為我沒想過嗎？你以為我活到今日，連這種活像是魯邦三世在屋頂間跳躍的計謀都想不到？」小唄小姐背對我走向門扉說：「總之，你是不可能使用這個方法的。理由待會再說明，目前最重要的是調查兔吊木先生的屍體吧？」

「……我明白了。」我勉為其難地點點頭，跟在小唄小姐後面。「可是，既然說這個方法不可能——」

還以為終於找到解決這起困難事件的線索，是我多心了嗎？還以為完美無缺的密室——第七棟終於出現一條路徑。

「問題並非只有密室吧？」小唄小姐一邊開鎖，一邊說道：「兔吊木被那般殘忍殺害的理由，還有牆上的血字也很教人在意。想法太集中於一件事，小心一失足成千古恨。」

「……是嗎？也對。」

我看了一下時間，剩餘時間大約是三小時三十分，實在很難說是綽綽有餘。話雖如此，必須思考的問題卻堆積如山。老實說，希望很渺茫，但既然不是零，就只能繼續追查下去，這還真是毫無助益的想法。

我跟著小唄小姐下樓，忽然又發現另一件事。這跟事件無關，而是剛才與小唄小姐的那場打賭——銅板正反面。雖然最後是我贏了，可是真的是這樣嗎？小唄小姐的左手確實空無一物，但我亦未確認她的右手裡握有銅板。換句話說，那隻手裡也可能沒有東西。體諒我時間緊迫，小唄小姐才特地讓步——這種過於多愁善感的想法畢竟難以啟口，「根尾先生是做什麼的？」我於是朝小唄小姐的背影問了一個風馬牛不相干的問題。

「你沒問過他嗎？」

「問是問了，可是他好像只是在隨便敷衍，不，是岔開話題嗎……什麼內部告發達人、背叛大師、祕密工作專家、悖德仿傚者之類的，淨說這些一聽就很假的名稱。」

「所以，你是怎麼定義他的？」

「嗯……我想他可能是其他敵對機構派來的間諜。」

「這解答並不十全，就像在說『在海裡游泳的就是魚類』，嗯，頂多只能算是三全或四全吧。」

「嗄？」無法理解她的給分標準。「那妳說根尾先生是做什麼的？」

「這可是你我之間的祕密喔。」小唄小姐停下腳步，將食指放在櫻唇前方，輕輕拋了一個媚眼。「他不是間諜這種不冷不熱的存在，而且那些名號也不是謊言，通通都是真的。嗯……他就像是大型集團……不，是大型聯盟派遣的全權大使，要說的話，是比間諜高了好幾級的人物。」

「大型聯盟這個字眼挺令人在意的哪。」

「這就代表這座研究機構有多麼引人注目。卿壹郎博士目前進行的研究……不過兔吊木先生已死，或許該說是**以前**進行的研究。可是，既然有意用玖渚小姐當標本繼續，說不定也無須訂正，這方面就看你的努力了。就連你以前待過的ＥＲ３系統，大概也很期待卿壹郎博士的研究成果。嗯，那種地方的話，我想應該沒錯。」

「……還有妳也是。」

「正是。」小唄小姐溫柔一笑，接著又舉步前進。我忍住不再追問，隨她下樓。我們通過四樓門扉，抵達三樓。小唄小姐在門前等我，然後小心翼翼地用小刀輕聲開鎖。

「他剛才說是幾號房？」

「第七解剖室。」

小唄小姐說著轉動鐵門把手，輕輕一推，從門縫偷窺室內，但剎那間又關上鐵門。那幾乎是瞬間的反射性動作，但小偷不愧是小偷，除了自動鎖的喀嚓聲之外，沒有發出任何聲響。

「……怎麼了？」

「情況很不十全，有兩位女性恐怕是從第七解剖室出來了。」

「兩位嗎？穿什麼衣服？」

「兩位都穿白袍，一位戴著圓眼鏡，另一位是冷酷型的。」

那絕對是老師和春日井小姐。女性的話，還有一位美幸小姐，不過對照剛才根尾先生的情報，再加上白袍打扮，我想應該可以排除她。

小唄小姐蹲在原地，耳朵貼著鐵門，我不由自主地模仿她的動作。

「……　……………所以　　……」

「……　…………差勁透了　……………」

「……是……真辛苦……啊。」

「早就習慣　……　……　麻煩……」

聽不太清楚，兩人想必離這裡有一段距離。可是，兩人的聲音逐漸清晰，大概正朝我們走來。

「不，話雖如此，博士到底想對那三人怎樣？」

這是心視老師的聲音。

「還能怎樣？我想結果應該已經很清楚了。」

這是春日井小姐的聲音。

既然如此，小唄小姐看見的果然是心視老師和春日井小姐。我輕輕用眼神向迎面對坐的小唄小姐示意，她微微頷首，繼續傾聽兩人的對話。

「雖然平常也是如此但手段還真強硬。我是這麼覺得。實在不像成熟學者的風範。將那種小孩子關在地下室就已經夠邪門了更何況要誣陷他們是殺人事件的犯人實在不像正常人的行徑。」

「真是正常的意見啊。嗯，這才叫『墮落三昧』吧？可是，咱家倒也不是無法理解博士的想法，這畢竟是在那三人出現後的突發事件，就算不管邏輯云云，說可疑也夠可疑的了。」

「這種搬弄是非的言論真不像三好。關在我那地下牢籠的三人裡頭也混了一個妳的弟子吧？」春日井小姐的語氣彷彿將人類視為攙雜物。「三好難道不想庇護他？這麼說來他發飆時也是妳率先阻止的。」

「啊～～那個啊～～唉，該說是基於過去經驗的預測嗎？在休士頓的時候，那小子就經常發飆。平常明明乖得很，可是一被人踩到尾巴，就馬上大發雷霆。將人生奉獻給學問，或者腦筋好的人大多如此，但那小子好像又不是這一類。總之，就是很容易動怒的傢伙，尤其是頭一年。當時每次都要咱家出手制止，真是教人費心的學生啊。」

雖然內心有諸多不滿，姑且先按兵不動。

「嗯，要說可愛的話，這也挺可愛的。」

「是嗎？我倒是有點失望。」

「咦？什麼？原來春日井不喜歡熱情澎湃的男人？」

「我最討厭熱情澎湃的男人。」

「春日井的價值觀還真嚴苛。不過，要說那小子很差勁，咱家也是舉雙手贊成的。」老師泰然自若地說著即使背著當事人亦很殘酷的臺詞，接著又道：「可是呀，那小子並非只是差勁而已，嗯，不但基本方面差勁、應用方面差勁，就連發展方面也很差勁，而且不是普通程度的差勁，是空前絕後、前所未聞、舉一也無法反二、說右偏往左走，那小子是絕無僅有、天下無雙的差勁男。哎，我倒也沒有誇讚那小子的意思。」

不勞您費心，那種臺詞聽不出半句誇讚之意。

「對三好來說好像完全沒有任何不安要素。」

「嗯，咱家一點都不擔心。何止如此，反倒越來越期待了。咱們只要靜觀其變即可，在博士、志人君和宇瀨小姐思考善後策略的數小時之內……唉，雖然是善後策略，反正這種事件，那小子也有辦法解決的。」

「解決？他嗎？」

「正是，因為對這種狀況……或者該說是這種處境而言，那小子是最適合的人才。不，應該說對那小子而言，這是最適合的處境嗎？說得再白一點，這種處境是那小子的天敵，他應該會發憤圖強、努力解決才對。」

「更何況還是妳的弟子。」

「弟子啊，這個字眼雖然好聽，不過扯不上關係。」

老師笑著模糊焦點。

……話說回來，聲音從剛才開始就沒有繼續接近或遠離，好像停在原地，她們倆是在做什麼呢？實在想不出杵在逃生門前面談話的理由，既然如此，難不成是早就發現我們躲在門後？不，若是這樣，根本不必說這些有的沒的，應該早就開門抓人了。之所以沒有開門，換言之就是沒發現我們。

我這時突然想起，昨天進入兔吊木的第七棟時，（志人君表示是『兔吊木先生拆毀的』）電梯旁邊有樓梯。假如第三棟的結構跟第七棟一樣，這扇門的旁邊就有一座電梯。換句話說，老師和春日井小姐並非杵在門前，單純是在旁邊等電梯。

既然如此，如今是大好機會。兩人即將離開這層樓，換句話說，潛入安置兔吊木屍體的第七解剖室的困難度大幅降低。

嗯，情勢大好。我今年的運勢搞不好很順。雖然已經七月初了。雖然前六個月有好幾次差點慘遭毒手。

「話雖如此他目前仍被關在我那地下牢籠。最適合也好天敵也好他根本就無技可施。莫非他是『安樂椅型』（註6）？」

「應該說是『扭轉乾坤型』吧？到中途還是『不知道、不知道、完全不知道。超級不知道、超級不知道，再一次不知道就會死翹翹，可是還是不知道，所以只有死翹翹』這種白痴角色，可是因為某種小小的契機就變成『對啦！就是這個！為什麼之前連這麼簡單的事都不知道呀！我真是愚蠢至極！愚蠢、愚蠢、愚蠢到還是死翹翹吧』。」

「不論哪個都是死路一條嘛。」

不論哪個都只有死路一條。

「所以才不是『安樂椅型』哪。當然也不是『遠距離操控型』，話雖如此，又不是『近距離攻擊型』（註7），對了，嗯，仔細一想，既然身陷牢獄，那小子或許也束手無策。」

「到頭來就是『電椅型』？那麼期待他也是枉然。」春日井小姐說得非常冷淡、漠然、事不關己。「嗯這種事無須我倆費神。全部交給博士吧。」

「又是春日井的招牌臺詞？『交給博士吧』……不過咱家倒不討厭春日井這點。」

「這點是指哪點？三好。」

6　安樂椅神探，狹義是指坐在安樂椅上，聽他人講述事件始末，再進行推理解謎的偵探。

7　源自漫畫《JOJO冒險野郎》。「近距離攻擊型」力量大，但最遠只能離開本體兩公尺；「遠距離操控型」力量與一般人差不多，但能力外型種類豐富，亦可離開本體相當長的距離。

「懶得自己思考，所以全部交給他人，什麼都不選擇這點。」

門外傳來老師的笑聲，春日井小姐未置一詞。

我想起根尾先生剛才那席話，又繼續聽兩人的對話，但兩人接下來沒有談什麼要事，淨是說些不痛不養、無關緊要的話題。具體來說，例如：「『Kokkurisan』（註8）的『Ko』是指狐，『ri』是指狸，但『ku』是指什麼？」「我記得是狗。」「『ku』為什麼是狗？」「同義字，就像十二地支把『蛇』寫成『巳』一樣。」「原來如此……可是把狐、狸、狗並列不是很怪嗎？」「牠們三者有在荒山出沒的共通點。」「那其實野豬也無妨嗎……」或者「『欺人太甚』是很常見的成語，但仔細一想，應該是『被欺太甚』吧？」「『欺人太甚』的話，確實自己就成了加害者。不過，或許就像『虎落平陽』那樣省略了後半段吧？說不定其實是『欺人太甚者是你』。」或者「嗯，換句話說，就像日文版的《麥田捕手》嗎（註9）？」「妳這麼一講實習醫生時代一位留學過的友人就說『這個翻譯有問題！根本狗屁不通！這才不是沙林傑想表達的意思！我非常了解沙林傑的心情！所以我要為他進行完全正確的翻譯！』開始撰寫名為《麥田捕獲者！》的小說。」「有趣嗎？」「差勁透頂。」等等話題。話說回來，或許是我多心，總覺得她們

8　コックリさん（狐狗狸さん），即「碟仙」，由三人的食指輕按碟底，心中默求碟仙降臨，並詢問心中疑難，而箭頭所指的字，便是答案。

9　一九六四年，野崎孝翻譯《麥田捕手》一書的日文版，捨棄直譯採取較符合日文風格的意譯「ライ麦畑でつかまえて」（在麥田裡捕捉我），這種由主動變被動的譯法，引發眾人議論。

倆在胡扯時反而比較熱烈。

電梯抵達，我聽見輕微的開門聲。

「那我先走了。三好。」

「好，不過根尾先生找春日井有什麼事呢？」

「說是關於目前樣本的骸骨的緊急問題可是一聽就覺得很假。話雖如此也不能對長輩的要求置之不理。我只希望能早點回自己的研究棟。」

「是嗎？根尾先生啊……嗯，也好，掰掰。」

接著響起電梯的關門聲，以及馬達運轉的震動音。

我乘機站起，但小唄小姐並未起身。耳朵緊貼鐵門，一臉嚴肅地保持原先的姿勢，猶如老師和春日井小姐還在繼續交談。

「……小唄小姐？妳在做什麼？」我壓低聲音問道：「難得根尾先生如此認真辦事……妳聽見了什麼嗎？」

「什麼都聽不見。」

「……既然如此，妳在做什麼？」

「我什麼都聽不見，吾友。」小唄小姐耳語似地又說了一遍。「為什麼呢？從剛才的對話推測，搭電梯下樓的只有春日井小姐一人，三好小姐應該還留在這層樓，可是沒有任何聲音，很奇怪吧？」

如此詳盡的說明，我也終於懂了。什麼都聽不見，這不是指聽不見交談聲，而是

沒有任何聲音，甚至沒有**腳步聲**。換言之，春日井小姐離開之後，老師一步都沒有移動。明明沒事，老師為何要待在原地？

為什麼？

「差不多可以出來了嗎？」

老師突然大聲吆喝，就連耳朵沒有貼著鐵門的我都聽得一清二楚。小唄小姐似乎被那個聲音嚇到，颼的一聲離開門扉。

「一直在那裡躲躲藏藏的太丟臉啦，小徒弟。」

「我好像在哪聽過這句臺詞啊。」

小唄小姐斜眼瞟向我，抄襲一事曝光的我轉開目光。

老師早就發現了……是嗎？老師早就識破我們藏匿在此，曉得我和小唄小姐就在隔著一扇鐵門的後方，還跟春日井小姐說那些話……不，不可能，再怎麼說，老師應該還沒超凡入聖到能夠隔著鐵製絕緣門進行如此神技，至少三年前不可能。

「不肯出來嗎？這也無妨，咱家就逕自向博士報告，撥一通電話應該就會飛奔前來吧？大概就像快遞那種風掣雷行的速度吧？這麼一來，即便是咱家的小徒弟，恐怕也難以脫身吧？」

小唄小姐用眼神問我「要怎麼辦？」因為不可能一直迴避，我勉為其難地說：「沒辦法了。」混帳！雖然只有一瞬間，還以為自己的人生裡有「幸運」這個字眼的我真是大白痴。

「小唄小姐請先回根尾先生那裡。」

「——你打算獨自應付？」小唄小姐微微蹙眉。「事情恐怕無法如此順利解決。」

「反正早就已經稱不上順利了。」

這是我第二次對小唄小姐說這句臺詞。我正以加速度、幾何級數的速度朝麻煩馳騁。

「十！九！八！七！」

老師開始大聲倒數，猶如在迎接另一個千禧年到來似地激昂。在休士頓的時候也經常有這種疑問，這位老師的聲帶到底是什麼結構？簡直讓人想要割開一探究竟。

「六！五！四！三！」

「小唄小姐，萬一我三十分鐘之內沒回來——」

「我知道了，」小唄小姐沒等我說完就點點頭，「可是屆時我與你的契約就告吹了，我不能給你任何保證。因為對我來說，訂立契約的對象即使是玖渚也無妨，不過，還是姑且答應你吧。」

「嗯，約定的美妙之處就是即使背約也無所謂。」

「確實如此。」小唄小姐接著將那把開鎖小刀遞給我，問道：「你知道怎麼用嗎？」

「嗯，我有用過一次。」

「那就十全了，告辭。」

我剛接過小刀，小唄小姐便迅速竄上樓梯。我確認再也看不見她的身影，接著用小刀按住鎖孔內的板金，轉動兩、三下，輕鬆解開門鎖。

我拉開門把，走到室內。「二！一！〇！負……」

「為什麼到了零還要繼續數？」

「喲！」心視老師看見我，停止大聲倒數。「什麼？原來小徒弟真的在，心視老師嚇一跳囉。」

「……」果然是唬人的嗎？這個傢伙。「老師好。」

「好……咦？話說回來，這是繼你住院那次以來，咱們倆首次單獨相處嘛，小徒弟。」

老師伸手推了推鏡框，露出惡作劇的笑容。不，那與其說是惡作劇，不如說是居心叵測的笑容，玩弄老鼠的貓咪倘若有表情，肯定就是這種感覺。

這恐怕是未達青春期的少女才能容許的表情。

例如玖渚友。

「哈哈……」老師忍俊不禁似地放聲大笑。「哈哈哈！哈哈哈哈……哈哈哈！不錯，你這小子真不錯，體質真是有趣極了。如果頭腦再好一點也就算了……要不然再笨一點也可以。」

「老師，我有一事相求。」

「喔？」老師裝模作樣地側頭。「……挺老實的嘛，心視老師再嚇一跳。」

「遇見我這件事可以保密嗎？」

「嗯，好呀。」老師爽快點頭。「別說這種掃興的話，咱們倆交情不止如此吧？」

「……」

我聞言不禁更加小心謹慎。一般來說，這應該是可以安心的場面，應該是要捂著胸口，嘴裡說「非常感謝您」的時候。就連本人也懂得這點做人的道理，或許必須對這種恩情感動；然而，對象不是別人，而是三好心視大師，絕對不可能適用這種典型範例。

「一個人……」老師不理會我的胡思亂想，自言自語地說。雙手抱胸，擺出一看就知道正在思索的姿勢，時而朝我瞥來。「……不，是兩個嗎？嗯，至少有兩個人。」

「咦？」

「三個人就更加完美了……但終究不可能吧？如果真有第三人，就不可能在這裡閒逛，而且人太多也是一個問題……」

「老師在說什麼？」

「哎呀哎呀，就是在說這座研究機構裡到底有多少阿伊的幫手，嗯，就是這件事。」老師手腕一翻，雙手做出狐狸手影。「至少要有一個人幫忙開啟牢籠，春日井不可能做這種事……那麼是誰呢？可是這樣還不夠……果然有兩個人吧？」

「……我很想大讚老師英明，但完全錯了，老師。」我光明正大地虛張聲勢。「全都是我一個人的力量，其實我有超能力。」

「這倒是第一次聽說。」

「我也是第一次告訴別人，這件事千萬要替我保密喔。」
「嗯，好，咱家就暫時不問你不想說的事。」
老師說完，白袍一翻，轉身離開，似乎沒能騙過她。老師走了五步左右，停下說道：
「跟咱家來呀，你不是來弔祭兔吊木先生的身體的嗎？小徒弟。」
「……」
「別緊張成這樣嘛，咱們又不是普通交情。」
「要是普通交情，我就不必這麼緊張了……」
「你說話還是這麼有趣哩，哈哈哈。」
老師毫不在意我的嘲諷，悠然前進。話雖如此，因為老師身材嬌小，換言之步伐也不大，即使我拚命放慢腳步，兩人的速度也差不多。跟玖渚站在一起也勢均力敵的心視老師，要是跟鈴無小姐站在一起，何止是大人和小孩，根本是巨人和小矮人。不，這種事現在一點也不重要。
老師站在「第七解剖室」的牌子門前，不知為何是平假名寫成的（而且髒得幾乎無法識別，既然不是小學低年級學生在美勞課製作的吊牌，肯定是老師的傑作），接著轉向我說：
「話說回來，天才是什麼呢？小徒弟。」
「……這問題挺艱深的，嗯……要回答這個問題，就必須思考天才一詞的意義。」

「你是笛卡兒嗎？」老師送我一個哲學式的吐槽。「這個問題有這麼難嗎？難的也只是答案而已吧？」

「這種臺詞倒是經常聽到。」

「沒錯！這就是所謂的『最大多數人的最大幸福』嗎？才能這種東西是天生的，不是訓練出來的——這是七愚人中的佛洛伊蘭・洛夫講的，不過很有道理吧？身為玖渚友戀人的你，應該非常能夠體會吧？」老師接著瞇起眼。「——哈哈，你在休士頓的學校那樣嘰嘰喳喳抱怨，結果還是為她盡心盡力。你的事無關緊要，那麼問題的答案是什麼？」

「這種事我怎麼知道？」一頭霧水的我回了老師一個不算答案的答案。「天才總之就是腦筋好的人，或者手腕高明的人吧？一般而言，我想這樣就夠了。」

「一般而言？」

「不滿的話，就換成『以常理來說』如何？況且我也不是天才，怎麼定義都不重要吧？」

「可是，對於那些天才——玖渚也好，博士也好，兔吊木先生也好，總之誰都無所謂——對於他們而言，那是很稀鬆平常之事，根本不能算是天才的定義。」

「老師妳在講什麼？」

「戲言，你的興趣。」老師轉動門把，推開門。「那麼，歡迎光臨咱家的城堡。」

室內昏暗……不，是一團漆黑。沒有窗戶，因此沒有任何光源。老師也不開燈，逕自走入房間。我不曉得開關在哪裡，只好小心翼翼地跟著進去。雖然勉強可以藉由走廊的微光辨識，但不知道是什麼機關（也可能單純只是鉸鏈失靈），房門自動關閉，室內頓時籠罩在一片黑暗中。一切事物，就連我都融入黑暗。

「等……老師？老師？妳在哪？」

沒有回應，但可以感到氣息，老師在離我不遠的某處屏氣斂息。我不知道老師有何目的——假如老師是我所認識的老師，目的肯定就是戲弄——但她似乎無意回應。

我憑第六感前進，但我的第六感除了不好的預感之外，其餘都遲鈍得駭人，走不到三步就撞到某種東西。從高度推測，大概是桌子一類，但似乎沒有桌腳，而是一大面平臺。既然如此，這是手術臺嗎？或者是……我不由自主地摸索桌面，摸到某種既軟又硬的東西，一點彈性都沒有，但觸感又像果凍。究竟是什麼？這種微妙的微溫感……啊，我猜到了。

腦海裡浮現電燈泡圖案，室內天花板的日光燈亦同時亮起，大概是老師開的。一如我的猜想，我的前面有一張大型解剖臺，只見兔吊木全裸的屍體坐鎮其上。不，因為是仰躺的姿勢，坐鎮這個形容詞或許有點奇怪，不過這時選什麼詞彙都不是重點。

「……」

這恐怕是老師的傑作，兔吊木的身體經過某種程度的**修繕**。剖開的胸口和腹部業已縫合，敞開的嘴巴亦被硬生生闔上，看不見嘴裡的傷口。但眼球和眼瞼終究難以修補，挖空的雙眼深深凹陷，模樣十分可怕。那種沒表情的表情，甚至比雙臂截面更為駭人。

哎呀呀，實在很難想像這就是那個豁達大度的兔吊木，不是完全不剩一點影子了嗎？

「難得你連一聲慘叫都沒發出。」老師不知何時繞到我後面，一邊靠近我的背脊，一邊說道：「不知該怎麼形容，還是一樣明明很可愛，卻一點也不可愛。」

「老師也還是一樣愛整人啊。」我將手從兔吊木的身上移開，回頭看著老師。「這種行為有什麼意義？」

「沒有任何意義，只是行為而已，所有事情都是如此。」

「請不要轉移話題，我聽不懂妳在說什麼。」

「總之就是《發條柳丁》。」

「我聽不懂妳在說什麼。」

「這就是社會上一般所謂的隱喻法，小徒弟。」老師沿著解剖臺繞了半圈，隔著兔吊木的身體跟我面對面。「與其說是隱喻，或許該說是暗喻嗎？」

「還不是一樣？」

「呵呵呵，兩者的信念可就截然不同了。」老師高深莫測地說：「總之，就是認定的問題。好，現在是課外教學，心視老師的解剖課開始了。喏，小徒弟，說說你看見兔吊木垓輔這個身體的感想。」

「嗯，我想想，照這樣看，嗯，應該死了。」

「不及格。」解剖學博士老師大人的評分果然嚴格。「為了你這個沒出息的學生，咱家換一個問法，你認為死因是什麼？」

「大量出血造成失血死亡吧？老師妳不是這麼說了？」

「可是實則不然。」老師戳了戳兔吊木的臉頰。「死因是腦的破壞。」

「腦的破壞？什麼意思？是指腦挫傷嗎？」

「不對，腦挫傷是指頭部受到外傷時，腦部實質也遭到損傷的狀態。喏，眼睛不是被剪刀戳了？」

老師說完，比了個和平手勢，接著居然將雙指戳進兔吊木的眼窩。這個人難道就沒有對死人的敬意或弔唁這類感情嗎？我想大概是沒有。

「傷口挺深的，記得是刺到沒端。刀刃貫通大腦，直達視丘。」

「我光看也曉得刀刃抵達腦部，可是老師，這樣的話……就不一定是在兔吊木死後，也有可能是在**活著的時候被剪刀貫穿雙眼**吧？」

「不是可能，最早受的傷就是被這把剪刀破壞的眼球與腦髓。剪刀噗嗤噗嗤地插入，接著攪動腦內的東西，十秒、五秒吧？」

就連聆聽都令我感到疼痛。

「開腸剖肚、折斷雙腿、砍下雙手都是在死亡之後，這關係到活體反應，你也曉得吧？」

「——我的人體解剖學很差，妳也曉得吧？」我將目光從老師和兔吊木身上轉開，說道：「何況這種被破壞得不成原形的肉體……就算看了也不可能有什麼足以稱為想法的想法。」

「既然如此，你為什麼到這裡？」

「來尋找一線契機，因為我是『扭轉乾坤型』嘛。啊，不對，是『電椅型』嗎？」

「這麼說倒也沒錯，那就讓溫柔的老師來解釋吧。咱家先暫且停止提問，負責解惑嗎？」

老師的這句話聽得我內心直發毛。她到底有何企圖？她究竟有何圖謀？她肯定有所企圖、有所圖謀，但我也不能一直裹足不前。在這個只有人工光線的房間裡，讓人有一種時間停止的錯覺，但即便是現在，時間仍舊一分一秒地流逝。

如今只剩三小時十分鐘。

「──兔吊木先生的遇害時間是？」

「今天凌晨一點整。」老師不假思索地答道。

「這個判定沒錯嗎？」

「咱家的第六感不可能出錯。」

第六感啊？

「第六感只是開玩笑，嗯，就是一點左右，差不多是春日井和你見面那時。」

換言之，春日井小姐不可能犯案嗎？證人不是別人，正是在下。唯一一位昨晚離開過研究棟（儘管時間很短）的春日井小姐有不在場證明，對我來說並不是有利的發展。

「真的嗎？不是故意捉弄我？」

「咱家像是做這種事的人嗎？」

「我一定要回答這個問題嗎？而且就算不是捉弄——老師也可能只是在陳述博士的吩咐。」

「博士的吩咐啊……你的疑心病還真重，嗯，這倒無所謂。」老師對我的疑慮只如此回答，既未肯定，亦未否定。「總之死亡時間就是這樣……不過其他還有一些奇怪之處。」

「奇怪之處？」

「剖開胸部和腹部是在貫穿雙眼、破壞腦部之後不久，所以才會流那麼多血……可是這雙手臂！」老師砰咚一聲拍打手臂截面，還真是殘酷的人。「這雙手臂卻是在死亡數小時之後才砍下的。將他釘在牆上——總之貫穿喉嚨深處與雙腳，則是在更晚。」

「咦？這又怎麼了？」

「很奇怪呀！又何必等數小時才砍下手臂、釘在牆上呢？殺死他之後立刻進行不就得了？可是死亡時間和釘在牆上的時間隔了很久，既然如此，就等於犯人毫無理由地在現場待了一段很長的時間，對吧？為什麼呢？」

「什麼為什麼……」

我怎麼可能知道原因？而且，我甚至不知道那種行為有什麼問題。遇害時間和手臂被砍的時間雖然不同，可是數小時的差距，有必要如此重視嗎？

「也許只是因為破壞其他東西很花時間吧？要這麼說的話，我更在意犯人為什麼要開腸剖肚、砍下雙臂、釘在牆上。比起時間問題，這不是更重要嗎？」

「沒有任何理由，只是行為而已。」老師重複剛才說過的臺詞。「認為有理由就有正當性的這種想法也大有問題哪。又不是只要有理由做什麼都無罪，頂多是沒理由的犯罪遭受的刑罰較重罷了。要這麼說的話，就變成為什麼要殺人了，不是嗎？」

「人殺人的理由嗎？我的確想不出兔吊木被殺的理由……」

「咱家課堂上也教過了吧？人殺人的理由要不是單純的利害關係，就是來自最根源的欲望——說正當也算得上正當的感情哪。」

「啊啊，塔托納斯嘛。」

「塔納托斯啦，呆子！塔托納斯？我還撒隆巴斯咧！」

「這種片假名不太好記……」

老師所說的塔納托斯，在這種情況下的意義，說得粗暴一點大概就是「雖然想要死一次，可是不希望自己死，所以就讓別人去死」這種（真的很粗暴）與其說是人類，不如說是生物的共通本能；可是我不認為這次的事件跟它有關。

假設殺人者破壞屍體的理由，主要是出於對受害者的控制欲。上個月的事件就是如此。對無法移動的對象任意傷害、肢解、破壞，能夠這般自由控制他人的情況基本上非常少見。至於將兔吊木釘在牆上，假使犯人擁有強烈自我表現的欲望，或許就能解釋為何要將將兔吊木的屍體破壞成那樣。

「……可是，還是有奇怪之處，老師。」

「嗯？是什麼？」

「先不管破壞屍體，還有取走手臂這些，另外也不管時間間隔的問題。其間理由我也猜不透，可是我還有更猜不透的事——犯人到底把砍下來的手臂**拿到哪去了？**」

「——就是這件事。」老師彷彿在讚美我的觀察力，露出豪爽的笑容。「是呀，現場——這裡指的是整個第七棟——完全找不到兔吊木先生的手臂，右手和左手都不見了。不同於眼珠和肚子，手臂不但被破壞，而且整個被拿走了。這麼一來，也就不是『沒有理由，只是行為』說得通了。」

「……」

我一邊聆聽老師的解釋，一邊觀察兔吊木的手臂截面。外露的肉塊既已發黑變色，或許是經過老師的處理，血液已經沖洗乾淨，但視覺上依舊十分觸目驚心。

「為什麼要拿走手臂這種沉重的東西呢……」

「要不要試試羅曼蒂克的假設？」老師豎起食指。「兔吊木先生算得上是一流的電腦系統建構者，犯人可能是妒忌他的才能而下手殺害，因為妒忌是最強烈的犯罪誘因。總之，傷害他人的這種感情，是源自對他人比自己優秀的不安……或是確信所產生的自卑感；可是妒忌的反面是羡慕，犯人憧憬兔吊木先生，也真的很敬佩他的手腕，所以……」

「所以就把手臂拿走當紀念？又不是米洛的維納斯！」我打斷老師的嘟囔。「老師，妳稍微認真想一下嘛。」

「必須認真想的不是咱家，是小徒弟吧？這事跟咱家一……點關係也沒有。」

宛如小孩子的說詞，但事實正如她所言。

無奈之餘，我只好乖乖思考。理由……必須砍下手臂，而且必須將手臂帶走的理由……

「首先想得到的理由，應該就屬戀物癖吧？」

「那不就跟咱家一樣？」

這倒也正如她所言。

拿走手臂的事實可以延伸出無限解釋，就算不是無限，至少也很接近。玖渚或許有辦法掌握所有解釋，但我是不可能的，而且一如前述，時間不夠。這麼一來，就得進行某種程度上的恣意思考。簡言之，正如英雄主義、邏輯主義的推理小說，就假設這種行為與捉拿犯人的線索有直接關係；假設拿走手臂，或者沒有將手臂棄置在案發現場，乃是有必然的理由。

「照這種死狀來看——是緊張性屍體僵硬嗎？」

所謂的緊張性屍體僵硬，換言之就是死後僵硬的一種，主要發生在暴力致死的情況。例如日文有句諺語「溺者攀草求援」，而緊張性屍體僵硬則是在陸地進行這類行為的屍體現象。倘若死前遭受極度暴力性、破壞性的劇烈疼痛，死者將以難以置信的巨大力量緊握住手裡的東西。這種身體掙脫一切限制時發生的行為，握力甚至足以彎曲金屬製的硬幣。

至於它的後果——即便被害者身亡，亦很難扳開那隻手。就連力量弱小者死前緊握的拳頭，想用鉗子或撬棍這類工具掰開都極為困難。

例如絞殺。

脖子被勒住（換言之就是暴力致死）的時候，假設被害者無意識地握住加害者的上衣鈕子，假設他扯下那顆鈕子，握在手中。對任何人來說，這都是無可置辯的證據。因為不同於一般的死後僵硬，緊張性屍體僵硬是無法偽造的。被害者握在手裡的東西，百分之一百，不，百分之兩百可以斷定是犯案當時遺留在現場的東西。

換句話說，對警方而言，這是非常有力的物證；但反過來說，對犯人而言，這是非常不利的物理障礙。為了自身安危，必須加以排除。

甚至不惜砍下對方的手臂。

「過去確實也有這種例子……好像叫拉•班辛古事件？咱家記不太清楚。」

「我也不曉得確切的專有名詞……這種情況，與其花時間扳開手掌，不如整個砍下來比較快吧？」

「但如果是這樣，只要砍下手掌就好了，又何必連上臂都一併砍下？」

「也許是偽裝吧？光砍手掌反而瓜田李下，況且死因是剪刀刺入眼窩造成的腦破壞吧？沒有比這更誇張的暴力破壞致死了，絕對滿足引發緊張性屍體僵硬的條件。假設……犯人白袍上的釦子被兔吊木抓住的話……」

這就足以構成砍走手臂的動機。就算沒有緊張性屍體僵硬云云，要是兔吊木的手臂殘留某種重要線索，犯人勢必得將它帶離現場。

將屍體釘在牆上也好，開膛手傑克一般自我展現也好，說不定只是為了掩飾「取走手臂」的異常性。要隱藏樹木，就到森林裡；要隱藏森林，就到樹海中，難道不是這個原因嗎？

「原來如此，這麼想的話，就能夠理解那個儀式般的血字了。其實根本沒有意義，只是為了掩人耳目嗎？確實看不出有什麼意思，記得好像是——You just watch, 『DEAD BLUE』!!」

「……」

唔，老師莫非不曉得「死線之藍」是指玖渚友嗎？原來如此，這麼說來，兔吊木說過他只有跟玖渚友直接交談時，才使用這個字眼，倒也沒什麼好意外的；不過，「叢集」這個密語似乎所有研究員都知道。

「話說回來，喏，」心視老師改變話題，「剛才你說了『白袍』？既然會舉這種例子，你是那個嗎？認為殺死兔吊木先生的犯人在研究員之中？」

「……是這樣沒錯。」

「你連這方面都沒變哪，你就沒想過玖渚和鈴無小姐那兩個人說不定真的是犯人嗎……哇！別擺出那麼可怕的眼神呀。好可怕哪，心視妹妹怕怕。」

心視妹妹是誰？我才不認識那種人。

「妳的意思是我對朋友比較寬容嗎？」

「難道不是嗎？在休士頓不是吃過很多苦頭了？還沒學到教訓嗎？你是學不了乖的人嗎？」

「或者該說，因為這樣對我比較有利。我目前的行動理由純粹是為了幫助玖渚，要是懷疑她，事情根本沒辦法開始。」

「不是沒辦法開始，而是只能結束吧？假如所有事情都**只要**讓它結束，那就簡單多了。」老師嘲諷地說：「喏，假設說，萬一玖渚是犯人——萬一博士的推理正確，你打算怎麼辦？」

「這種事我連想都不願意。」

「你一定會遇上不得不想的一天。」老師連珠砲似地說：「假如你以為現在這種曖昧的關係會一直持續下去，那就大錯特錯了。」

「非常感謝妳的關心，心視老師。不過，妳這種個性也是一點都沒變哪。」

「咦？什麼個性？」

「這種自以為很瞭解他人的個性。」

「至少比那種連自己的事都佯裝不知、悶不吭聲的某人好上幾百幾千倍。」

我和老師自然變成相互瞪視的局面，中間隔著兔吊木垓輔的肢解屍體，迸射隱形火花。這場瞪視戰爭，最先舉白旗的不用說當然是我。「對不起，我說得太過分了。」

我轉開目光，輕聲道歉。「我坦然接受老師剛才的忠告，嗯啊，就連我也不覺得自己能夠永遠跟玖渚維持這種關係。」

「是嗎？說得也是，你就是這種小子，明知山有虎，偏向虎山行嗎？」

「我可沒那麼帥氣，總之我的頭腦——不，我的心很壞。」

「心呀～～嘻嘻嘻，是『真心』嗎？」

「……」

「原來如此，對呀，雖然覺得很多此一舉，不過就是這麼一回事嗎？好吧……喏，咱家差不多該走了，博士叫咱家呢。你愛在這裡待多久都行，放心吧，咱家不會告密的，掰掰！」

老師離開我的前方，繞過解剖臺，若無其事地走過我身旁。我抓住那件尺寸稍大的白袍袖子，阻止老師離去。

「……什麼？有什麼事嗎？」

「……」

「沒事就趕快鬆開手，讓咱家帥氣地離開。」

「老師……有什麼目的？」我背對老師，頭也不回地低聲問道：「為什麼肯幫我？不……話說回來，老師為什麼要離開ＥＲ３系統，到這座研究機構？」

「你不信任咱家嗎？」

「老實說正是如此，我完全無法相信老師。」我漠然續道：「老師甘願冒險幫我的理由，不惜離開ＥＲ３系統也要進入這座研究機構的老師，即使可能無法待在此處，仍舊甘願冒險幫我的理由根本就不存在。」

「你還真敢說。」老師輕輕一笑。「把別人說得那麼冷血無情。」

「至少我認為老師是為了目的而行動的人。」

「是嗎？」老師又輕笑一聲。「真教人有點傷心。不過，抱歉你猜錯了，理由其實很簡單，既然兔吊木垓輔大叔被殺，咱家也就沒有繼續待在這裡的理由。」

「咦？什麼意思？」

「就是字面上的意思，博士說過了吧？兔吊木先生一死，一切都結束了。確實如此，因此，三好心視可沒閒到一直拘泥於已經結束的地方。」

「但是，博士好像並不打算結束，還想開始——或者該說還想繼續。」

「對，**使用**玖渚友。」老師說：「可是你也這麼覺得吧？覺得那很亂七八糟吧？就像走投無路之下想出的Ｂ計畫，不過是敷衍了事的代替方案。嗯，就樣本而言，玖渚友確實比兔吊木垓輔更加適合。」

「……」

「可是一不小心，這種愚蠢的計畫極有可能會惹火玖渚機關這個後盾，咱家就完全搞不懂博士的想法。他或許是想跟玖渚機關交易，但那種組織是不可能接受的，喏，沒錯吧？聰明人是將那種組織當成靠山，而不是與它為敵，博士應該明白這個道理才對，博士應該是最明白的人才對呀。難道斜道卿壹郎墮落到連這種事都忘了……咱家可沒好心到一直搭乘這艘逃之夭夭的船，這點正如你所言。」

「所以就賣一個恩情給我，想跟玖渚友建立間接關係？」

老師未置可否。我接受那個無言的答案，鬆開白袍袖子；然而，老師還是一言不發，我也默然不語，兩人都沒有說話。

門鎖開啟的聲音響起，數秒之後，關閉的聲音響起。

接著是一片寂靜。

解剖室裡面，只剩下我和兔吊木的屍體。

「……真是有夠戲言哪，兔吊木先生。」

我對兔吊木說。

令人意外的是——沒有任何回應。

第二天（4）——尋死症

0

沒有弱點的人比強者更危險。

1

小唄小姐坐在樓梯上。

我用小刀解開三好心視管理的第三棟三樓逃生門鎖，轉動門把推開門，接著整個人僵住，十秒鐘之後，終於成功發出聲音：「妳在做什麼？」

「我正想吾友何以遲遲不歸哪。」

「……我不是這就來了？可是妳應該已經回到根尾先生的研究棟才對吧？」

小唄小姐若無其事地說：「一點都不十全。」

「我想了一下，春日井小姐目前正在根尾先生那裡，回到那裡也不太十全。」

小唄小姐站起，拍拍墊在地面的大衣下襬的灰塵，接著伸伸懶腰，又故意轉動脖子，發出喀啦聲。

我暗忖她搞不好是擔心我，才在這裡等候，但事實如何我也不知道。或許是這樣，但亦有可能不是如此，我無法確定。不論事實為何，大概都跟投擲的銅板豎起的命中率差不多。我默默將借來的小刀還給小唄小姐。

「有什麼成果嗎？吾友。」

「一點點。」我反手關上門，接著答道：「略有進展，可是，也不過如此。情報雖然增加，但仍無法歸結出答案。」

「情報太多只會礙事……嗯，無妨，吾友不介意的話，說來聽聽吧？」

我也不覺得有隱瞞的必要，便將我所知道有關兔吊木屍體的事實、老師告訴我的情報，以及老師與我的對話全數轉告小唄小姐。因為我的記憶力不太好，解釋得有些七零八落，但小唄小姐聽一次就懂了。

「……砍下手臂的理由嗎？」

「肢解屍體的理由，多半是為了方便搬運或藏匿、怨恨、性慾這些，可是既然只砍下手臂，我想推測其中有隱情也不見得一定錯誤。」

「……你反駁三好小姐的意見時說了一句『又不是米洛的維納斯』，那是什麼意思？」

小唄小姐問了一個乍聽之下很莫名其妙的問題，「也沒什麼特別的意思。」不明白她為何有此一問的我答道：「就是維納斯手臂的諸多傳聞之一，心視老師的假設讓我想起那個傳聞，所以隨口說了，如此而已。」

「關於維納斯的手臂，我最喜歡的解釋是——打從一開始就沒有手臂。」

「喔，這又怎麼了？」

「不，只是閒聊。意思就是不論任何東西，結果才是一切，重點就是『結果』——

不論是什麼形式，那麼……」小唄小姐瞟了我一眼。「接下來怎麼辦？」

「接下來……」我想了一下，「先回屋頂好了，反正也沒有繼續待在這裡的理由。」

「就聽你的。」

小唄小姐說完，翻起丹寧布大衣的下襬，開始往樓上走。我也跟在她後面，走了十階左右，「說到閒聊，話說回來，」小唄小姐起了個頭道：「你們倆的師徒關係實在很模糊。」

「很模糊是什麼意思？」

「意思就是沒辦法判斷兩人之間有沒有信賴關係。這只是從我的角度來看，換言之就是我的個人意見。不過，你剛才雖然嘀咕了老半天，對自己的安全還是極具自信，彷彿深信『老師』絕對不會向博士告發你，反而會出手相助。」

「這是妳的誤解，小唄小姐。畢竟在那種情況下，我也只能相信她。我雖有平安無事的把握，但不可否認那是相當危險的賭注。」

「實際結果或許是如此，可是幻想也不能捨棄。」

「幻想啊……信賴關係可不等於了解彼此的性質。」我粗聲粗氣地說：「國外也找不到比老師更難捉摸的人。」

「國外嗎？這種說法聽起來大有含意。」

「因為國內有更討人厭的占卜師……要是跟她相比，老師還算可愛的哪。總之，就是這麼一回事，我和老師之間的連繫甚至不及月球重力。」

「或許是這樣。」小唄小姐似乎真的只是閒聊，極為爽快地停止追究。「那麼，距最後期限正好還剩三小時，你有多少勝算呢？」

「不太妙，該怎麼說呢？就像是『敬請期待下次新作』的感覺。」

「這是什麼意思？」

「戲言而已。」

這麼說來，我以前好像讀過在序言寫著「敬請期待下次新作」的小說啊——我一邊逃避現實地胡思亂想，一邊隨小唄小姐抵達第三棟屋頂。小唄小姐走到屋頂正中央，忽然高舉雙手做出萬歲的姿勢。若不是在呼喚幽浮，應該就是在伸懶腰了。

「話說回來，這裡的風景真是美極了。」我不經意地對她說：「我是指這一整片的杉樹林，讓人稍稍忘卻自己非做不可的任務。奪人心魂指的就是這種景象吧？」

「抱歉要對你詩人般的臺詞潑冷水。」小唄小姐淡淡地說：「從這裡看見的景色不是杉樹，主要是橡樹。」

「咦？是嗎？」

「其他還有栗樹、松樹，另外也混了一些別的樹，但就是沒有杉樹。」

「真的嗎，咦……我還以為山上長的都是杉樹。」

「這是非常令人難以置信的誤解，你的腦筋沒問題嗎？唉，樹木的事怎樣都無所謂。」小唄小姐轉向我。「你知道我現在在想什麼嗎？吾友。」

「呃……不知道。」她在想我對山林的無知嗎？不，應該不是。「是什麼？」

「對於三好小姐的當機立斷，我感到有些欽佩。」

「啊啊……」我點點頭。「的確如此，不過這也是正確的吧？因為老師是聰明人，不會毫無理由地一直拘泥在這種地方的。」

「你的意思是她跟卿壹郎博士不同嗎？」小唄小姐說：「你似乎將卿壹郎博士視為十惡不赦的大反派，這也不能怪你，畢竟你們受到那種待遇；但事實並非如此，品行這玩意兒終究只是受恩寵的人才能夠獲得的贈品。」

「什麼意思？」

「意思就是人類在行有餘力時才能成為善人，我想大家都被逼得走投無路了。」小唄小姐露出譏嘲的表情。「假如是玖渚小姐或兔吊木先生這種真正的天才，當然有辦法對別人溫柔。有一句格言是『倘若我是愛迪生，大概也有機會被稱為發明大王』，就跟這個很類似。擁有一百億的人，將其中一億送人也不會感到心痛，因為他還是比別人多了九十八億。」

「妳倒是挺維護那傢伙的嘛，明明昨晚還說這裡是什麼『墓園』之類的。」

「噯！盜墓者可是最賺錢的職業喔。」小唄小姐裝傻道：「總之，不管做什麼，最重要的就是『遊刃有餘』。」

「玖渚也就算了——可是兔吊木雖然遊刃有餘，但絕對不可能對別人溫柔，所以這種從容反而更令人厭惡。」

「既可以對人溫柔，亦可以不對人溫柔，有選擇權的人很幸福。畢竟沒有選擇餘地就決定是一種悲劇，你不這麼覺得嗎？」

「這才不是悲劇，只能算是悲傷。」我隨口應道，接著改變話題。「老師聽起來已經決定離開這座研究機構了，那根尾先生呢？假如事情正如心視老師所言，繼續進行間諜活動也沒有意義吧？還有……石丸小唄小姐，妳要怎麼辦？」

「這才叫多餘的擔心。三好小姐、根尾先生，以及我三人各有不同目的，沒必要採取相同的行動。而且三好小姐都已經決定離開了，果然該稱讚她高明遠見；不過，就我的看法，博士的提議倒也沒那麼差勁。成功率雖然不高，但也絕對不低。而且一旦成功，它的好處——玖渚友本身——大得驚人，冒險的價值堪稱十全。」

「就是因為這樣，我們才淪落至斯。」我的聲音自然有些不悅。「這些傢伙……簡直就像禿鷹。把別人當成標本、實驗材料、試驗品……這樣也算得上是人類嗎？」

「曾經是人類，在成為學者以前。」

聽見小唄小姐那句調侃，我全身湧起一股惡寒。就逾越人類的觀點來看，目前在這間研究所裡，恐怕就屬小唄小姐最為超群。

「嗯，你所說的『這些傢伙』裡，大概也包括我在內，不過這也是一個十全。好，我們就先回根尾先生那裡，重新想想對策嗎？根尾先生說不定又有什麼新消息，也可以順便探探博士他們的動靜。」

「……」

我一邊聽小唄小姐說話，同時看著與根尾先生的第五棟完全相反的方向，換言之就是第二棟的方向。更正確地說，我正在目測這裡——第三研究棟和第二研究棟的距離。小唄小姐發現我心不在焉，便繞到我的前面問：「你在想什麼？」

「我在想不能就這樣一路跳到第七棟嗎？」

「……我應該說過這是不可能的。」

「我還沒聽妳說明理由，而且就目測來看，喏，這裡和第二棟的距離是兩公尺，就跟第五棟和第四棟之間差不多……不，總覺得這裡好像比較近。既然如此，後面的第二棟和第一棟……總之就是博士的研究棟，距離想來也不會太遠。」

「你還真是執著……我看最拘泥的大概就是你吧？」小唄小姐有些傻眼地說：「一點都不十全。」

「既然如此，就請妳告訴我，不可能的理由是什麼？」

從目前的位置沒辦法看見第一棟和第六棟的距離，以及最關鍵的距離——第六棟和第七棟。小唄小姐的意思是那裡的距離才是問題嗎？我不曉得，可是她比我更熟悉這間研究所。此外，我也知道在「潛入」及「入侵」方面，小唄小姐的意見比我更值得重視，可是……

「可是，除此之外，我就想不出其他能夠迴避保全、入侵第七棟的方法了。」

「既然如此，那你還是別想出來好了。」小唄小姐不肯讓步。「……這樣解釋也解釋不清，不如來親身體驗一下嗎？對『扭轉乾坤型』的你而言，任何行動應該都不算浪費時間，這樣爭論不休或許才是一種浪費。」

小唄小姐說完，朝第二棟的方向走去，接著宛如閃避水窪，以輕靈的步伐從第三棟躍至第二棟屋頂。就算距離只有兩公尺，然而面對這種一旦失足就可能喪命的危險，她的膽識著實令人佩服。

我也跟著躍至第二棟，小唄小姐腳步不停，早已抵達屋頂的另一端，站在那裡等我。我追上去一看，第二棟和第一棟的距離有三公尺……不，不到三公尺。一想到第四棟到第三棟的距離，這根本算不了什麼。

小唄小姐略微助跑，朝第一棟躍起。那是非常輕鬆的跳躍，一看就曉得她並未發揮全力，最後順利降落在第一棟屋頂。她落地之後回頭，默默等我。畢竟是第五次的跳躍，連我也習慣了，不過聽說這種雜技就是在習慣的時候最危險。我打起精神，從第二棟跳到第一棟。

「……這裡是直昇機起降地啊。」我站在第一棟屋頂上一個油漆塗成的圓圈中（正中央畫了一個『H』字母）低語。「還有一個頗大的天線……這裡雖然與世隔絕，但也並非無法與外界聯絡嗎……」

「你想向玖渚的哥哥或者那位承包人朋友求救了嗎？」小唄小姐取笑道：「改變心意的話，請自便，我想對方一定立刻就會來救你的。」

小唄小姐似乎並未特別意識到，那句話的口吻就像她真的認識直先生或哀川小姐。我感覺有些不對勁，不過並未拘泥此事。事後回想起來，或許真該拘泥一下，然而我沒有聰明到能夠事先反悔，更沒有這種超能力。「時機未到。」我輕鬆應道，轉向東方。第五棟到第一棟的結構是呈一直線，但第六棟和第七棟在設計上大概是附屬建築，因此朝旁邊偏了一些。第六棟和第七棟在我的視線上呈一直線。

「卿壹郎博士他們……」小唄小姐彷彿有透視能力似地盯著屋頂的地板，說：「此時究竟是用什麼方法收集能夠證明你們……不，證明玖渚小姐是真凶的證據？嘻嘻嘻，如果成功入侵第七棟，碰上某個正在進行祕密搜證的人，那可就有得瞧了。」

「太過消極也是沒用的。」

「說得也是，這方面就交給根尾先生吧？雖然你好像不喜歡拜託別人。」小唄小姐嫣然一笑，接著朝第六棟的方向走去。

「嗯——咦？怎麼會？」

第六棟的屋頂沒有任何出入口。根據志人君的說法，我記得第六棟是發電場——是什麼發電呢？碳發電？矽發電？氮發電？記得是這三種裡的一種，但我沒仔細聽，所以也沒什麼把握——應該不會有人進出，更不可能有人在屋頂晾衣服，沒有門或許也很正常；不過從這裡看，對面的第七棟屋頂好像也沒有出入口，東側有一個巨型水塔，附近連著一些粗水管，其餘都是乾淨的平面。

「就是這個原因嗎？小唄小姐。」我愕然問她。「總之，因為第七棟屋頂根本就沒有入口——」

「入口是有。」小唄小姐隨即答道：「看不見嗎？你的視力如何？」

「最近沒量過，可也不覺得有退化，所以大概是二點零左右。」

「那應該看得見。水塔前面三公尺左右，有一個水溝蓋一樣的圓鐵蓋吧？與其說是入口，或許比較像是逃生口，不過從那裡就能進入建築內。」

確實如小唄小姐所言……聽她這麼說，我才發現那扇門（不知能否這樣形容）。可是從距離來說，從第七棟和第六棟的間距來說，簡直無法辨識。能夠看見那種東西，小唄小姐的視力到底有多好呢？那副眼鏡果然是平光的嗎？

「不可能是因為其他理由，總之我們先到第六棟吧？因為近看比較容易明白。」

小唄小姐說完，就從第一棟跳到第六棟。距離約莫一公尺半。如果玖渚平躺伸手，應該可以成為兩棟建築間的橋樑（連我都覺得是殘酷的想像），就是這麼短的距離。

我甚至沒有助跑，直接抬腿朝第六棟一跨。儘管遊刃有餘，可是朝下方一看，終究有一點點戰慄。或許有人會問「既然如此又為何要看」，但這正是人類心理的玄妙之處。

「好，這樣應該就能明白了吧？」小唄小姐逕自走到第六棟邊緣說：「這條路徑沒辦法到第七棟的理由。」

「……」

我越是走近小唄小姐，就越能體會她的意思。當我走到第六棟屋頂中央附近時，已經不得不承認那個事實。即便有千萬個不願意，亦不得不承認她是對的。

「……怎麼會這樣？」

這樣子確實……不可能。

第六棟和第七棟之間的距離，相較於剛才躍過的那些建築——第五棟到第四棟的兩公尺、第四棟到第三棟的三公尺半、第三棟到第二棟的不到兩公尺、第二棟到第一棟的不到三公尺、第一棟到第六棟的一公尺半——是完全不同的層次。不，儘管都是一位數，但就算用「絕望的距離」一詞來形容，亦不會有人出聲駁。

五公尺。

五公尺……

「不可能吧？」小唄小姐又說了一遍。「你現才明白為什麼我說不可能從這條路徑入侵第七棟了吧？吾友。」

「原來如此……」

五公尺——要賭命跳過這種距離，再怎麼說都太荒唐了。何止是不怕死，這不啻是放棄生命的行為。我對體育方面的紀錄不甚熟悉，不過根據剛才小唄小姐的說明，世界紀錄是八公尺九十五公分，就當它是九公尺吧。第六棟和第七棟的距離比它還短了四公尺，但正如我當時的想法，這種事豈能跟世界紀錄比較？我是日本人，平常也沒有特別鍛鍊身體。就算不像玖渚那麼極端，但完全是室內派。

五公尺。

這果然是不可能的任務。「……」一直杵在這裡也沒有意義，現在可以回根尾先生那裡了吧？搞不好還有其他路徑——」

聽著小唄小姐的根本算不上安慰的話語——不，我甚至沒在聽，一個勁兒在那裡左思右想，拚命思考。對，這是不可能的任務，這個任務是無法撼動、牢不可破、完美無缺地不可能。

「————————」

然而，正因如此。

就是正因如此。

被釘在牆上的兔吊木「害惡細菌」垓輔。雙臂被砍下、雙眼與後方腦髓慘遭破壞、喉嚨深處被挖開、猶如解剖的青蛙或鯽魚般地被開腸剖肚、骨折的雙腿被貫穿。將那個沒有半點真實，不但是無機物，甚至是無物質的房間，變成赤黑刺鼻的空間，還有牆上血淋淋的——真的是血淋淋——留言。

在密不透風的保全封鎖下，研究棟本身就是一個過度寬敞的密室。沒有留下任何人入侵的紀錄，而且除了春日井小姐之外，沒有任何人離開過自己的研究棟。照物理與邏輯推斷，能夠犯案的就只有一個人——昔日的保全管理者玖渚「死線之藍」友，將日本網際網路法條文擴增至五十五倍的「集團」、「叢集」的領袖暨支配者。

「墮落三昧」斜道卿壹郎研究所。

亂七八糟、非比尋常的事件。沒有置喙餘地的不可能犯罪、教人無力辯解的異常殺人、讓人不知該如何反駁的超常現象。

正因如此，正因如此。

正因如此，解決這起事件必須靠瘋狂推理，這是不可避免的。不僅是這起事件的犯人，就連推理的本人都必須瘋狂，勢必得發狂，因為它就是這種邏輯。

我深呼吸一次、兩次、三次。

「……等一下，你在想什麼？吾友。」小唄小姐狐疑地說：「我不知為何有種極度不好的預感。」

「妳猜對囉。」

我說完，從原本站立的位置——距第七棟邊緣大約十公尺——奔出。沒有任何多餘心力，就連一公分的距離都不能浪費。我什麼都不想，毫無感覺，甚至忘卻自己活著的事實，釋放全身肌肉。大腦既已停止運作，宛若沒有心臟的機器人依命行事。

還沒到，還不能起跳，還差一步。

「你這——白痴！」

小唄小姐迄今氣質高雅的聲音驟變，初次朝我發出充滿感情的吼聲——怒叱，就在那一瞬間，我左腳蹬地飛起。彷彿某種微量分子通過體內，彷彿全身血液被抽光，彷彿液態氮當頭淋下的感覺；雖然我既沒有分子通過體內的經驗，亦沒有全身血液被抽光的經驗，更沒有液態氮當頭淋下的經驗，可是，那種情況大概就是這種感覺吧。

總之。

解除束縛的感覺。

獲得自由的感覺。

沒有牽絆。
這就是死亡。
這就是滅亡。
逝去。
消失。
結束。
死。
如此這般，我終能一死，我得以一死，與我而死，朝我而死，賜我一死，成全我死，我亦能死，終成我死，我之能死，從我而死，由我而死。
跑馬燈一閃，我冷不防想起某人不知何時對我說過的臺詞。
「所以你——」
「——最好去死。」
嗯。
說得也是。

2

…………

「九序？酒敘？什麼？」

「是玖渚啦，玖渚。大寫的玖，水字旁的渚，玖渚。還有朋友的友，玖渚友喲。」

「喔，原來如此，玖渚啊？嗯～～那個頭髮挺酷的嘛。」

「你可以叫我小友。」

「是嗎？那你也可以叫我小友。」

「這樣會搞混啦，我叫你阿伊好了。」

「那我也叫你阿伊好了。」

「這樣會搞混啦。」

…………………

……………………………………………………

「那就像雛鳥一樣。」

「雛鳥？什麼意思？」

「你知道銘印嗎？剛出生的小鳥看見的第一個會動的東西，不論是什麼，都會當成自己的父母……嗯，就是盲從。」

「對妳妹妹來說，我就是這種東西？」

「嗯啊，對現在的友來說，你就是唯一的指標，是無可取代的唯一。雖然對我而言，這是極度不愉快之事。」

「對我而言，也不是很愉快。」

「總之你取得權利了，讓友將你視為父母，言聽計從的權利，控制玖渚友的所有權。」

「這世上也有被小孩殺死的父母喔，直先生。」

…………………………

…………………………

「你想死吧？想以死謝罪吧？想肯求寬恕吧？」

「……」

「既然如此，你就祈禱呀，祈禱就好了。哭著乞求諒解，祈求寬恕哪。」

「……」

「正如本人昔日對玖渚直那樣，拜託上帝或惡魔就好了。」

「……」

「你最好祈禱下次投胎能夠變成狗或貓。」

「……」

「豬、牛、野豬也好，螻蟻也無所謂，總之就是別再遇上玖渚友……」

…………………………

…………………………

…………………………

失去意識的期間大概只有一眨眼——正是一眨眼，只有眨眼的那一瞬間。我在第七棟的屋頂，橫躺在光禿禿的水泥地上。正確來說，應該是跌倒。著地失敗了嗎？雙腿有些疼痛，但這肯定是著地衝擊所致。既然如此，我大概是在著地的那一瞬間，因為安心感——或者虛脫感而短暫失去意識。或許是在無意識間採取防護姿勢，沒有受什麼大傷。比起今天早上被鈴無小姐和心視老師毆打的情況，這種小痛根本不算什麼。

「哎呀呀——真是命硬……」

我存活了。

跳躍成功了。

我喃喃自語，緩緩抬起身體，努力想抬起身體。

「——本人此刻打從心底啞口無言。」

一聽見旁邊傳來的聲音，我停止嘗試抬起身體。只見石丸小唄小姐俏立在旁俯視我，丹寧布大衣隨風飄揚。

「咦？呃……這……」

我轉動脖子，望向自己起跳的方向，總之就是第六棟屋頂。那裡看不見小唄小姐，換言之，倘若目前的狀況並非跳躍失敗的我在死前目睹的夢境，就代表小唄小姐也成功跳了過來。儘管覺得前者的可能性也相當高（至少比銅板出現正面的可能性高），但體內竄流的痛楚非常真實；話雖如此，這世上亦有感覺倒錯的現象，因此我無法分辨，試著問小唄小姐。

「我還活著嗎？」

「只能算是沒死而已。」她冷冷應道：「又沒人催促，居然自己急著尋死，這種物體不能說是活著。」

「是嗎……」我終於抬起身體，成功站立。肌肉、骨頭、神經都沒問題，我模仿柔軟體操轉動身體，對小唄小姐說：「妳也跳到這邊來了嗎？」她未置可否，只是用力嘆了一口氣。

「選你當合作對象搞不好是錯誤的決定。」小唄小姐說：「完全沒想到會被迫做這種有勇無謀的行為，一點都不十全，根本一點都不十全。」

「不過，這樣子不就證明第六棟可以跳到第七棟——換言之，路徑可以成立嗎？結果是好的呀，小唄小姐。這麼一來，就確立到第七棟為止的路徑，也就是削除了這起事件的密室性——」

總之，就沒有理由將研究員排除嫌疑名單之外。我剛才親身證明，即使不使用原本認定的唯一出口——玄關，只要在屋頂間移動，照樣可以入侵第七棟。這樣既不會在自己的研究棟留下保全紀錄，亦不會在第七棟留下進出紀錄。

雖然這只能證明任何人皆能犯案，仍舊無法確定誰是犯人，但至少只將玖渚友一人視為嫌犯的理由——或者該說是證據——就此消失，就此消失了。

「你的想法還真是本末倒置！」可是，小唄小姐的聲音依舊冷淡，她似乎對我的專斷獨行頗為生氣。「這樣還說是好結果真可笑，簡直笑死人。我看你讓心視老師解剖一下大腦比較好吧？一定跟正常人的結構完全不同。」

「妳說話還真狠……衝得太快這件事我向妳致歉，可是多虧如此，才能證明乍看之下不可能的距離其實可以跳過，這不就得了？」

「你的常識是教你千萬不要聽完別人的話嗎？我何時、何地、如何說過『第六棟和第七棟之間的跳躍是不可能的任務』？」

「……」

我見她氣成這樣，也開始察覺事情不太對勁——或者該說是升起某種類似焦躁感的情緒。對了，就瘋狂這點來說，這位石丸小唄小姐比我還瘋狂。不論是擅用「零崎」這個姓氏光明正大入侵這間研究所也好，或是與悖德者根尾先生勾結一事也罷，還有雖然是因為有內情，可是毅然幫助我、玖渚及鈴無小姐三人一事，她冒的風險都相當高。如此這般的小唄小姐，對於我這一丁點程度的——儘管死亡率很高，但終究沒死成的——這種危險，又豈會嘀嘀咕咕抱怨個不停？

換句話說……是**有其他原因**嗎？

我想到這裡——想到這時才初次發現，終於發現了。沒錯，對於平時沒在鍛鍊身體的我來說，根本不可能跳過五公尺的距離；然而，我為何會抱持些許勝算，做出這種行為？理由是什麼？我在無意識之間察覺到的理由是什麼？

我再度轉向第六棟。

接著。

「……糟了……」

原來如此。

原來是這樣嗎？

原來是這麼一回事嗎？小唄小姐。

我終於明白了，打從心底明白了；接著愣住了，打從心底愣住了，對於自己的粗心，對於她所說的「這個路徑不可能的理由」。

「對結束的事情說三道四並非本人的興趣、主義、風格。」小唄小姐的聲音從我背後冷冷響起。「不過，你應該曉得如今我與你又陷入更加艱困的處境，吾友。下次再這樣獨斷專行，我就要解除與你的同盟關係。」

「……的確……」

我點點頭，再度確認「這個事實」。確認這是否是自己的誤解，然後確認這不是自己的誤解。

第六棟比第七棟**高了一點**，反過來說，第七棟比其他研究棟都**矮了一點**。從第六棟看不太出來，可是從第七棟——從較矮的地方來看，就非常明顯。第六棟屋頂的高度比第七棟屋頂——雖然只有數十公分——更接近天空。所以，這代表什麼意思？

換言之，**第六棟跳到第七棟**很容易。直線距離雖然有五公尺，但是因為重力和跳躍角度的關係，比實際還要短數十公分。我之所以跳躍成功，大概就是這個原因。被逼到絕境的精神提升了肉體能力——這種解釋固然十分熱血、美妙，不過上述的邏輯思考更讓人信服。

那麼，第六棟跳到第七棟很容易的意思是什麼呢？不同於其他研究棟，只有第七棟的高度較矮的意思又是什麼呢？

「……**沒辦法折回**。」

我喃喃自語。

儘管不想喃喃自語，但還是喃喃自語。

「正是如此，吾友。」小唄小姐打落水狗似地接道：「這條路徑無效的理由正是如此。換句話說，在這座研究機構裡，唯有新落成的第七棟跟其他研究棟高度**不同**，意思就是第六棟比較高。嗯——想返回第六棟的話，沒有跳躍七公尺的能力，應該是不成的吧？」

「……」

「如果你堅持要試試看，請自便。」

「我還是算了……」我退後一步，但仍無法承受，一屁股跌坐在地。「……唉……我真是笨蛋，小唄小姐。」

「你能想通，那就十全了。因為世間絕大多數之事，道歉就能解決。」她聳聳肩，終於一改剛才的冷漠，語氣開朗地說：「畢竟導致這種結果的一個原因，也是由於我的說法有些裝模作樣。」

確實如此，如果不用「你看就知道」這種曖昧不清的說法，直接告訴我「第七棟的高度不同，所以雖然跳得過去，可是跳不回來」，就不會演變成如今這種局面；然而，這種「你看就知道」的事情，看了還不知道的我終究難辭其咎，只能說是一時急昏了頭。

「到頭來，密室還是密室嗎……」我絕望地呻吟道：「可是，說不定研究員裡有體能超強的人。」

「就算有，也並非十全，吾友。我說這條路徑無法成立的理由還有一個，你記得嗎？」小唄小姐說：「昨晚我們相遇的時候——正好開始下雨吧？」

「雨？」

我低頭望著屋頂地板。地面幾乎乾了，但確實殘留下雨後的水窪痕跡。

對了，下雨。**昨天半夜下過雨**。

「啊……」我為何此刻才發現這件事？「啊啊……」

「根據三好小姐所言，死亡時間是凌晨一點左右……嗯，就假設犯人從第六棟跳到第七棟好了。可是，三好小姐也說了，砍斷手臂的時間不知為何晚了**數小時**。換言之，回程……犯人殺死兔吊木先生，結束附帶的裝飾活動，正想返回自己的研究棟時，屋頂正在下雨吧？」

這麼一來，又是如何？事情很單純。雨天不可能跳出跟晴天相同的紀錄，更不可能跳出更遠的紀錄。

太粗心了，是我太粗心了。只要想起昨晚下雨的事實，就該曉得犯人並未使用這條路徑，我真是無可救藥的大白痴。焦急、焦急、焦急半天，結果一展開行動，竟讓事情越弄越糟？真是死也治不好的超級粗心鬼。

「該怎麼辦呢……」

別說要解決密室問題，如今反而更牢不可破，將我們禁錮其中。既沒有卡片鑰匙，又沒有登記ＩＤ，也不曉得數字密碼，更沒有接受聲音及網膜檢查，而且又不像玖渚擁有管理者權限的我和小唄小姐，不可能從大門離開；話雖如此，儘管高度比其他研究棟低，我也不可能像飛鼠般從屋頂飛下去。小唄小姐就不得而知了，但從外表來看，她也沒有翅膀，而這棟建築又沒有窗戶，這的確是走投無路。

「時間還剩兩小時四十五分，也沒什麼思考的時間。」小唄小姐終於說道：「要不要先採取行動？其他事情以後再想，難得——不知該說可惜或幸運——難得成功入侵第七棟，要不要去勘驗現場呢？吾友。」

「……妳還真是樂觀。」

「反正與我無關。」

小唄小姐說完，掀開水塔旁邊那個水溝蓋似的東西。不知是生鏽，或者原本就很堅固，一時難以開啟。我也伸手幫忙，兩人合力掀起鐵蓋。

「別這麼沮喪，吾友。搞不好第七棟裡有堅固的繩索，能夠撐得住一個人的結實繩索。要是有的話，犯人就可以從這裡脫身了。」

「妳覺得有嗎？」

「一點都不覺得。」小唄小姐的安慰方式非常半吊子。「那我們走吧，吾友。」

總之，目前只能這樣了。我們沿著內部的鐵梯，入侵第七棟內部。

3

三十分鐘之後。

我和小唄小姐一語不發，默默地、默默無語地佇立在殘留悽慘味道的兔吊木垓輔遇害現場，彷彿那是附有某種重大義務的工作。

身材高䠷的小唄小姐斜倚著門側牆壁，雙手抱胸，思考似地閉著雙眼。若是看見小唄小姐目前的姿態，即使說她是哲學家性格，大概不會有人懷疑。她的態度便是如此沉著，如此超然。相較之下，我從剛才開始就宛如被人剪掉鬍子的貓，不停地在室內——在這個沒有任何擺設、被塗得亂七八糟的紅黑色室內繞來繞去，心情極度鬱悶，受困於某種猶如遺忘該如何走路的焦躁感。

該死！我從沒想過有時間限制的問題竟是如此痛苦。剩餘時間——兩小時十五分鐘，而且這是保守估計，相當偏袒的估計。

兔吊木的屍體已被搬走的第七棟四樓——兔吊木垓輔的私人房間，彷彿空間本身發生變質，只剩一股空虛的氛圍。昨天造訪時，今晨造訪時，我一共來過這個房間三次，但每次的印象都截然不同。我並不喜歡兔吊木那個男人，也不可能喜歡，但第一次進入這個房間，跟兔吊木激烈辯論的時候，至少還算好的，而此刻則是最差的。

「——還沒想通嗎？」過了二十五分鐘，小唄小姐終於睜眼說道：「所剩時間已經稱不上十全了，吾友。」

「我什麼都想不通。」我隔了二十八分鐘開口道：「別說是犯人的手法，就連情節發展都一頭霧水……徹頭徹尾地想不通。」

「你這是在示弱嗎？」

「這是真心話。如此這般認真思考，即使不是我，任何人都該想出什麼才對；但我卻毫無頭緒，完全不曉得犯人是經過何種思路，才導致這種結果的。」

「經過何種思路啊……說不定犯人根本沒有思考。」

「……嗯，也許。」

要是這樣，就真的束手無策了。身為旁觀的第三者，即便能夠重現他人的思路，也無法重現他人的思維，絕對不可能。

「這就像某種儀式……或者該說是某種宗教。這種講法或許對宗教家不太好意思，但兔吊木遇害方式充滿宗教風格。總而言之，這起事件與其說是不可思議，不如說是毛骨悚然。不可思議的話，解釋清楚即可，但毛骨悚然就沒轍了，**那個**可說是露骨得無以復加。」

「是嗎？」小唄小姐有些意外地說：「我看過更多更露骨的屍體，更露骨的活體也看了一堆。雖然不太想替它們排名，不過硬要說的話，兩年前見到的人頭是最露骨的。」

「斷頭屍體嗎？」因為思路沒什麼進展，我便陪著小唄小姐閒聊。「那種我也看過啊。」

「不，是斷頭**活體**，只有腦袋活著的人類。」

「怎麼可能有這種事？人類如果只剩腦袋，肯定必死無疑。」

「進行適當醫療處理就沒問題，心臟不過是幫浦，肺臟也只是氧氣供給器，其餘內臟充其量只能說是營養製造機。只要持續對腦部供應血液、氧氣、養分，腦袋獨自存活也不是不可能。不過，因為沒有內臟、喉嚨這些器官，當然沒辦法講話，但還是有辦法溝通。」

「……為什麼要做那種事？」

「沒有為什麼，單純只是興趣。就連你也湧起一點興趣了吧？想知道只剩腦袋的人類能否存活吧？我可以理解那種思維，跟那種事相比——」小唄小姐的目光轉向對面牆壁，那裡殘留著兔吊木被貫穿的痕跡。「兔吊木垓輔先生的遇害方式裡，我甚至感受不到任何非邏輯性的思維，有的僅是邏輯性的思路。」

小唄小姐站直身子，打開房門。

「妳要去哪？」

「這是溫柔如我才有的善解人意，你一個人比較容易思考吧？」

「呃……這……不過，小唄小姐要去哪呢？」

「你忘了我的本行嗎？」小唄小姐傲然一笑。「難得成功入侵這個固若金湯的第七棟，我去各處搜一搜。或許已經收拾過了……嗯，我馬上回來。」

小唄小姐說完，離開房間。

「本行嗎……但我的本行就只是平凡的大學生啊……」我嘀咕完，走到小唄小姐剛才站立的地點，學她靠著牆壁。「……事情為什麼變成這樣呢……為什麼老是、老是、老是、老是變成這樣啊……」

我開始自顧自地發起牢騷。

「……我已經受不了了，真的受不了了，真的受不了了，真的受不了了，真的受不了了，已經夠啦。」

畜生，畜生畜生畜生，比人類更差勁的畜生，乾脆現在死了算了吧？將我的血液顏色混入兔吊木的血液顏色裡吧？取出左胸的刀子，先刺入自己的腹部，再朝上一劃，接著拉出肚子裡的內臟，撒向四周。用嘴嘶碎自己的肝臟提振精神，接著用刀子刺入這雙失去功能、無法幫助任何人的眼睛。當刀子抵達腦部，或許我的神智就能恢復正常。接下來，將整張臉連同頭蓋骨一起割下，從喉嚨一路斬斷鎖骨，甚至割斷胸骨，朝大動脈前進，只要我還有力量與意識，就筆直刺向心臟，噴血畫面保證驚心動魄。問題是這把刀的強韌度能否完成上述步驟，但即使無法完成，亦是必死無疑。下輩子投胎，我一定要努力唸書、唸書、唸書，成為一名研究者。成為研究者之後，到某座深山興建研究所，但也絕不瘋癲、絕不狂亂，儘管無人感念，仍舊為了社會、為了世人焚膏繼晷地戮力研究。為了有困難的人，為了資質駑鈍的人，暗中驅使自己的力量。完全不接受「既為學者，瘋狂又何妨」這種隨便、老套的設定，成為一個凡事替人著想，以他人為優先的人類吧。

「……真受不了……我到底在想什麼？」一旦說出投胎這種字眼，人生大概就結束了。我想必是非常疲憊，沿著牆壁向下滑，一屁股坐到地面。我感到一股極度沉重的陷落感，即使完全頹坐在地，依然擺脫不了墜入深淵的錯覺。我抱住腦袋，嘆了一口氣。

「沒救了嗎……」

腦中掠過玖渚對我說的話——真的束手無策時，聯絡直先生也沒關係。要不也可以找人類最強的紅色承包人幫忙，只要拜託她，就不必再受這種苦。向根尾先生借電話……或是透過網路聯絡，就算得花上些許勞力，但並沒有那麼困難。明明擁有這種密技，卻遲遲不肯使用的矛盾。我是能夠容許這種矛盾的寬容……正直之人嗎？

這已經夠了吧？

「……還不夠！」

無法堅持到最後的努力，從一開始就沒有意義。

雖然這東西稱不上努力。

「真是丟臉死了……」

「貴重」與「稀少」不同。差點將自己的無力歸咎於世界……不，既已將之歸咎於世界的我輕輕低語，同時站起，毫不隱瞞內心對意欲藉此逃避的自己的厭惡。

我暗忖自己白白浪費了許多時間，視線投向前方牆壁。

You just watch,「DEAD BLUE」!!

「『靜觀其變』嗎……這難不成是某種密碼？」

犯人自己留下證據的可能性未必是零。我不理會諸多反對理論，開始試著調換牆上二十五個字母的順序、拆開每個單字重組，或是置換成其他語言等等，可是都沒有明確的答案。原本硬想拼湊出「墮落三昧」的漢字拼音，最後發現過於牽強，這句話的意思看來一如字面所言。

就在我胡思亂想之際，剩餘時間已不到兩小時。

「到底是怎麼一回事呢？玖渚君。」

我出聲呼喚玖渚，一如我還沒當她是女孩的時候。這裡當然沒有六年前的玖渚友，就連現在的玖渚友也在第四棟地下室，因此不可能回應。

可是，有其他回應。驟然間，不知從哪裡——應該是走廊——傳來震耳欲聾的警報聲。不，這不是聲音一類的尋常之物，這是衝擊波，是撕裂耳膜的空氣壓力。即使擁有絕對音感，亦無法以符號表現的刺耳警報穿門而入。

「怎麼了？我做了什麼？」

我大聲咆哮，穿門而出。雖然沒必要大呼小叫，但警報聲太大，不這麼大聲嚷嚷的話，甚至聽不見自己的聲音。一到走廊，警報聲更加驚人，彷彿被銅鈸或某種東西直擊腦門。

「————！」

我連自己的聲音、自己的怒吼都聽不見。面對巨大的壓力波，人聲這種微波毫無招架之力，霎時灰飛煙滅。這附近應該有擴音器，我一邊尋思，一邊伸手按住雙耳，目光在天花板拚命梭巡。如果不趕快找到擴音器破壞，我那原本就問題多多的腦筋肯定要崩潰。

我還沒找到擴音器，聲音在下一瞬間就倏地消失。我剛想將手掌移開雙耳，不行，又覺得還不能輕忽。正如「颱風眼」，只因一時平靜就安心的想法太過天真，搞不好還有第二波。不，等等，這裡是室內，不可能出現颱風。不妙，我好像有點神經錯亂。莫名其妙！我是白痴嗎？

「心情十全嗎？」小唄小姐打開逃生門，從樓下折回。「你好，好久不見了。」

「呃……什麼好久不見？才十五分鐘而已——」

「是嗎？那真是十全。」

小唄小姐滿臉笑意，重新壓低帽子，彷彿在逃避我的目光。嗯，雖然不用說，但我還是要說——這種態度非常可疑。

「小唄小姐……妳做了什麼？」

「我找到這種東西。」她從大衣內袋取出四張MO片（Magneto Optical Disc）——應該沒錯——像扇子一樣展開。「這是兔吊木垓輔的研究紀錄，雖然跟我的目的沒有直接關係，不過真沒想到會挖掘出這種好東西。」

「然後順便連警報器一併挖掘了嗎……」我那沒好氣的口吻連我自己都聽得出來。

「由我來說也很怪……小唄小姐就不會斟酌一下輕重緩急嗎？」

「你真沒禮貌，我當然會斟酌了，就連跟你聊天的此刻都還在斟酌。」

這就跟沒斟酌一樣。「我們還真是最佳拍擋……」我喃喃說著冷笑話。「怎麼辦？剛才的聲音大概也傳到第一棟的博士那裡了。這棟建築本身如此封閉，聲音或許傳不過去，但保全系統應該會傳送相關訊息。」

「希望對方以為是系統短路，可惜人生恐怕無法如此十全。」明明是罪魁禍首，她仍是一副與己無關的態度。「真是傷腦筋。」

的確很傷腦筋。

就算小唄小姐拉過我的手，我也壓根沒想到她會扯我後腿，這才叫誠心誠意的戲言。

「……逃回屋頂吧？那裡的話，或許不會被發現。」

「也對，確實比待在室內好。」小唄小姐剛說完，就走向通往樓梯的門。用小刀開鎖之後，我們沿樓梯上樓，再爬上鐵梯，掀起鐵蓋，抵達屋頂。小唄小姐伸了一個懶腰，朝西側走去，在邊緣附近匍匐。我猜不透她的意圖，但也不知不覺模仿她的動作。只見地面有兩個影子從杉樹人行道——還是橡樹？我也不確定——小跑步走過來（又跑又走的矛盾描寫，可以窺知我當時極為混亂）。原來如此，匍匐是為了不讓對方察覺嗎？我還以為小唄小姐是想在地面上詮釋黑色喜劇……不，我當然不可能這樣想。

「呃……」我瞇眼注視那兩道黑影。「……志人君和……美幸小姐……嗎？」

「應該是。」小唄小姐匍匐倒退，抵達樓下看不見的位置後，雙手拍打地板躍起。

「大概是博士叫他們前來察看情況。」

兩人一轉彎，身影就此消失。那個方向是第七棟的玄關，也就是那扇牢不可破的絕緣門。兩人身影消失後，我模仿小唄小姐的動作匍匐倒退，但仔細一想，既然兩人已不在視野裡，這個行動也沒什麼意義。

「儘管不甚十全，至少還算幸運。」小唄小姐說：「我還怕對方會派一整個師團的壯碩警衛前來……兩個那種程度的**小毛頭**，總有辦法對付的。博士大概認為是系統短路。」

「這樣是最好……不過被發現的話還是很麻煩。」

「那麼，往這裡走。」小唄小姐拉住我的手，強迫我移動，還以為她要帶我去哪裡，結果竟是水塔陰影處。她將我帶到一個數條水管橫亙其間，從鐵蓋位置無法看見的狹窄空間。「這裡應該可以避開他們的耳目。」

「乍看下確實可以掩人耳目，但……」

這個空間稱不上寬敞，怎麼看都只能容納一個人躲藏。這裡應該沒辦法同時容納高挑的小唄小姐，以及雖然不算壯碩，但幾乎已是成年男子的我。

「沒這回事。」小唄小姐惡作劇似地笑了笑——這時我已經差不多猜到她的計畫——咻地一聲將我拽過去，向後一推，接著，採取以第三者的觀點來看，很難不認為那是擁抱的姿勢，不，或許只能認定是擁抱的姿勢；換言之，她的身體緊貼著我的正面，修長的雙臂繞到我的背脊，下顎倚在我的右肩。小唄小姐的呼吸、心跳與體溫自然傳了過來，而我的呼吸、心跳與體溫當然也傳了過去。

「這樣就只占一個人的空間了。」

「——這樣子會出問題的。」小唄小姐扣住我的雙臂，我無力抵抗。不，這不是重點。「十分嚴重的問題。」

「你不喜歡問題嗎？」

「就連解答都不太喜歡……」

「還真是純情哩。」小唄小姐嗤嗤笑了，那是非常煽情的笑法。「對了，還有一件事，我在找那些MO片時，也順便找過繩索了。」

「有嗎？」我壓抑強烈的心跳問。因為心臟是不隨意肌，當然不可能抑制。「繩索……」

「沒找到，只有一些電腦線，雖然也可以當成線來使用，但就算將那種東西連接起來，也不可能接到第六棟……況且要是電腦線不見的話，馬上就會發現。」

「是嗎……」

期待這種研究所裡有那種可以承受人類體重的繩索，或許才是可笑至極的想法，既然沒有繩索，那就是類似繩索的東西嗎……我正想整理思緒，但小唄小姐的長髮香味打亂我的思路。不，或許是我自己的思路走岔了。冷靜、冷靜，想想別的事。

「……頭髮嗎……小唄小姐，頭髮的話怎樣？」

「什麼？頭髮怎麼了？」

小唄小姐說著，又摟得更緊了些。因為小唄小姐比我高，這樣一來好像被對方當成小孩。鈴無小姐也把我當成小孩，但是該怎麼說呢？兩者是截然不同的兒童式對待。

「我的頭髮嗎？」

「不是……頭髮這東西，不能代替繩索嗎？」

我聽說頭髮這東西其實相當結實，一根根分開來，強度或許算不了什麼，但數千數萬根合在一起，就足以代替繩索。用頭髮絞殺他人的事件在歷史上不勝枚舉，要說可能還是不可能的話——

「啊啊，你是指神足先生嘛，吾友。」小唄小姐在我耳畔呢喃細語，我不禁為之顫抖。「確實沒必要因為你的一句話，就將留得那麼長的頭髮全部剃光——」

沒錯，再怎麼說，我的言論不可能有那麼大的影響力。既然如此，剪掉——剃光那頭長髮，是有其他目的吧？我的思緒飄向了那個沉默寡言、態度冷漠的研究員。

「假設——神足先生利用我們剛才使用的路徑，成功入侵第七棟，然後殺死了兔吊木。將他釘在牆上，正準備離開時，才發現沒辦法從這裡跳回第六棟，況且還在下雨，更加不可能。話雖如此，也絕對不能待在這裡，所以必須要有繩索——」

「然後就用了自己的頭髮？」小唄小姐說：「還算十全，不過有問題。」

「什麼問題？」那個問題比妳現在撫摸我大腿的右手更加嚴重嗎？「是什麼呢？小唄小姐。」

「首先，這間研究所的屋頂既沒有欄杆，也沒有籬笆，換句話說，就算扔繩索，也沒辦法固定。想要固定在建築邊緣的話，也得有鉤子這類東西。另外，距離也是一大問題。」

「距離——是五公尺吧？使用繩索的話，就不必考慮角度的問題了。」

「就假設神足先生的頭髮有一公尺長好了。髮量從遠處看上去頗多，可是就算全部使用，分成五等分之後，也沒辦法承受人類的體重。接得再如何巧妙，四公尺已是極限。」

五等分——四公尺嗎？也是，既然是當繩索用，勢必得相互連接提升強度，結眼亦是一個問題，的確不可能達到五公尺。正如小唄小姐所言，四公尺左右已是極限。既然如此，就不可能抵達第六棟，就算退讓一百步，甚至兩百步，假設——頭髮突然暴長——能夠抵達，問題是沒有鉤子，還有無法鉤住第六棟的障礙存在。難得推出一些頭緒——而且還得面臨這種貞操危機——看來神足先生的剪髮終究是一時興起。又何必做這種惹人疑竇的事？若是推理小說，這簡直太不公平了。

「真的沒辦法跳過去嗎……這種距離。」

「世界頂尖選手的話，倒也不是不可能，但普通人類應該辦不到才對。」

「人類……」我被這個字眼吸引住。「……那麼，假如不是人類，就有可能嗎？」

「嗄？」小唄小姐愕然回應。「你這是什麼意思？該不會是想說犯人其實是妖怪一族吧？啊啊……我是無所謂啦，不過就不知道其他人怎麼想，這種事不是每個人都相信。」

「我沒有突然搬出妖怪論的意思，這世界又不是只有人類和妖怪，還有其他的動物……例如狗。」我不讓思路停止，喋喋不休地續道。不這樣子的話，注意力就會不斷渙散。「大型犬的話，應該就能躍過七公尺左右的距離吧？」

「你是指春日井小姐飼養的……不，擁有的那三隻狗嗎？」

「嗯，對，總之就是動物犯案論。」我點頭回答小唄小姐的問題，下顎也因此更加貼近小唄小姐的身體，媽媽咪呀！「……就算不是狗，好像聽誰說過這座山裡有野豬……野豬或許跳不過去，嗯……是鳥嗎……」

「你是認真的嗎？竟敢接二連三提出這種超凡妙計，我很欽佩。」小唄小姐的語氣聽來毫無欽佩之意。「所以呢？狗是如何死兔吊木先生的呀？狗用刀子蹂躪兔吊木先生嗎？你的推理非常異想天開，但也未免太扯了吧？」

「只要經過訓練……不，果然不可能。」因為這種爭論怎麼看都沒有勝算，我便決定退讓。「……該死！犯人還是未定嗎……」

「未定？我看是不定吧？」

「一定有人犯案，所以是未定……話說回來，差不多夠了吧？志人君和美幸小姐想必已經離開了。」

「還不能安心。」我正想扭身逃離小唄小姐，可是她不肯鬆手。什麼不能安心？志人君他們進入第七棟至今已逾十分或十五分鐘——意思就是我已經被小唄小姐擁抱了十分或十五分鐘——我想對方也差不多該認定剛才的警報是系統短路。

「小唄小——」

「噓！」

小唄小姐硬生生地打斷我的抗議。正確來說，小唄小姐攫住我的後腦勺，將我的臉孔壓向她的肩膀，教我不得不閉嘴。我抬頭一看，只見水塔對面，進出這個屋頂的圓鐵蓋開始緩緩移動。既是無機物質、又不具機械結構的鐵蓋，當然不可能自行移動——

「呿！這是什麼鳥蓋子？重得真不像話！媽的！當我是奧運舉重選手呀？」

那是志人君的聲音。志人君的聲音從鐵蓋下方傳來，他似乎一時推不開那個鐵蓋。

「——居然到屋頂檢查，還真是慎重……」我發出絕望的嘆息。「該說他小心謹慎嗎……唉，畢竟發生凶殺案，這或許也是沒辦法的……」

「畢竟遺失了大量MO片，這是理所當然的。」

小偷小姐如是說。對了！這麼說來，警報器啟動的理由正是因為她偷了MO片。既然如此，志人君和美幸小姐最先巡視的大概就是那個房間。一旦發現磁片遺失，就不可能認為是系統短路，肯定會徹底搜索整棟建築。

「妳為什麼不放回去……」

「把得手的東西放回去，這可稱不上是一流小偷。喏，再貼近一點，小心被發現喔。」

小唄小姐增加雙手力道，將我逼向更後面的空間。因為我的後面已經沒有「空間」，當然就只能跟小唄小姐更加貼近。現在要是被志人君發現，恐怕是有理也講不清，所以我也主動將手繞到小唄小姐身後。倘若吃了這麼多悶虧還得被發現，乾脆把盤子一起吃掉算了，桌子也好、椅子也好，老子統統吃光。

「哎呀哎呀，你這個小色鬼，吾友。」小唄小姐喜孜孜地微笑。「我其實也不討厭這種。」

「我討厭……算我求妳，請安靜……」

志人君終於掌握訣竅，成功推開鐵蓋，矮小的身體緩緩爬上屋頂。

「啊～～咕！煩死了……這種忙得要死的時刻，為什麼我非得做這種事不可？……真是莫名其妙……怎麼可能有入侵者……基本上，對方要怎麼進來嘛……謹慎也該有個限度呀，美幸小姐……」

志人君嘀咕個不停。他這個人似乎很愛碎碎唸，我不由得湧起一股親切感，甚至愛上那些牢騷。

志人君闔上鐵蓋，開始四下環顧。

「沒有半個人嘛……」志人君低語。「右邊沒人，左邊沒人……呸！真像白痴……」

他似乎無意詳查。就這點而言，我們的位置確實是絕佳藏身處，唯獨隱藏方式有一點問題。不行，我快到極限了，啊～～好像開始神智不清了。

「而且又一直聯絡不上玖渚機關……真是的……」志人君繼續碎碎唸，朝鐵蓋伸手。「事情會變成怎樣呢……而且把那麼可愛的娘們當成標本，博士簡直是瘋了……是打算再創造一個**跟我一樣的東西**嗎——為什麼對象偏偏是玖渚機關的人。」

玖渚機關……一聽見那個字眼，我即將喪失的理性頓時復活。雖然這樣形容很怪……但看來卿壹郎博士正順利地朝鈴無小姐、根尾先生和心視先生的預測前進；然而，我在意的並非那件事，而是志人君的口吻聽起來對博士的行為頗不苟同。志人君明明是卿壹郎博士的絕對支持者，這是怎麼一回事？

就在此時，我想起根尾先生的那席話「大垣君和宇瀨小姐有阿諛奉承博士的理由，諸如對博士的敬畏、對博士的恩義等等，但正因如此，只要給予他們更有價值的東西即可。」這或許只是四則運算的問題，加、減、乘、除。志人君現在動搖了嗎？既然如此，既然如此——

就在此時，志人君停止掀蓋的動作，非但停止，還一直緊盯我們的方向。狐疑地，彷彿懷疑什麼似地瞪著我和小唄小姐藏匿的水塔。被發現了嗎？不，不可能，志人君剛才不是還打算離開嗎？不可能看見，雖然不可能看見——

「喂！有人在那裡嗎？」志人君終於開口。「有誰在水塔那裡嗎？」

我差點就要出聲回應，但馬上被小唄小姐阻擋。

「有人的話就快點出來。」志人君將手移開鐵蓋，驀地站起。「我已經發現啦，那裡有人吧？嗄？不肯出來的話，我要過去囉？」

「——沒辦法了。」小唄小姐說完，萬分不捨地鬆開我。「你留在這裡。」

「咦？可是……小——」

「我現在就出去！」小唄小姐對志人君的方向大聲說完，又對我喁喁細語：「事情結束之前，你絕對不可離開這裡。」說完將我壓向牆壁，接著繞過水塔，走到志人君看得見的位置。

我完全沒有出手制止的機會。

更何況我根本不知該用什理由阻止她。看見她擺出那種明明身陷困境，仍舊「這種事一點也不值得驚慌」的輕鬆神情，我根本不知該說什麼阻止她。

「——啊？妳？」志人君的聲音顯得詫異萬分。「嗄？什麼？妳……我可不認識妳呀。」

「那我就自我介紹吧。」小唄小姐對志人君微微一笑。「我叫石丸小唄，不過貴所成員或許比較熟悉『零崎愛識』這個名字。」

「……三天前的入侵者？」志人君說：「……什麼？妳……這個聲音……妳是女的？還真高大啊……雖然沒有另外一個大姊高。」

「你對女人有興趣嗎？**小弟弟**。」小唄小姐滿不在乎地走向志人君。「這還真是十全。」

「不許動！否則我要出手了！」

「什麼？」小唄小姐裝糊塗問道：「不靠近一點，又怎麼聊天？你不是有話想說才叫我出來的？」

「混帳！都叫妳不許動了！」

志人君邊說邊後退，其實並沒有後退的理由，大概懾服於小唄小姐身上那股不明所以的氛圍。我想起昨夜與小唄小姐的初次邂逅。若是跟那種壓倒性的、絕對壓倒性的東西迎面對峙，任誰都會心驚膽戰，是故志人君才想逃離她。與其說是無意識的行為，恐怕是出於某種本能。

「呵呵呵——」小唄小姐停下腳步，在通往室內的鐵蓋附近說：「沒事的話，我就此告辭——」

「豈能讓妳逃走！」

志人君撲向她，大概是使命感戰勝了恐懼心。這或許是正確的行動，但稱不上是明智的決定。「入侵者」石丸小唄既然在志人君面前曝光，當然不可能就此潛逃。小唄小姐剛才的言行，分明是引誘對方出手的伎倆。

上鉤的志人君自然不可能發現。

小唄小姐向後回轉，躲過志人君的拳頭。接著繼續轉一圈，修長的腿踢向志人君的腹部。那個回轉技巧並非空手道，而是更接近跆拳道。格鬥技巧多如繁星，也只有跆拳道會將背部完全朝向敵人。

志人君像蝦子般躬身，但小唄小姐毫不留情，又伸出另一條腿——這也是跆拳道的動作——以腳踝踢向志人君的心窩。志人君的上半身被硬生生踹起，整個人向後仰倒。小唄小姐繼續轉一圈，接著利用旋轉勁道——這次是柔道技巧——以掌底叩擊他的右肺葉。

「哇……啊！」

志人君發出既非悲鳴，亦非嗚咽的悶哼，當喉嚨發出這種聲音時，勝負可說就已決定；但即使如此，小唄小姐仍不罷手。手肘攻擊腹部，反手刀攻擊心臟，接著膝蓋從近距離攻擊胸口，最後再加一記掃腿，讓志人君趴倒在地。

一眨眼——不，甚至來不及眨眼，勝負已分。志人君昏迷不醒，或者該說小唄小姐連續攻擊到志人君昏厥為止。對內臟器官的紮實攻擊，感受不到任何目的。這固然是為了逃離此地的明智之舉，但仍不可否認做得太過火了。

「小唄小姐——」

我正想從水塔陰影走出，但——

「不——許——動——！」

因為這聲轟然狂嗥，我再度僵立原地。回神一看，宇瀨美幸小姐拿著一把手槍對準小唄小姐。小唄小姐蹲在昏厥的志人君身旁，「哎呀？」對驟然出現的美幸小姐發出略顯訝異的叫聲。「這麼說來，好像還有一個人哩——我完全忘了。」

「請不要動——否則我會毫不留情地開槍。」

美幸小姐雙手緊緊握住的手槍——我記得是Jericho 941，以色列製造的CZ—

75黑色手槍，可以使用九公釐魯格彈（註10）或點41AE兩種子彈的多口徑手槍。製造商後來又援用相同設計製造著名的沙漠之鷹（Desert Eagle）——我記得是這樣。因為我的記憶力不好，沒辦法確定，不過這種情況的問題並不是手槍種類。

由這間研究所的機密性而言，保全設備裡有一兩把手槍，倒也沒什麼好奇怪的——可是，再怎麼說，這未免太脫離現實、太過頭了。即使是輕鬆壓制志人君的小唄小姐，一旦面對手槍——

「——呵呵，哇哈哈哈哈哈！」然而，小唄小姐卻對美幸小姐哄堂大笑，接著若無其事地站起，彷彿根本不將槍口放在眼裡，猶如在嘲弄、奚落對方。「哇哈哈——哈哈哈哈哈！」

「有什麼奇怪的？妳笑什麼笑？我叫妳別動！」

「我就是在笑妳叫我別動，大小姐。」小唄小姐揚起下巴，俯視比她矮了三個頭的美幸小姐。「這個狀況下，自己的夥伴被壓在地上的這個狀況下，居然說只要對方不動就不開槍？而且我都動了，妳還不射擊？實在是太溫吞了。要不就冷酷一點，要不就激動一點，妳這樣還真是有夠溫吞。就算是只在敗北時登場的小配角，憑妳這樣就想蹂躪本人，真教我笑掉大牙——」

「不許說話！閉嘴！」

美幸小姐將槍口對準天空，接著開了一槍。那行為既是威嚇，亦是為了證明槍裡

10　葛雷格・魯格（Georg Luger）所設計的彈藥，目前是全世界最常見的手槍彈種。

裝有子彈。一聽見那刺耳的槍聲，我確定裡面裝的並非九公釐魯格彈，而是點41AE；換言之，彈匣裡至多只剩九發子彈，比九公釐少了五發，不過這只是比較，九發子彈要殺死一個人——甚至兩個人都綽綽有餘。

「妳再出言諷刺，我真的要開槍了！入侵者！快離開志人君！」

「妳剛要我別動，言猶在耳又要我離開？我到底該怎麼做呢？大小姐。」小唄小姐嘻皮笑臉——一副調侃對方的表情輕鬆應道：「一點都不十全啊。就是用妳這種大小姐當祕書，用這種傻頭傻腦的小毛頭當助手，斜道卿壹郎博士才名過其實。早知如此，我或許該直接進擊，根本無須**大費周章**。」

「妳叫我大小姐？妳了解現在的情況嗎？莫非以為我不會射——」

「以為只要有槍，眾人都會屈服；以為只要展現力量，大家都會追隨，這正是妳像大小姐的證據。」小唄小姐與美幸小姐……不，是與手槍近距離對峙，泰然自若地說：「妳要是認為那種玩具能夠殺人，可就大錯特錯了。妳以為一把手槍可以勝過一艘軍艦嗎？」

「開什麼玩笑——妳以為這種距離我會射不中？」美幸小姐加重握槍的力道。「只要妳乖乖聽話，我不會傷害——」

「然後充當博士的**人體實驗品**嗎——就像躺在這裡的傻小子。」

「閉嘴！」美幸小姐聞言大為激動。「——妳的目的是什麼？妳到這裡來幹什麼的？你是哪間研究所的間諜？」

「假設——」小唄小姐略微壓低音量。「子彈初速以時速而言，假設是九百公里好了。所以說，妳和我之間約莫兩公尺的距離，大約要花多久？」

「咦？什麼意思？」

「就是假設嘛，答案呢？大小姐。」

「……零點零八秒。」美幸小姐不解地回答：「……這又怎麼了？意思就是人類避不開子彈吧？」

「光聽這個數字，要避開確實不易，不過——」小唄小姐指著她，不，不對，是指著她手裡的那把槍。「——Jericho 941，到扳機為止有七點七公分，所以這是雙動模式，沒錯吧？」

「嗯？咦？所以呢？這又怎麼樣？」

「容易動怒的個性也非常像大小姐，妳就跟鬧區的不良少女沒兩樣。既然是雙動模式，換句話說，扳機壓力有五公斤的力量，單動模式則只要一半的力量。以妳女性的指力，扣扳機的時間約零點五秒，這還是估計得比較短的情況。」

「——？……！」

「不止如此，擊錘打中撞針還要零點零二秒，到此為此已經花了零點六秒。好，剛才是單純計算子彈發射到抵達為止的時間，前面還得加上為了確實擊中目標的準備時間；換言之，就是瞄準的動作。瞄準我的腦袋也好，心臟也好，哎，哪裡都無所謂，如果想讓點41AE確實命中目標，專家也得花上零點一秒的準備動作，至於外行人的妳，我想最少也得零點四秒……前後相加共計一秒，是一秒鐘喔！這簡直就像永遠，至少對跨過兩公尺的距離來說，是非常十全的時間。」

「開什麼玩笑！就算一發沒中，我還可以射第二發、第三發——」

「每次都得花費超過一秒鐘的攻擊根本沒有意義喔，大小姐。這樣的話，直接毆打對方還比較快。大小姐，機會難得，我替妳上一堂課吧？手槍這玩意兒是長程專用的武器，最少相隔五公尺，最好是十公尺以上。如此一來，不論我怎麼移動，妳只要稍微移動槍口即可，五發就能擊中吧？以較為十全的說法來講，手槍這種武器除非攻人於不備，否則只能用於長距離，唯獨外行人才會被它的表面威力矇騙。這種一擊必殺的武器，要是一擊不中也毫無意義或價值——」

「囉——囉嗦！」

美幸小姐扣下扳機，這次真的對準小唄小姐。

震天價響的爆炸聲響起——可是，就只有聲音而已。小唄小姐一如對付志人君的時候，旋轉避開子彈的飛行軌道之後，順勢撲向美幸小姐懷裡，掌心朝她的下顎一頂。美幸小姐的身體浮向半空，高䠷的小唄小姐將全身重量置於手肘，猛力將美幸小姐一時掙脫重力的嬌軀壓回地面。這一連串的動作，我該如何評論呢？小唄小姐的動作類型跟對付志人君時迥然不同。是了，那是毫無半分浪費的美麗——流動。美幸小姐的身體滑行般地滾倒在屋頂地面——那令我想到冰壺運動的石壺——最後停在非常接近邊緣的位置，既沒有起身，甚至沒有呻吟。小唄小姐走過去，確認她既已昏厥，拾起手槍。

「——可以出來囉，吾友。」

「……」我從水塔陰影處走出。「……辛苦了。」

「嘻嘻……」小唄小姐淘氣地將槍管指向我。「砰！哈哈哈！」

「……」

「咦？你好像不太開心。」

「不，沒事……只是覺得妳出手重了些……」我不覺望向倒在地板上的兩人。「而且未免太冒險了，居然挑釁持槍的對手……」

「我不挑釁的話，就會被射中的。」

「或許吧……這麼說來，剛才妳說的那些果然是騙人的嗎？」

「應該稱為一時之便。」

小唄小姐笑盈盈地說完，將手槍扔給我。連保險都沒鎖是想要本人的小命嗎？我心中抱怨卻仍伸手接住那把槍。一股沉重的感覺自手臂傳來，這也很正常，傑立寇的重量超過一公斤。持續伸直手臂支撐這種東西，就連身為男性的我都倍感吃力，更何況——更何況是身為女性的美幸小姐。

換言之，就是這麼一回事——小唄小姐的那席長篇大論，純粹是在拖延時間，只是在等待美幸小姐的手臂感到疲憊及痠軟。直到她再也無法正確瞄準目標，直到旁人皆能看穿她對肌肉下令時的微小動作。

「越是外行，越容易被具體的數字及邏輯哄騙——就是這麼一回事嗎？」

凡事都被數字矇騙的話，肯定要吃大虧——玖渚好像這麼說過？

「就是這麼一回事，我哪曉得傑立寇的子彈速度？」小唄小姐頷首。「那把槍就交給你保管，你知道怎麼用吧？我也會用，但就是不太喜歡，總覺得不太公平。」

「嗄……不公平嗎……」我乖乖鎖好保險，把傑立寇插在褲子和皮帶之間。儘管坐下來時不太舒服，但這種東西只能如此攜帶。「不過，怎麼辦？這樣他們就知道妳入侵的事了。」

「這倒也算得上十全，如此一來……事情一旦演變成『有外人存在』，玖渚小姐的嫌疑不就多少沖淡了些嗎？」

「這對我們是好事一樁，可是對小唄小姐——」

「這點程度還難不倒我，一點都難不倒我，而且……」小唄小姐走到志人君昏迷的位置。「我們也找到脫身計了。」

石丸小唄 超級小偷。
ISHIMARU KOUTA

我（旁白）
十九歲。

第二天（5）——頸圈物語

0

欺騙天才很容易。
欺騙白痴很費事。
欺騙豬是不可能。

1

剩餘時間不到一小時半的時候，我再度返回根尾先生的私人房間。根尾先生正與小唄小姐在其他房間商討今後的對策——那恐怕是跟我和玖渚完全無關的「今後」——目前這個房間裡就只有我一人。在各種畫作的包圍下，我甚至懶得自言自語，只是呆坐在沙發上。

秒針的聲音非常刺耳，早知如此，就該帶電子錶來才對嗎？可是，那隻錶被玖渚改造得亂七八糟，而且這隻指針錶是小姬送的禮物，我有佩帶的義務，終究是沒有選項。

「選項啊……只要有一個搞不好也比現在強。」

選擇。

選擇這種行為。

我從皮帶抽出美幸小姐的手槍，開始仔細端詳。外框結構十分粗獷，但操作本身不算困難——只要不像美幸小姐剛才那麼慌張，只要稍加練習，即使沒受過正式訓練，應該也能射出一定水準。

「這個國家還真～～是和平哪……」

小唄小姐提出的「脫身計」非常簡單，她先將美幸小姐和志人君拖進室內，用電腦線綁住昏迷不醒的美幸小姐。就算不那樣做，我想她半天以內也不可能清醒，不過還是小心為上。我正猜她要如何處置志人君時，她竟將他扔給我（真的是扔給我），要我負責揹下樓。

「你的道德觀念認為應該由女性拿重物嗎？」

「我可是贊成女權運動的喔，因為男女理應平等對待。」

「那讓你揹果然是正確的，吾友。」小唄小姐嫣然一笑。「男女既然是平等的，就決定了你我的主從關係。」

正如她所言。小唄小姐當然不是出於對志人君的好感才要我揹他，總之他——大垣志人君是「鑰匙」。讓網膜檢查機器掃瞄志人君的眼球，卡片就用他身上那一張，至於ＩＤ，因為我聽過好幾次，也記了下來。原本有些猶豫是「ikwe9f2ma444」還是「ikwe9mada423」，不過在小唄小姐的聲聲催促下，我終於想起是哪一個。數字密碼也是，雖然不太有自信（這種時候就非常希望玖渚在身旁），不過也猜對了。話說回來，對這套保全系統而言，數字密碼和ＩＤ也不過是附屬品，最重要的是卡片、網膜辨識以及——聲音。換言之，就是確認當事人身分的直接證據。而其中的卡片與網膜辨識都順利通過，唯獨聲音是個大問題，畢竟不可能逼不省人事的志人君說話——

「大垣志人，ＩＤ是ikwe9f2ma444。」

小唄小姐**驟然改變**聲音說道。

「聲音、網膜辨識通過。」

合成聲音回答，大門開啟。

「有什麼好驚訝的？聲帶模擬又不是哀川潤的專利！」小唄小姐嬌叱：「這種機械程度的話，我也有辦法應付，**這些傢伙**的結構非常簡單呀。」

「妳認識哀川小姐？」

小唄小姐聞言略顯不快，「聽過傳聞而已。」但旋即恢復正常，說道：「你提及『承包人』時，我就猜到是那個惡名昭彰的哀川潤了……不過換成她的話，別說是機械，大概連神明都能騙過。喏，動作不快點的話，門要關上囉。啊，志人君放在那裡就好，反正手腳都已經綁住，他也變不出什麼花樣。」

這次輪到志人君和美幸小姐慘遭囚禁。若不這麼做，他們會向博士報告小唄小姐的入侵，就算說事情早晚要曝光，還是希望能暫時拖延。最好是博士對兩人遲遲不歸心生疑慮，被迫展開因應對策，如此一來，原本的期限又能稍微延長。這種想法或許太過樂觀，總而言之，我和小唄小姐就這樣成功離開第七棟。

「……」

——接著是問題。

不但順利入侵保全系統如此嚴密的機構，還假裝「已經離開」，成功滯留內部的石丸小唄。深謀遠慮、材高知深、老奸巨猾、足智多謀、身經百戰、石丸小唄。這位石丸小唄居然被眼前的MO片（不論那是多麼重要的情報！）迷惑，誤觸警報器這種事可能發生嗎？再者，姑且不管持槍的美幸小姐，為何對雙手空空（最後確實輕鬆擊敗）的志人君也喋喋不休？假設那是為了引誘志人君開口，換言之是為了模仿對方聲音的計謀——

真的很可怕。最可怕的並非行為本身（——換成哀川小姐，大概也能做到這種程度；換成玖渚的話，想必亦能籌措脫身計——），而是她泰然完成這些事的豪情。我並非說客套話或崇拜她，這件事的成功率一點也不高。如果美幸小姐選擇溜之大吉，一切就結束了，而已亦無法保證博士只派兩人前來。其他尚有諸多忽隱忽現的難處，最致命一點就是我的（本人的！）記憶力是否正確。倘若這是我擬定的計畫，肯定是愚蠢至極的決定。這類英雄式的有勇無謀，多半會讓人感覺「事後回想起來，那是別無他法的明智抉擇」，唯獨這次沒辦法這麼認為，所有人都會同意那就跟我拚命——不，**捨命**從第六棟躍至第七棟是不分軒輊的最差決定。

「……」

然而，小唄小姐的計畫大成功，我如今平安在此。

成功脫身之後，小唄小姐透過無線電對講機與根尾先生聯絡，根尾先生借故送造訪第五棟（正確來說是根尾先生主動邀約）的春日井小姐到外面，回程再將我們倆帶入室內。

結果就是小唄小姐有成功的確信，而我沒有。在決定是否要冒這種風險之前，我甚至不可能想到如此激烈的手法。

「——這就是成品與精品之間的差異嗎……」

同時亦是看得見與看不見之間的差異。這次的兔吊木垓輔遇害事件，簡言之就是這麼一回事嗎？犯人看見我這種凡人所看不見的東西，不論是分屍、毀屍、取走手臂，甚至是牆上的血字，這一切都具有某種意義嗎？

「……剩下一小時二十五分鐘……」

倘若模仿「死線之藍」的口吻，就剩下一小時二十四分四十六秒七七。可是，兩小時半也沒想到任何線索，剩下一小時半又有何用處？消極的態度對解決問題毫無助益，我的思緒卻一味朝負面前進。

「子荻小妹妹——要是妳站在我的立場，面對這種最惡劣的狀況、最差勁的局勢，妳有沒有辦法想出最優異、最卓越的妙計呢？」

唉，妳大概有辦法。

我可就沒轍了。

我的腦筋不像軍師子荻那般聰穎。

既然如此，就來瞎想一番吧，就試試足以對抗卿壹郎博士的牽強思考吧。對！假設……目前協助我進行思考活動的石丸小唄小姐，**她是犯人的可能性**究竟有多高呢？

不能說完全沒有。對，因為卿壹郎博士並不知道她的存在，研究所裡也只有悖德者根尾先生一人曉得（不過志人君和美幸小姐現在也曉得了），再加上小唄小姐跟其他研究員不同，並非窩在特定的研究棟內；換言之，她的障礙就只有第七棟，比其他嫌犯少。而從剛才那種機智、那種智慧、那種判斷力推測，殺死兔吊木，再偽裝成不可能的犯行，說不定只是早餐前的茶點——

「……真是低級的戲言。」

我強迫自己中止這種牽強的假說，強詞奪理也該有個限度。儘管無意對卿壹郎博士屈服，但比起這種假說，卿壹郎博士的玖渚友犯人說搞不好還較為可信。呿！這世上沒有比這個更加莫名其妙的屈服了。

「既然根尾先生跟她的條件一樣……所以最後就剩一個意外的假說啊……」

換言之，就是**本人才是**犯人的可能性。跟玖渚友一起來此的同行友人，其實才是殺死兔吊木的真凶，聽起來也是頗有味道的解決篇吧？不過，光有味道也沒用，我曉得自己不是犯人，就算對兔吊木抱有敵意，也還不到想殺死他的地步。

然而，**有沒有行為**在這種情況並不重要，問題是**有沒有認知**。只要符合一定程度的邏輯，那麼——

「我還真會胡思亂想。」

我喃喃自語時，猛然瞥見室內的電話。我雖然有手機，不過放在木造公寓忘了帶來。除非是玖渚那隻衛星手機（聽說被卿壹郎博士沒收了），這種深山裡也收不到訊號。可是，電話公司基於法律規定，只要是日本國內，不論任何地點（滄海孤島也好，原始荒山也好），一旦有人提出申請，他們就得裝設線路。是故，斜道卿壹郎研究所才得以與外界聯絡，根尾先生的私人房間裡也才有電話。

我忽又想到，這種組織建築內的電話一般都有總機或內線，沒辦法直接打到外面，不過這座研究機構是數一數二的少數精銳組織，沒有多餘成員；換句話說，這隻電話或許可以直接與外界聯絡。我想到這裡的時候，已經走到話機前面，拿起了話筒。

首先想到的那個號碼，打到一半又反悔，放下話筒。我非常仔細地一想，跟那個人應該不可能透過電話溝通。那個人不想說話時就悶不吭聲，想說話時也一語不發。要是願意聆聽別人說話也還好，問題是那個人除了主人的命令之外，什麼都不聽，甚至連主人的命令都沒在聽的徹底天才。再深入一想，接電話的也未必就是那個人，最慘的情況也有可能是那個電波占卜師。對於我目前的情況，那個千里眼究竟會說些什麼？光是想像就教我血液逆流。

「話雖如此，美衣子小姐又不在家……她也沒有手機。」

而且美衣子小姐擁有鬼丸國綱（註11）般敏銳的第六感，難保不會察覺鈴無小姐和玖

11　簡稱「鬼丸」，日本皇室珍藏的日本刀，「天下五劍」之一。

渚被關在地牢。照美衣子小姐直接釋放情感型的性格判斷，這絕非本人樂見的發展。

我苦思良久，最後決定打小姬的手機。

「喂～～」鈴聲響不到兩下，話筒就傳來小姬緩慢但略顯緊張的聲音。「哪位？」

「企圖征服世界的男人。」

「啊——師父，安安。」小姬鬆了一口氣，聲音恢復正常。「因為沒顯示來電號碼，我嚇了一跳呢，師父。怎麼了？我記得你正在名古屋縣旅行吧？」

「嗯，沒錯。」我一邊回答，同時暗想名古屋是縣嗎？話說回來，我是在名古屋嗎？好像不是，又好像聽誰說過是名古屋縣。「我現在，呃……是從旅館打的。」

「喔——所以才沒顯示來電號碼呀。啊！對了，剛好剛好，我有件事忘了跟師父說。」

「什麼事？」

「土產，可不可以買五條『外郎餅』。」

「咦？小姬妳喜歡吃甜食嗎？」

我邊說邊努力回想外郎餅是不是甜食，啊啊，對了，這裡是愛知縣，名古屋是其中一個都市，名古屋「縣」是不存在的。

「……『外郎餅』是像羊羹那樣軟軟的甜點嗎？小姬喜歡吃那種東西？」

「不，是小姬的朋友啦。你不記得嗎？我不是介紹過了？就是鵜鷺呀。我跟她說師父在名古屋縣旅行，結果她一直嚷著外郎餅、外郎餅，之前忘記說了。小姬我就不用了，可是朋友要五條，最好是不同顏色，色彩繽紛一點喔。師父從小姬身上刮了不少油水，應該不缺錢吧？」

「妳別說這種難聽的話……嗯，好，如果可以平安回去的話，別說五條，五百條都買回去送妳。」

「不要啦，又不是太宰的《芋粥》。」

「《芋粥》是芥川寫的。」

我說了一句頗具師父威嚴的話。

「是嗎？不過師父，那是什麼意思？『如果可以平安回去的話』，聽起來就像有可能沒辦法平安回來似的。」

「天曉得，有道是人間處處有青山，反過來說，在哪死掉都不怪。」對，一點都不奇怪，尤其是我這種人。「唉，要是回不去，我房間裡的東西就隨妳處理了。」

「真的嗎？」小姬欣喜若狂地問道：「那件怪裡怪氣的T恤、怪裡怪氣的牛仔褲、怪裡怪氣的夾克、怪裡怪氣的襪子都可以給我嗎？」

「請不要用怪裡怪氣來形容別人的東西……」而且拿襪子是想幹什麼？「嗯，交換條件是，公寓的搬遷作業、大型垃圾那些有的沒的都是小姬的工作。」

「嗄～～」小姬立刻大表不滿，有夠現實。「話說回來，師父不像在開玩笑耶。情況很不妙嗎？既然在大樓裡，莫非是有恐怖分子襲擊、飛機衝撞、潛水艇撞擊？」

「不，這次不是這種事……可是，唉，有點類似。」

「喔——」小姬對我的解釋似乎不太滿意。

「師父腦筋不錯，偏偏是個傻瓜。」小姬少年老成似地說：「小姬我雖然腦筋不好，但不是傻瓜喔，聽得出師父現在非常煩惱。」

「喔？那我就放心了，既然如此，妳願意幫我嗎？」

「不行啦，馬上就要上課了。」

無情的托詞。

「啊，是嗎……妳在學校嗎？」我看著她送我的手錶說：「上學不能帶手機，瞭嗎？」

「瞭，我知道啦，師父。」小姬的聲音和遠方鐘聲交疊傳來。「哎呀，掰掰，上課鐘響了，小姬就此告辭，師父。」

「嗯，掰掰。」

基於來電者的禮儀，我率先掛上話筒。接著像是放下肩頭重擔似的雙肩一垂，嘆了一口彷彿要將肺部空氣全數吐出般的長氣，再走回沙發。

這樣就好了。

應該可以吧？

從未真正信賴過自己這個存在的我，換言之徹底缺乏自信。數小時前對小唄小姐說的那席話並非謊言，但我的人生是失敗的歷史，淨是後悔與反省。正因如此，正因如此，當我失敗的時候，或者後悔、反省的時候，就不能有未竟之事。

我想到善後的頭緒了。

接下來只要大幹一場。

「……或許可以先回牢籠，問問玖渚的意見……」

說到『遠距離操控型』，玖渚友是最適合的代言人。窩在自己的高級大樓，甚至沒辦法獨自下樓；話雖如此，世界情勢也好，學術上的知識也好，（儘管不如小豹那麼厲害）網羅各種情報的玖渚友。只要將這兩小時半收集到的情報**輸入**玖渚體內，說不定就能取得某種答案。

然而，春日井小姐既已返回第四棟，回去的風險也不低。她應該不會走樓梯，我想不至於迎面碰上，不過這畢竟是無可挽回的風險，還是得謹慎行事。

「煩惱也沒用嗎……」

反正小姬要上課——我咕噥著旁人聽了也不知所云的臺詞，準備離開房間跟小唄小姐商量。可是，我還沒握住門把，門就從外側打開。咦？這房間是自動門嗎？在下不幸未曾親眼目睹，沒想到世上竟有不是朝左右開啟的自動門……不，但我不記得這扇門有自動功能。這麼說，是剛好有人從走廊進來。正如我所料，走廊上的小唄小姐杏眼圓睜地看著杵在門口的我。

「——喲，怎麼了？吾友，為什麼站在這種地方？」

「不，我想先回牢籠看看……聽聽玖渚和鈴無小姐的意見，可是這種行為說危險也挺危險的，一時間拿不定主意。」

「不，我覺得不錯。」小唄小姐說：「而且正好。」

「正好什麼？對了，小唄小姐，妳跟根尾先生討論結束了嗎？」

「該說是結束還是停止呢？」小唄小姐的說法模稜兩可。「稍微中斷一下，因為突然有客人來。神足先生剛才打電話給根尾先生，好像有事要來找他。我也不能讓神足先生發現，而且他們要用這個房間，所以才來帶你離開。」

「喔。」

……神足先生嗎？

我再度想起剛才由於百思不解（我沒有比這更百思不解的經驗）而編造出來的神足雛善犯人說。用頭髮代替繩索的點子被小唄小姐嗤之以鼻，可是這並不代表他洗刷嫌疑，神足先生還是有可能以其他方式殺死兔吊木，至少可能性與其他研究員相同。而且他好像跟兔吊木感情不太好……話雖如此，好像沒有半個人跟兔吊木感情融洽。

「沒有半個人……為什麼呢？」我的疑問轉向其他方向。「他應該跟心視老師很合才對哪……」

「也許是兔吊木先生自己主動遠離他人。」小唄小姐說：「這方面我想問玖渚小姐就曉得吧？不過，她好像不太願意談他的事。」

「沒辦法，因為那丫頭很沒用。嘴巴雖然不牢靠，但要不就知無不言，要不就全部不說，只能取其一，無法理解『透露到這裡就好』這種曖昧的基準。」

「真是布爾型（註12）的人，不，或者該說是單純型呢？」

「當然是兩者。」我走出房間，移動至小唄小姐身處的走廊。就在此時，我想到一個不錯的點子。我們不能留在這裡與神足先生碰面，但反過來說，意思就是不碰面即可。從搜集情報的角度來說，我非常想聽聽神足先生的發言，假如我沒辦法聽，那麼——

「小唄小姐。」

「我明白了。」

我什麼都還沒講，她就從大衣取出無線電對講機，外形比手機更小，簡直就像一片板子。小唄小姐伸手調整上面四個充當按鈕的小凸起。這是剛才用來與根尾先生聯絡的工具，小唄小姐真不愧是小偷，帶了各種祕密道具。

「嗯啊——就是這樣，根尾先生，就這樣拜託了。」

三言兩語之後，她便徵得根尾先生的同意……或許該說是達成協議。

「那我們到屋頂待機吧？其他房間也可以，但萬一神足先生心血來潮開門，一切就結束了。」

「啊……」又是屋頂嗎？「可是，待在屋頂怎麼聽他們的對話？」

「用這臺對講機。只要設定在收訊專用頻道，他們就聽不見我們的聲音。唔，唯一的風險是，如果有人在某處接收電波，有可能被發現……不過發生這種事的可能性微

12　只有兩種值的型態，分別為True或 False。

乎其微。」小唄小姐說著開始朝逃生門的方向走。「該擔心的反而是那兩人。」

「志人君和美幸小姐嗎？」我一邊隨她上樓，一邊問道：「被妳揍得那麼慘，一時半刻也醒不來吧？」

「哎呀呀，把別人講成虐待狂，一點都不十全，而且我也沒打得多誇張。」

「美幸小姐或許是，不過志人君未免下手太重，還專打內臟器官。打頭的話，不是一下就解決了嗎？被妳打成那樣，事後一定很痛。」

「愛怎麼說隨你，反正你馬上就會明白我的溫柔了。」

小唄小姐突然蹦出這麼一句。爬完樓梯，開門來到屋頂之後，小唄小姐一抖大衣，席地而坐，我也跟著併腿坐在對面。小唄小姐於是開始調整無線電頻道。

「……話說回來，這裡雖然有警報器，卻沒有監視攝影機哪。」我閒來無事開口。

「這對我和小唄小姐固然方便，可是從保全方面來看，不是一大問題嗎？」

「就管理面來說，這反而比較十全。」小唄小姐盯著對講機，回答我的疑問。「這間研究所有不想留下影像紀錄的東西吧？剛才的MO片也是，雖然頗有價值，不過並非重要物品，總之就是這麼一回事。」

「意思就是所有紀錄都在個人頭腦裡嗎……」

話雖如此，那般嚴密的保全系統，大概也綽綽有餘了。

小唄小姐調好頻道，將對講機放在我和她中間的位置。我聽見衣服摩擦的聲音，根尾先生是將對講機放在口袋嗎？

「嗯——收訊不太好。」

小唄小姐側頭進行微調，接著對講機傳來說話聲。

「……就是這……呢……足先生。」

「我不知道。」

「不過，今天好像來得比較慢哪，對準時的神足先生來說還真罕見。」

「電梯因為不明原因壞了。」

那是根尾先生和神足先生的聲音。聽起來不像是邊走邊聊，大概已經進入那個滿是畫作的私人房間。

「……所以呢？有何貴幹？神足先生。」

「當然是研究的事。」

兩人接著開始展開摻雜大量專門用語（什麼圈圈叉叉性能，什麼圈圈叉叉電路之類的用語和略語）的對話，我一開始還努力聆聽，可是持續聽這種完全無法理解的對話果真是世上最無聊之事。這樣說或許對根尾先生和神足先生很失禮，但我逐漸對他們的對話失去興趣。

「……我們似乎走冤枉路了。」小唄小姐的感想跟我一樣，索然無味地低語。「不，雖然沒有走路。這麼無聊的事虧他們可以講這麼久，很有趣嗎？」

「小唄小姐聽得懂一些吧？對我來說，簡直就像外語。」

「就是因為聽得懂一些，所以才無聊。」小唄小姐說：「聽不懂也無聊，聽得懂也無聊，真是差勁透了。」

「不能否認我們現在是浪費時間……根尾先生就不能主動談一下事件嗎？」

「現在突然轉變話題更不自然。他畢竟也有他的任務，至少現在不能為這種事露出馬腳。」

「這我也明白……那麼，小唄小姐，這裡可以拜託妳嗎？」我站起來。「我先回牢籠一下，看看玖渚她們的情況。」

「各司其職嗎？把這麼無聊的作業推給我一點都不十全，但事到如今也莫可奈何，畢竟時間所剩無幾。」

我抬起手錶，還剩一小時十五分鐘。

「啊……不過，假如小唄小姐迎擊志人君他們這件事成為煙霧彈……讓博士他們手忙腳亂的話，時間或許又多了一些。」

「也可能出現反效果。」小唄小姐一邊調整有點歪的帽子，一邊注視我。「前往第七棟察看情況的兩人老半天沒回來，實在非常可疑。不過，如果博士信賴他們，也很可能認為『不論發生什麼事他們都能應付，大概是因為情況特殊，兩人才特地仔細調查整棟建築』。」

「信賴嗎……我想是信用。」我這時想起一件事，就是她對付美幸小姐時說的臺詞。

「對了，小唄小姐，那句話是什麼意思？」

「『那句話』是什麼？」小唄小姐裝傻問道：「我可不記得跟你親密到可以用代名詞

交談，或者吾友希望有進一步發展？」

「請別轉移話題嘛，妳不是指著志人君對她說了？『然後充當博士的人體實驗品嗎——就像躺在這裡的傻小子』。」

我模仿小唄小姐的嘲諷口吻，雖然覺得自己的聲帶模擬相當不錯，但她不知為何非常不悅。我假裝咳嗽，又繼續追問：「那句話是什麼意思？」

「沒有其他特殊意思，那句話本身就十全十美了。」小唄小姐似乎頗為光火，粗聲粗氣地應道：「總之大垣志人君跟兔吊木垓輔一樣是標本啦！只不過志人君的代替品不難找，『一樣』這種表現或許不太正確，但不可否認他是超凡的人物。」

「超凡的人物嗎……」

或許沒錯。我迄今尚未見識過志人君聰明的部分，但這只能說是沒有機緣，在這間研究所內生活就足以證明他的能力。

然而，倘若小唄小姐所講的「人體實驗」一如我的想像，那它所代表的意思又有些不同。成為博士的實驗材料，成為研究對象，換言之——

「就是**天才製造計畫**——吧？」小唄小姐將耳朵貼著對講機，換上較為詼諧的語氣道：「這件事可不可以等事情結束再聊？大垣志人為何在這間研究所？擔任何種角色？你也不認為這跟玖渚友或兔吊木垓輔有關係吧？」

是嗎？不知道。我連這也不知道，什麼都不知道，完全不知道。

就在此時。

神足先生透過對講機傳來的聲音，打斷我的思路。

「根尾，關於這次事件……」

2

「根尾，關於這次事件……你有什麼想法？」

「還能有什麼想法……我什麼想法都沒有哪，神足先生。就覺得事情非常糟糕，兔吊木先生一死，咱們就束手無策了。不過，博士好像還有其他計畫。」

「計畫啊，那個藍髮少女嗎？」

「對對對，那個那個，就是那個呀。再怎麼說，她都是前『叢集』的領導者。就**素材**而言，比兔吊木先生更棒。而且才二十歲，就容易應付這點來看，也比兔吊木先生更好用。」

「可是她看起來不太容易應付。」

「就她個人而言，或許是這樣，但你別忘了還有兩個人質可以用來控制玖渚大小姐哪，神足先生。」

「人質啊，人質嗎？」

「對！先不管那個黑大姊——反正她似乎跟大小姐沒什麼淵源——不過另一位青年就是王牌。玖渚機關直系親屬的情人，這可是非常不易得手的超級王牌。先不管有沒有價值，但肯定是稀有物。」

「的確，雖然無法理解，但藍髮少女似乎很迷戀那個小鬼。」

「嗯，博士明明說她是沒有感情的少女，可以跟機械直接溝通的天才。唉，從旁觀者的角度看……至少從我的角度看，倒看不出有那麼厲害，外表也不像是聰明人。要說聰明，那個黑大姊感覺上聰明多了。」

「以貌取人是不智之舉……別用外表判斷他人。」

「神足先生所言甚是，我當然也曉得，玖渚大小姐的實力如雷貫耳嘛。博士不惜捏造事實也要將她當成犯人的心情，唉，我也不是不能理解。」

「未必是捏造的。」

「你又要談這種事了嗎？嗯，也對，博士講的那個方法並非百分之百不可能，只是不容易證明。」

「沒必要證明。」

「或許是這樣，根本不必大費周章地舉證，硬推到她身上就好。問題是日後跟玖渚機關的交易，或許該說是討價還價，哪種大概都沒差。一旦得知玖渚機關的成員被當成活標本，他們也不可能悶不吭聲。」

「直接推說是當事人的意願就好了。」

「就像兔吊木先生那樣嗎？這或許是不錯的方法，可是要怎麼讓她點頭？」

「別忘了你剛才說過的話。」

「啊啊，人質嗎？原來如此，嗯～～這方法不錯，的確不錯。」

「因為方法跟那個變態的時候一樣，說沒創意也很沒創意。」

「那個變態？啊啊，你是指兔吊木先生？嗯，說得也是，但這種事又何必講創意呢？咱們是學者，又不是賣藝的。不過，這次的情況跟兔吊木先生不同，必須將一個具體的人，換言之將那位青年當成人質。總之拘禁玖渚大小姐的同時，還得拘禁那位青年，沒錯吧？」

「應該是，但亦屬不幸之幸。」

「喲～～這是某種謎語嗎？」

「那個藍髮少女缺乏辨識現實的能力，總之待在哪裡都一樣。換個說法，她既在每個地方，亦不在任何地方。」

「想不到神足先生也能說出這麼詩情畫意的言論，哎呀，抱歉，我打斷你了？請繼續啊。」

「因此對她而言，在家裡或是在本所都一樣，只要那個小鬼陪在**身旁**。」

「哈哈哈，原來如此，你說得確實沒錯。既然如此，第七棟不就變成他們倆的愛巢了？可惜二十四小時受人監視，聽起來不太浪漫，不過也挺不錯的。」

「不過，這只是對藍髮少女而言。」

「啊，說得也是，ER計畫的中輟青年並非只要玖渚大小姐陪在身邊就能滿足。嗯，那位青年實在教人摸不著頭緒，我也不好評論。」

「並非摸不著頭緒，只不過千頭萬緒，因此難以捉摸。」

「這又讓你說中了，確實如此。真不愧是神足雛善，見地敏銳精準！嗯～～既然玖渚大小姐迷戀他，問題果然還是在他身上。這方面不知博士有何打算？他是跟玖渚機關毫無瓜葛的個體，一旦失蹤，家人和朋友也會驚慌吧？」

「他看起來不像是交友廣闊的類型。」

「這倒也是。表面上是十分饒舌、溫和的青年，但或許是害怕與人接觸之故——心理學家大概會這麼講，不過他的原因好像更加複雜、無法揣度。就這方面而言，倒也有點類似玖渚大小姐及兔吊木先生。畢竟最可怕的不是什麼都能做的人，而是不知道會做什麼的人，年輕人更是如此。總之，咱們的社會應該還沒悠哉到連一個人突然失蹤都毫無反應。」

「是嗎？我看未必。」

「嗯，也許哪。就連玖渚大小姐住的京都那起隨機殺人事件也還沒解決，咱們的社會搞不好就這麼悠哉，可是即使這樣——」

「根尾，我認為問題不是那個小鬼，反而是你說的那位『黑大姊』。」

「咦？她又有什麼問題？呃……我記得……她是鈴無小姐嘛，鈴無音音小姐。」

「對，你猜卿壹郎博士會如何處置她？」

「啊——人質一個就夠了，話雖如此，為了守密，也不能放她回人間；可是，留在這裡的話，又會發生跟那位青年相同的問題，反正就是親友團的騷動。」

「博士沒調查過那位大姊嗎？應該做過事前調查吧？」

「啊！你這麼一講，博士好像有調查過，但因為時間不夠，沒能取得詳盡資料。就連那位青年是ER計畫的留學生這檔事也是三好小姐告訴咱們的，畢竟本所沒有『叢集』那種擁有超凡能力的探索者嘛。話說回來，考量ER3系統的神祕性，也不可能查得到。呃……是什麼背景呢？我也記不太清楚。」

「——我剛才查過了，非常驚人。」

「非常驚人？那位青年的經歷嗎？」

「不，鈴無音音。」

「喔！是什麼經歷？好像挺有趣的。」

「我到你這裡，其實就是為了這件事。詳情事後再說，總之繼續監禁那個女人非常糟糕。」

「你的意思是比監禁玖渚大小姐和那位青年更加糟糕嗎？要是這樣，真的很不妙。」

「我正猶豫該不該勸阻博士。那位『墮落三昧』殿下現在滿腦子都在想如何扣留藍髮少女，一個不慎，很可能受到牽連。」

「牽連啊，對了，神足先生，既然如此，我有一個妙計。這樣你覺得如何？總之呢，咱們倆來揪出殺死兔吊木先生的真凶，就如少年漫畫那樣伸指大喊『犯人就是你！』神足先生加上本人，是相當有看頭的拍擋喔。」

「不可能。」

「是嗎？真可惜哪，可是就現實面來看，神足先生覺得如何？你認為玖渚大小姐是犯人嗎？」

「誰知道？就目前情況而言，犯人是誰都沒差。」

「是嗎——或許是這樣，或許都沒差。可是，殺人是很嚴重的事，本所裡竟有那麼殘酷的人類，我的媽呀，真教人毛骨悚然。」

「『殺一個人，你是殺人者；殺數百萬人，你是征服者；殲滅眾生，你就是神』——法國生物學家尚・羅斯坦（Jean Rostand）說的。」

「喲？被你先說走了，嗯，或許正是如此。因為誅殺一個兔吊木先生，想想就等於殺死數百萬人，就等於殺死原本要步上他**後塵**的大量人類。另外還有句諺語是『一個人之死是悲劇，一百萬人之死是統計』。」

「這是事實。」

「沒錯。」

「不過我還可以告訴你另一件事。」

「喔？另一件事是什麼？別吊我胃口，快講嘛，神足先生。咱們倆都這麼熟了，別這樣老讓我著急，這樣下去我肯定會消瘦的。另一件事是什麼？」

「兔吊木垓輔的這起事件是**自殺**。」

3

「兔吊木垓輔的這起事件是自殺，這不是比喻。」

聽見對講機傳來的那句話，我全身猝然僵硬，忍不住湊近對講機，結果額頭撞上小唄小姐的鼻尖。「唉唷！」小唄小姐慘叫不迭，向後退開。「——不必靠那麼近也能聽見吧？吾友，我有一點疼痛。」

「對不起……」

我隨口道歉，稍微挪開身體。話雖如此，我也曉得自己相當（無意識地）靠近對講機；雖然曉得，可是，實在不想離開。

「……」

「自殺？自殺是什麼意思？神足先生。」根尾先生那個招牌的誇張聲音響起。「那怎麼看都是他殺吧？雖然說，密室殺人事件的前提正是自殺，不過這起事件不能等同視之，因為密室是玄關保全系統造成的結果。」

「我說的自殺並不是這個意思。」神足先生低沉、呢喃般道：「根尾，我們認識的兔吊木垓輔基本上就不是那種默默任人宰殺的角色吧？」

「啊……這……呃……我沒有直接見過當事人，沒辦法妄下斷語。不過根據電話間的交談、閱讀他的信件，以及聆聽他過去的傳聞，或許沒錯，的確不是那種乖乖牌。」

正如兩人所言，我和兔吊木交談的時間連一小時都不到，但也知道那傢伙相當自我中心——套句玖渚的話，絕對不會改變自我意志——總之就是徹底輕視他人的天才型，外加學者風格、孤高自許的獨善派。這樣的兔吊木會任憑他人宰殺嗎？當然不可能，除非對方是「死線之藍」，否則絕不可能。

「可是，事實上不就悶聲不響地被宰了？」根尾先生反駁。「而且被蹂躪得無以復加，該怎麼說呢？就像光被殺還不過癮的感覺。換句話說，正因為那種性格，正因為不是默默任人宰殺的性格，才會遇上那種事吧？從咱們研究者的觀點來看。」

「這便是你我意見的分歧，現在不妨返回原點吧？」神足先生輕描淡寫地說：「話說回來，兔吊木垓輔為何被囚禁於此？」

「被囚禁的理由嗎？表面上是擔任本所的研究員，背地裡是擔任博士的智囊團，而最深處則是擔任博士的研究對象，沒錯吧？」

「我不是這個意思，我是問兔吊木垓輔他答應的理由。」

「啊啊——原來如此。」

根尾先生好像點了點頭，我也點了點頭。

對了，就是這個——兔吊木待在研究所的理由，這也我在意的問題。昨天會談時，我與玖渚都被兔吊木巧妙地岔開話題，總之對方握有他的「某種」弱點（話雖如此，兔吊木昨天對此嗤之以鼻），因此只好待在這裡。

「呃……是什麼呢？因為博士沒講，我也不曉得正不正確，好像是關於以前的犯行

——博士恐嚇他要將『叢集』時代的惡行昭告天下之類的？」

「不對，這才是所謂的表面上。」

「啊～～原來如此，為了掩飾真相，故意放出這種假消息嗎？想不到博士的手段還是這麼卑劣，行事果然非常謹慎啊。所以呢？神足先生知道理由嗎？」

「我以前聽當事人說過。」神足先生出乎意料地說道：「那傢伙大概是一時說溜嘴……他表示是『**關於玖渚友的出生**』。」

根尾先生聞言，頓時緘默不語，我也陷入沉默，只能沉默。玖渚的出生……什麼？剛才神足先生是這麼說的嗎？

怎麼可能？

這是真的嗎？鐵定是謊言，不可能這樣。假設，就假設真是如此，兔吊木也沒有理由告訴神足先生。那個傲然不羈的男人，不可能因為一時嘴快，就向他人透露這種事。

這種事。

「……這是什麼意思咧？」根尾先生勉強換上戲謔的口吻問：「我不太懂你的意思。」

「我也不懂。」神足先生回答。「反正博士握住兔吊木垓輔的這項弱點。對兔吊木垓輔而言，藍髮少女仍占有相當重要的份量，畢竟她是『叢集』時代的領袖。要是拒絕博士的要求，甚至私自潛逃的話，這個祕密有可能被對方公諸於世。即使是『墮落三昧』，也未必敢做這種與玖渚機關對立、毫無利益之事，然而……」

然而，這種恐嚇手段。

「這種恐嚇手段正因不會執行，才具有效力。因為無法消除『萬一』這種恐懼，所以兔吊木垓輔待在這裡——就是這樣。」

「啊啊，原來如此……可是這又怎麼了？神足先生。不論兔吊木先生是基於什麼理由待在這裡，不論博士是利用什麼理由囚禁他，結果不是一樣嗎？總之，兔吊木先生必須待在這裡，管它什麼表面背面的。」

「可是，那個玖渚友居然出現了。」神足先生道：「這時就出現一個矛盾，自己是為了藍髮少女待在這裡，可是這件事卻無法幫助她的矛盾。」

「所以——他才自殺嗎？」

「邏輯上而言。他一旦死亡，博士也無技可施，恐嚇死人毫無意義。」

神足先生的這個意見——假說，頗具說服力。至少就感情面而言，我可以同意。兔吊木斬釘截鐵地宣示玖渚是他的支配者，倘若恐嚇內容真的跟玖渚有關——他選擇死亡或許也不足為奇。既然如此，昨天的會談是某種遺言嗎？對昔日領袖的遺言，對今後負責繼續守護那位領袖的我的遺言。要是這樣，他對玖渚說的那句「挽回汙名」也不是無法理解。

既非挽回名譽，亦非奉還汙名。

挽回汙名。

奉還名譽。

可是，倘若容我插嘴，其中有一個矛盾。「可是，神足先生……」連根尾先生也察覺到那個矛盾，說道：「很怪喔，情況變得很怪耶。兔吊木被殺……嗯，自殺也無所謂，可是玖渚大小姐反而因此身陷危機。現在不但被關進地牢，今後也將半永久地被囚禁在本所。」

「你說得沒錯。」神足先生似乎早已發現那個矛盾，爽快認同他的觀點。「總之——」

神足先生正要解釋時，對講機出現雜音，非常刺耳的聲音。我忍不住轉動小凸起調整音量，結果就連兩人的聲音都聽不見了。

「——壞了嗎？」

「不是，大概是有人在打電話。」小唄小姐冷靜說道：「那個房間裡有電話吧？我想是有人打進來。雖然是有線電話，也不是完全沒有電波，就像手機在電腦旁邊很容易收訊不良。電波相撞之後，勢力較弱的我們敗陣下來的感覺。」

「感覺嗎？還真是敏感的構造。」我失望地離開對講機，在屋頂地板一屁股坐下。

「……難得根尾先生那麼努力向神足先生探聽消息……不過也沒什麼進展。」

「是嗎？聽起來挺重要的。」

「唉，重要是重要。」我點頭表示同意。「兔吊木的死就概念而言是自殺，這種意見我也贊成；雖然贊成，但現在不是研究概念論的時候。時間充裕的話，聊聊這種話題也無妨……但兔吊木實際上是被人殺死的，這點絕對沒錯，那個樣子不可能是自殺。默默任人宰殺也好，拚命抵抗下被殺也好，總之是他殺。」

「嗯……或許是這樣。」小唄小姐雙手抱胸。「對了，『玖渚的出生』是什麼意思？你知道嗎？」

「不，不知道。」

我立刻回道。只不過再怎麼說都答得太快了，小唄小姐以極度懷疑的眼神盯著我。無所謂，聽起來再怎麼像謊言，一旦出口，就要貫徹到底，只能如此。

「嗯，也罷。探聽玖渚小姐的隱私，對我也毫無益處……」互瞪數秒後，小唄小姐主動退讓。「……不過這通電話還真長，也該結束了，難不成真的壞了嗎？」

小唄小姐開始調整對講機，我斜眼偷覷她，又嘆了一口氣。到了這間研究所以來，即使扣掉睡著的時候，我好像每小時都要嘆一口氣。我既不喜歡、亦不擅長心情混亂，但最近情緒波動非常劇烈。倘若繼續在此待上三天，恐怕會罹患精神疾病。話說回來，說不定早就瘋了，我一邊回想自己先前的行動，一邊暗忖。

我朝手錶一看，剛好剩下一小時。

「啊！連上了。」

小唄小姐說完，把對講機放回地板。我將倒向後方的重心移回前方，臉孔再度湊近對講機。

「……　……——　什麼？」

「不，這個呀——」根尾先生不知為何語氣格外爽朗地說：「你聽我說嘛，神足先生，事情大大不妙囉。」

「咦？怎麼了？」

「剛才是博士打的，好像發生了大事故。而且還不是普通大事故，是終極大事故，足以匹敵一百件大事故的大事故。」

根尾先生那副陳腔濫調的口吻，不知為何聽來格外清晰。對了，簡直就像——簡直就像是要傳達給在屋頂聆聽對講機的我和小唄小姐，簡直就像非得通知我和小唄小姐不可。

我不由吞嚥口水。

小唄小姐伸長玉頸傾聽。

「跟玖渚大小姐一起來的那位青年……好像不見了。」

我一瞬間不知該如何是好，接著下一瞬間。

我翻身彈起，竄出。想都沒想就躍過第五棟和第四棟之間的兩公尺，在第四棟屋頂著地，接著繼續奔向鐵門。背後傳來聲音，是小唄小姐的聲音。她在說話，但我聽不見，也沒空去聽。我拉住門把想開門，可是門上了鎖，無法拉開。誰管得了這些！我用盡全力朝門把附近一踹。就算門本身很堅固，只要持續撞擊力量集中的支點與力點，破壞這類門鎖易如反掌──這句話是誰說的？我不記得，好像在休士頓聽誰說過。留下證據固然麻煩，但反正現在既已事蹟敗露，證據一點關係都沒有了。

「──怎麼會這樣？」

原本一小時的緩衝時間，亦如紙屑灰飛煙滅。為什麼對方會發現我不在？為什麼呢？是春日井小姐心血來潮到地下室巡視？還是志人君或美幸小姐醒得比預估時間早？不，這麼說來，美幸小姐之前射了一槍，莫非是有人聽見那聲槍響？難不成是心視老師向博士告密？抑或是我剛才打電話給小姬時留下紀錄，有人察覺事有蹊蹺嗎？總覺得每個都有可能，每個又都是不自然的假說；然而，這世上原本就沒有自然的現實，事實就是如此。畜生！語言、邏輯到底有何屁用？這些東西不過是幻想與誤會的累積罷了。

反正已經事蹟敗露，搭電梯也無所謂了，可是屋頂沒有電梯，我只好走樓梯。先到四樓，再搭電梯吧。我決定好路線，正準備朝樓梯踏出。

就在此時，有人從後方揪住我的肩膀。

那是小唄小姐。

「──你要去哪裡？」

小唄小姐的聲音有一點紊亂。追著先起步的我跑了這麼長的距離，即使是對小唄小姐，似乎也頗為不易。啊啊，原來如此，破壞鐵門浪費不少時間嗎？混帳，現在可沒時間應付妳。

「——你現在返回牢籠也沒用。」

沒用？是嗎？或許吧。沒錯，小唄小姐所言甚是。我回去大概也沒用，肯定是這樣。**正因如此**，我才必須回去。我用力甩開她的手，卻無法掙脫緊緊嵌住我的那隻手。

「……我很感謝妳，石丸小唄小姐。」我歌唱般地說道：「這是真的。正因有妳，我這幾個小時才沒有失去希望、才能夠幻想自己依然有路可走，所以我很感謝妳。」

「為什麼說這種好像大限將至的話？」小唄小姐用力將我轉向她。「現在也尚未失去希望。不，行蹤曝光的現在，你才是唯一的希望，不是嗎？對玖渚小姐而言、對鈴無小姐而言，以及對你自己而言都是如此，你反而要自行捨棄嗎？」

「不是捨棄，是回去。」我反射性地應道：「接下來的事與妳無關，就此告——」

清脆的聲音響起。約莫三秒鐘之後，我才醒悟自己被她甩了一個巴掌。完全不痛，由於太過激動，我的感覺神經早就麻痺，只有一股溫熱感。

「無關？一起並肩作戰數小時，你還敢說與我無關？你——」小唄小姐略顯激動，但仍竭力壓抑感情似地低聲道：「……你太脫離常軌了。」

「——經常有人這樣說。」我唯唯諾諾地點頭。「真的經常有人這樣說。」

「你記得嗎？我在第七棟屋頂對你說的那番話——下次再這樣獨斷專行，我就要解除與你的同盟關係。」

「就算這樣也無所謂，」我向她鞠躬，「這一路多謝——」

我沒能說完那句話，因為小唄小姐一腳將我踹飛。我仰面跌落樓梯，也沒辦法採取防護措施，一連跌落十三階。撞上牆壁停止時，我低聲哼道：「痛死了。」但其實一點都不痛，反而非常暢快。抵達這間研究所迄今，第一次感到如此暢快。

就在此時，某種東西自樓頂落下，滾至我的腳畔。那是小唄小姐的錐狀小刀——開鎖專用道具。我看著那把刀，接著抬起頭，只見她保持擲刀的姿勢俏立。

「我送你的餞別禮，吾友。」小唄小姐輕描淡寫地、非常輕描淡寫地道別。「踹門這種行為這種行為還是戒掉比較好，身體會痛。另外那把刀也可以充當武器，光靠右胸那把刀也難以心安吧？我勸你別用手槍，雖然這些都是多管閒事、惹人生厭的好意。」

「——」

我張開嘴巴，但又不知該對轉身瀟灑離去的小唄小姐說什麼。再也看不見她的背影之後，我拾起小刀，站起來。身子既沒有骨折，亦沒有挫傷，還真是手法高妙的踹法啊，石丸小唄小姐——我盯著小刀尋思。一邊想著直到最後都叫我朋友的她，一邊尋思——到頭來，都是我單方面地壓榨她，沒有任何回饋，真是一樁憾事。話雖如此，這或許並非針對她。互相幫助乃是人際關係的常理，但我老是依賴對方，麻煩他人。回顧來時人生，若不欠任何人情，我恐怕連存活都有問題。

正因如此。

「戲言也差不多該做個了斷……」

對，回去吧，然後返回吧。

一點，全部，一半。

返回初次遇見那個藍色少年的時候。

返回相遇以前。當時的我討厭抉擇，討厭選擇這種事。對他人沒有興趣，對自己沒有興趣。不喜歡與人競爭，不喜歡與人爭吵。討厭遭人取笑，也無法歡笑，甚至無法哭泣。既不懂得享受，亦不懂得生氣。我什麼都不懂，什麼都無法感受，什麼都得不到。因為得不到，所以破壞。儘管想得到，還是破壞。因為渴望，所以捨棄。想要相信，所以悖德。因為喜歡，所以否定。想要保護，所以傷害。因為舒暢，所以逃亡。因為和睦，所以孤獨。因為羨慕，所以摧毀。將必要的東西變成不必要為止，將喜歡的東西變成不喜歡為止。佯裝冷酷，佯裝達觀，佯裝悟道，佯裝聰明，佯裝有趣，佯裝人類。模仿自己以外的某人，無法模仿自己以外的某人，憧憬自己以外的某人。厭惡自己，努力喜歡自己，努力喜歡自己以外的某人。努力鍾愛自己以外的某人，無法鍾愛自己以外的某人，無法鍾愛自己。同等地不懂得愛與被愛，所以我選擇逃亡。但終究無法逃脫，我無法逃至任何地方，無法逃離任何人。

當時的我活得很痛苦。

「……既然如此，就來一場傑作吧？」

殺死、肢解、排列、對齊——示眾。

現在的我內心極度平靜。

我確認藏在上衣內的小刀，接著將小唄小姐送的小刀握在左手，開始下樓。

開始沿著樓梯往下墮落。

第二天（6）——唯一的不智之舉

10

自己的評價由他人決定。

他人的評價亦由他人決定。

我最後沿著樓梯一路奔至地下室。抵達四樓時到走廊一看，只見電梯停在地下室，情緒再激動也曉得走樓梯比較快。更何況我那時一點都不激動，體溫降至零下般冷靜。

我在樓梯間跌倒兩、三次，一路摔至平臺，仍舊立刻站起。摔成這樣當然不可能毫髮無傷，可是一點也不痛，到了這個地步，我似乎已經抵達某種極限。人類這種生物或許無法控制痛覺神經，但至少此刻的我正進行某種類似行為。這麼說來，生物一旦受到決定性的致命傷——例如腦袋被砍掉一半、上半身與下半身被砍成兩截等等——據說痛覺神經便會失去作用。反正再如何掙扎也僅能存活數分鐘，這種傳達生命危機的訊號非但沒有意義，也沒有必要。這麼一想，還真是愉快。說起來很不矜重，但我的心情極度愉快。對不怕死的人而言，疼痛也就毫無價值。一旦有所覺悟，生物就能堅強如斯嗎？還是一旦拋棄覺悟，生物亦將脆弱如斯？不論何者，都美妙至極。我一邊沿著牆壁撐起第四度跌倒的身軀，一邊暗想。

就算跌倒也不痛不癢——其實有一點點刺癢——真是感謝老天，然而沒辦法好好走路則是個大問題。雙腳彷彿飄在半空，非常不穩定，猶如在無重力狀態下泅水。對了，我好像曾經跟玖渚——在我尚未參與ER3系統的ER計畫之前，曾經跟當時十三歲的玖渚友聊過這種事。我們成年時，是不是大家都能宇宙旅行呢？也許可以。你想去嗎？不想，沒什麼興趣。玖渚君呢？想去呀。喔——家裡蹲廢材居然想上宇宙？真是庸碌的傢伙。什麼是「擁鹿」？就是無聊的生物啦。我才不無聊呢！或許吧，可是宇宙很無聊哪。總之這世上的東西都沒有價值，哪都找不到有價值的東西。哪都找不到？都找不到，就算到了宇宙，看見地球也只會覺得「藍」。千里迢迢到了宇宙，感想也不過爾爾。想知道那種事的話，翻翻色票表就夠啦。別說是藍色，就連紅色、黑色、綠色都有咧。前進宇宙這種事不過是在重新確認自己的渺小，是極致過頭的浪漫主義，還不如看看玖渚君的頭髮。嘻嘻嘻～～別這樣突然發笑，噁心死啦，我最討厭玖渚君的這種個性了。我最喜歡你這種個性喲。還說！白痴。

「——有夠自以為是……」

我覺得自己當時真是無聊的小鬼頭。狂妄、狂妄、狂妄，飛揚、飛揚、飛揚，誤以為那就是自我主張。只看見世界的表象，或者只看見世界的背面，總之視線僅集中於其中一側。在偈限的視野中，滿以為自己有所領悟，以悟道者的口吻滔滔不絕。深怕虛構粉飾的自己崩塌，因為自己坍塌後便空空如也，虛構的外表就是全部。一場令人啼笑皆非的悲喜劇、鬧劇，而這齣鬧劇尚未結束，永遠持續，亦永遠停頓。簡言之，遭「死線之藍」虜獲的我，從那時起就完全沒有成長，甚至沒有成長的意願，因為我有其他任務。

第五次的跌倒，同時也抵達了地下室。這次腦袋不慎受到劇烈撞擊，痛楚依然迷茫曖昧，但意識彷彿即將中斷，這時再度想起舊日回憶。首先是家人，妹妹、姊姊、父親、母親、祖父、祖母、外公、外婆，兒時記憶。朋友的臉孔一個都想不起來，我不認識任何人，誰也不認得我。事故、毀滅、飛機，妹妹約莫在這時期消失，再見。霞丘先生、直先生，還有玖渚友，其餘一切都消失了。這就是所謂的走馬燈嗎？我忽然無法明白語言的意義。ＥＲ３系統、與心視老師的相遇、不熟絡的同學、少數熟絡的同學、想影真心、與老師的別離。接著又發生了許多事，大多都想不起來，一想就要爆炸似的。中輟、日本、京都、與玖渚友重逢。毫無變化的玖渚，一無長進的我。淺野美衣子小姐、鈴無音音小姐、傳教士老爺爺與逃家兄妹，到東京的她不知過得如何？鴉濡羽島、沒有限定風格的畫家、慘遭斬首的七愚人、不安的廚師、討人厭的占卜師、跟我同類的他、被逐出家門的千金大小姐以及三胞胎女僕，好想見見他們啊。哀川潤小姐，人類最強的承包人。五月，與她們相遇，接著與人間失格接觸。無關痛癢的閒聊，魯莽冒失的瞎扯。最邪惡的魔女，七七見奈波。稱我為師父的少女登場……記憶回溯至小姬時，我終於恢復正常。「搞什麼東西？」我喃喃自語，故意對自己低語，不是記得挺多的？哎呀呀，我的記憶力亦不容小覷，果真相當卓越哪。我站起來，拾起掉落地面的開鎖小刀，插入鎖孔。接著轉動數次，輕鬆打開。我握住門把，還是沒有感覺。既然身體能夠行動，應該沒有骨折。我決定相信這種草率的推測，推開逃生門。

進入第四棟昏暗不明的地下室走廊，光源只有裝設於天花板，彷彿此刻即將熄滅的日光燈。剛踏出走廊，就聽見說話聲自某處傳來。我內心一鬆，聽覺似乎尚未麻痺。從樓梯一路跌落，即使鼓膜破裂也很正常，但這種擔心看來是多餘的。我側耳傾聽。

「──我──────────。──────所以──。」

這個聲音──是誰？極度欠缺抑揚頓挫，宛如合成語音般流暢，單字和單字之間毫無間隔。我想到這裡就已猜出，對了！那是春日井小姐。春日井春日在地下室，就在前方某處，肯定是在前方的牢籠處。

「──假如那個小弟弟逃脫的話就是我的責任。這麼一來我將非常困擾。所以我必須質問妳們。瞭解吧？」

春日井小姐的聲音即使稱不上穩重，卻也沒有激昂。我小心翼翼、屏息斂足，在走廊一步步緩緩前進。冷不防一陣頭疼，也許是剛才某次跌倒時傷及腦部。無妨，既已損壞的腦袋怎樣都無所謂。反正無所謂，希望再撐一下，再撐一下子就好。多給我一點時間，我還有未竟之事。

我驀地湧起一股笑意，好久沒有這種想笑的感覺了。未竟之事？我竟會遇上這等事，為何偏偏是我？渴望拋棄一切義務、所有權利的小鬼頭，還能有什麼未竟之事？若然，或許我只是一時停止而已，抑或者一直都在佯裝不知？恐怕是後者。換言之，我的愚蠢程度遠超過自己的想像，亦遠超過他人的估計。

然而，我終究沒有笑。

「唉～～不知道。」令人懷念的聲音傳來。才分開不過數小時，鈴無小姐那令人格外想念的聲音傳入我的耳裡。「可能是回家了吧？大概是對這種惡劣待遇感到生氣。伊字訣那小子其實非常養尊處優的。這種惡劣的環境啊，說不定一分一秒都待不住。」「——請不要開這種無聊的玩笑。」春日井小姐的聲音單調如故，不帶一絲憤怒、責難或疑惑。「他怎麼可能離開這個籠子？就算有辦法離開妳們應該也會發現。那個小弟弟是如何脫身的？難道是本所裡有人幫他嗎？」

怪了？春日井小姐的聲音後面摻雜著某種低吟，就像是野獸的聲音。春日井小姐不可能沒事低吟，鈴無小姐也不可能。既然如此，那是誰？難不成是玖渚？我的雙腿陡然間升起一股麻痺感，不，不是腿，是全身，封鎖的痛覺似乎再度復甦。

「對了～～」聲音猝然響起。「人家有看見喲。阿伊鬆開全身關節，從那個縫隙鑽出去了。真不愧是阿伊，猜不透會做出什麼行為哩。」

我掙脫那股麻痺感，暫時感到安心。玖渚的聲音聽來沒事；可是，持續不斷的低吟聲頻頻蓋過她的臺詞，那到底是什麼聲音？現場還有別人嗎？不，沒有其他人的氣息。由於體內感覺鈍化，對體外的感覺神經反而比平時敏銳一、兩百倍。既然如此，必須趁牢籠前只有春日井小姐的此刻解決事情。

我開始思索對策。有什麼好方法呢？我思索約莫兩秒，立刻覺得這種行為非常愚蠢，甩了甩頭。整整花了三小時思考，也沒有得到任何結論的我，即便現在開始思索對策，終究是白費心機。是故，沒有思考的必要，反正我的腦漿是不良製品。乾脆就像個老手般，什麼都不想，讓身體自動行事，祈禱身體可以自動達成任務。

我繞過一個轉角，走向聲音來源，對，只要拐過這個牆角，前面就是監禁玖渚和鈴無小姐的牢籠——

「……」

只見一身白袍的春日井小姐站在那裡，朝我投來一如往常的冷峻目光。她的腳畔有一隻狗，正是昨晚對我撒嬌的那隻狗。啊——低吟聲就是牠發出的嗎？又黑又大、看似凶猛的狗。一如昨夜沒有栓鍊子，甚至沒有套頸圈。她為何連狗都要帶到地下室？我猜不透春日井小姐的行事目的，視線自然轉回她身上。她顯得有些意外，但表情如常、泰然自若地說：「哎呀你怎麼——」

「哇，阿伊耶！」玖渚發出非常突兀的欣喜叫聲，緊緊攀住鐵欄杆。「哈囉～～阿伊！你回來啦～～」我無法回應那個聲音，只能與春日井小姐對峙；話雖如此，亦無法對她視若無睹，眼神微微瞟向牢籠裡的玖渚。她看起來很健康，至少外表上毫髮無傷。我大概趕上了，應該是趕上了。鈴無小姐也在，一派悠閒、綽有餘裕地倚著牆壁，打趣似地瞅著我，「……所以，」靜靜地、毫不期待地說：「伊字訣，瞧你那副模樣，情況好像不太萬全嘛。」

「啊！真的耶，阿伊傷得好嚴重，到處都擦破皮，而且還流血，不要緊嗎？」

鈴無小姐的那句話當然是在詢問事件的調查結果，但玖渚彷彿一點不都在意那些事，只顧著擔心我的身體。她總是這樣，玖渚從不顧慮自己，為什麼呢？我不明白。

我掏出開鎖小刀，腳步搖搖晃晃地（……雖然……我很想……好好走……）走近牢籠。咦？牢籠是開的，為什麼？是春日井小姐打開的嗎？我轉向她。

「喂——你別亂來。不許動。」

她在說話，我聽不見。鼓膜果然破裂了嗎？我聽見她的聲音，可是不知道她在說什麼；我知道她在說什麼，可是聽不懂那個意思。感覺就像悅耳的法語。唉，管它的，聽見春日井小姐的聲音也毫無用處，我拉開欄杆。

「喏，回去吧，小友。」

「咦？啊，唔——」

玖渚猶豫不決，這可怪了。咦？我講了什麼奇怪的話嗎？不過是一起回家，平常不都是這樣嗎？一起前往某處，再一起回家，如此而已。啊啊，對了，回程必須順道去買外郎餅，替小姬的朋友買。美衣子小姐應該也會喜歡，所以要買個六、七條。

有人按住我的肩膀，是春日井小姐。

「——你給我直接進去。我儘量不對你不利。」

「閉嘴，小心我殺了妳。」我轉頭，揮開她的手。「妳別阻攔，我們要走了。」

「不行。」春日井小姐一無所懼，單手朝我一推。我被她推離牢籠兩、三步，離開玖渚。啊啊，我必須回去，可是被阻擋了，被春日井小姐以及——一隻狗。

我這時終於發現，她腳畔的黑犬並非昨天那隻。儘管長相一樣，但感覺迥然不同。並非看似凶猛，根本就是凶猛。雙眼睥睨天敵似地瞪視我，前腳彷彿隨時都要朝我撲來，後腳略微下沉，就像在防備對手的攻擊。跟**這個**相比，昨天那兩隻不啻是陪兒童嬉戲的寵物犬。外皮雖然一樣，卻是完全不同的生物。

「三胞胎的——另一隻嗎？」

「沒錯。」春日井小姐略微低頭俯視黑犬。「不過**這個**跟你昨天見到的那兩隻不同既不乖巧也不柔順。這就是我的實驗結果。」

實驗結果？是進行什麼實驗，才能讓擁有相同DNA的三胞胎之一，發生如此巨變？她昨天好像說過，又好像沒講，我想不起來，也沒必要回想。重點是春日井小姐打算用這隻狗進行某種行為，打算用這隻狗對玖渚不利。

「妳——打算做什麼？」我問春日井小姐。「帶那種惡犬到這裡——這可不是打諢插科或一時興起就說得過去哪。」

「這一切都要怪你隨便跑出去。乖乖待在這裡的話就沒事了。」春日井小姐從容應道，沒有半點迷惑或躊躇。「好了快點回到籠裡去吧？我其實也不想這樣做。可是一定要做的話還是會做。如此而已。」

非常普通。

春日井小姐的語氣實在非常普通。

在這種極不普通的場所。

在這種極不普通的時刻。

居然能夠這般普通。

我明白了。

「——原來如此，原來是**這樣**嗎……原來是**這樣**嗎，妳真的是**這樣**啊。」

……我這時終於理解根尾先生說的「小心春日井小姐」是什麼意思。原來如此、原來如此……所謂的沒有信念，就是這麼一回事嗎？那歸根究柢，就等於什麼都做得出來而已，不受任何制約、沒有定下任何誓約。是故，沒有締結任何契約，這就是春日井春日的風格。邏輯、議論也好，倫理、默認也罷，對她都毫無意義。

什麼都不選擇、什麼都不決定的人，結果就是如此嗎？泰然自若地拘留他人、監禁他人、傷害他人。而且這亦非基於自身信念，畢竟她根本沒有信念。

卿壹郎博士為了自己的研究而這樣做；心視老師為了自己的目的幫助那位博士，又為了相同的目的選擇背叛；志人君和美幸小姐為了自己的忠誠幫助那位博士，同樣亦由於忠誠而容易倒戈。

春日井小姐則不同。

沒有任何理由，也沒有動機。打從一開始就毫無道理而言，直到最後都無從理解。硬要說的話，那裡只有無思想的邏輯。執迷不悟，永遠無法開導。就算我晚一點抵達，她已將那隻黑犬放進玖渚所在的牢籠，恐怕仍是那副旁若無人的表情。縱使對玖渚造成致命傷，亦不會感到愧疚。既無目的，亦無手段；既無後悔，亦無反省。甚至全無商議的餘地，懷柔、籠絡或脅迫都行不通。

沒有信念。

這確實誠如根尾先生說得那般駭人。

然而。

「真要這麼說的話，我也是一樣啊——」

我將手伸進左胸上衣，抽出小刀。左手拿著開鎖小刀，右手拿著哀川小姐送的薄刃小刀，雙手持刀與春日井小姐對峙。她毫無反應地注視我，不帶任何感情地注視我。

「這種無謂的抵抗只是白費力氣。」

「無謂的抵抗？」

「根本沒有意義。博士和其他研究員馬上就會趕來。現在擊退我又怎樣？只是白費力氣。」

「才不是白費力氣。」我逼近她一步，兩人相距不到兩公尺。這種距離不可能使用手槍。這是小唄小姐的忠告，而我也沒有愚昧到未經練習就使用那種東西，儘管我現在的行動更加愚昧。「先將妳擊退，再擊退趕來的博士和其他研究員，這正是我的計畫。」

「你瘋了。」

妳可沒資格講我。

我正想反駁，只見春日井小姐手指一彈，黑犬應聲迅速移動。彈指聲好像是暗號，春日井小姐真不愧是動物學家，但也並非全然出乎意料、完全始料未及，因此我並未慌張，右腳一蹬，向後退了三步遠。黑犬彷若在展現守護春日井小姐的意志，停在她跟前。

「我苦口婆心勸你一句要是被咬住就完了。現在還來得及煞車——或者該說是煞牙？總之還有辦法控制。」

我沒理她，盯著黑犬。玖渚和鈴無小姐也默默無語，她們倆不在我的視野範圍，看不見兩人此刻的表情。兩人也許有說話，但至少我沒聽見。

啊啊——我果然不太對勁。

居然聽不見玖渚的聲音？

「真的非常愉快哪……真的真的真的真的真的真的真的真的真的真的真的真的真的真的真的啊。」

我扔下開鎖小刀。噹啷——地面響起乾澀的撞擊聲。黑犬聞聲動了一下，但並未撲來。對付這種狗，雙手都有東西的話，沒辦法一較高下，刀子一把就夠了。

「喔——是嗎？看來你是認真的。我感到有一點點遺憾。」春日井小姐果真只有一點點遺憾，但發自內心地道：「我還以為說不定可以跟你相處融洽。」

「我現在第一次有這種感覺，春日井春日小姐。」

「——去！」

這就是暗號。黑犬使勁彎曲的身體猛然爆發，張大嘴巴朝我撲來。原來如此，在春日井小姐跟前展現的並非守護她的意志，而是殲滅我的意志嗎？我真是有夠眼拙。我連這一點都看不出來，還大剌剌地跟她聊天，根本沒有辦法存活；雖然沒有，但我的身體動了，比思考速度更迅捷、更快速地動了。

連我自己也覺得那是異常的行動。我將左手對準黑犬的嘴巴伸出，講得更精確一點，我將全身體重置於手肘，揮向那一大叢想要撕裂本人咽喉的獠牙，宛如要粉碎牠整張嘴。狗的腳終究只有移動功能，若要進行狩獵動物的活動，武器只有牙齒——正如春日井小姐剛才的暗示，就只有牙齒。是故，十分容易解讀對方的攻擊路徑，既能解讀路徑，封鎖亦很簡單。不過，真是悲哀啊，狗畜生的習性——一旦咬住，絕不輕易鬆口。倘若牙齒陷入其中，更是如此。

如此這般，若用邏輯方式說明，大概就是這樣。話雖如此，我當時並沒有考慮這些，只是因為對方張開嘴巴，所以揮出手肘。

然而，先發制人的我依舊被壓倒在地。負載全身體重的手肘都無法扳倒這隻超大型犬，動物與人類的體力終究相去懸殊。我的背脊慘遭猛烈撞擊，淪為黑犬的踏腳墊。這番景象跟昨晚很相似，不過那時的對手有兩隻，而且比現在更輕鬆。成功撲倒我的黑犬，用前腳踩住我的胸口，陷入我左臂的獠牙也更加用力。

黑犬的牙齒越陷越深，毫無鬆口之意。牠不但戳穿夾克，還不停扭轉布塊。牙齒一時難以拔出，而這當然不是好事，因為既然拔不出來，就只能咬斷。不過，人類的手臂也是肌肉構成，即便是大型犬的力量，也不可能一口咬斷；但這傢伙搞不好真有辦法咬斷我的手臂，牠應該有這種力量，單憑牠踩住我的前腳也能推知。痛楚令神經混亂，毫無招架之力，甚至無法思考，只能發出悲鳴，任對方為所欲為——**普通情況下**，大概就是如此。

可是，此刻的我沒有痛覺。

即便被咬碎、被踐踏，也沒有任何感覺。沒有任何感覺，我沒有任何感覺，只是對前陣子剛痊癒的左手又有一陣子無法使用略感遺憾。我舉起右手，舉起握刀的右手。這時不能心軟。黑犬察覺了，但牠無法應變。要咬得那麼深的是你，不論如何，我們都必須對自己的行為負責，不是嗎？

呿！

咱們彼此都挺辛苦的嘛。我將小刀猛力刺向黑犬左眼，那顆又黑又大的眼球。幾乎沒有任何抵抗，小刀破壞頭蓋骨，直抵黑犬大腦。黑犬並未哀號，反而更加用力，以逾越極限的力量緊咬我的手臂。肌肉業已毀損，獠牙彷彿抵達骨頭。這樣下去的話，我的手臂搞不好真會被牠咬斷。就算破壞腦髓，生物亦不會立刻死亡。媽的！還要多久？這傢伙還要多久才會斃命？我的身體還能撐多久？我的意識還能撐多久？媽的！破壞得不夠，破壞得還不夠。破壞。破壞破壞。要破壞。用破壞去破壞。必須破壞。一定要破壞。破壞破壞破壞。要加倍、加倍破壞。破壞極度無常、過分短暫的生命。破壞過度虛幻的夢境。破壞現實。我將全身力量集中於背肌，抬起上半身。

「——哇啊啊啊啊！」

右手重新握刀，接著從頭蓋骨朝身體筆直劃出。左手則拉向背後，上半身呈螺旋狀扭轉。換言之，右手將小刀往前面一劃，左手則將黑犬的身體——牙齒嵌入左手臂的黑犬身體——往後面一揮，對移動小刀的右手貫注大於平時的兩倍蠻力。砍斷骨頭的聲音、劃開血管的聲音、割裂皮膚的聲音響起。我的鼓膜恢復正常了嗎？那些聲音非常不愉快地、非常愉快地、舒暢無比地響起。

小刀劃過那漆黑身軀的一半時，我猛然向外一拉。鮮血冷不防飛濺，朝我的頭頂、朝我的全身。黑犬的內臟四濺，漆黑的內臟，猶如黑夜般噴出的內臟閃閃發光。

「……呼……呼……」

砰咚！

我的身體倒下。明明不想倒下，可是我倒下了。電池沒電的感覺。我必須充電。然而，身體一動也不動。內臟四濺的黑犬倒在我身上。好重，非常沉重，眼瞼好重。想睡，好想睡覺，非常想睡。不行，還不行，事情還沒結束。

啪！啪啪啪！

鼓掌聲傳來。

「——你真厲害。我有一點點佩服。」是春日井小姐。「或許也可以說是感動。能夠打敗那麼巨大的猛犬也很厲害——不過最厲害的還是能夠若無其事地殺死動物。這種事啊——平常人是做不到的。啊啊不知生命價值的傻瓜可不算喔？理解奪取生命的意義仍毅然掠奪對方生命是非常厲害的行為。看來你並非不怕死的傻瓜而是理解生命價值的傻瓜。」

「承蒙春日井小姐的謬讚，真是不勝光榮。」我氣喘吁吁地應道。不曉得發音夠不夠清楚？我不曉得。「——好，妳快點退下，讓我們離開。妳也不想死吧？」

「是啊。難得遇見你這種奇人或許不太想死。可是我的狗既然被你殺死了我也不可能視若無睹……而且……」

春日井小姐側耳傾聽。下一瞬間，我也明白了那個動作的含意。叮——電梯抵達地下室的鈴聲響起。我在四樓確認時，記得電梯是停在地下室。明明停在地下室的電梯，如今又抵達地下室，換言之就是已經來回一次。既然到過樓上，就是有人在電梯裡。

就是有人前來地下室。

「時間到——了啊。」

春日井小姐的那句話帶著些微的慈悲，但也可能是我的錯覺。我猛然抬頭，注視牢籠裡的玖渚，我看不見鈴無小姐。她到哪裡去了？她去了哪裡呢？我只看見玖渚。

我的眼裡只剩下玖渚友。

咦？為什麼？妳為什麼一副泫然欲泣的表情？妳不是沒辦法擺出那種表情嗎？妳總是笑口常開，總是天真歡笑。不論何時都對我展顏，不論何地都對我微笑。非得喜孜孜地、樂陶陶地歡笑。為什麼？我不懂啊，玖渚君。這種表情，妳的這種表情——

我只見過一次。

明明只有一次。

……就只有一次。

聽見某人奔跑過來的腳步聲。我微微側頭朝那個方向一看。不是一個人，有好幾個人。走在眾人前面的是斜道卿壹郎博士，跟在後面的是根尾古新先生、神足雛善先生。咦？後面那個不是大垣志人君嗎？宇瀨美幸小姐也在旁邊。搞什麼？原來已經醒轉了嗎？所以說，春日井小姐之所以到地下室察看，或許正是接獲報告。儘管不知道正確原因，或許不該將志人君扔在玄關旁邊。他們倆的後面是三好心視老師。啊啊，既然春日井小姐也在，那研究所的成員都到齊了

沒救了嗎？

我如此尋思。

大概沒救了。

我心底明白。

「你到頭來——」

春日井小姐說道。

「──究竟想要什麼？」

她問我。

那是極度確信、極度核心的問題，在這個既廣大又狹小的世界裡，恐怕就只有春日井小姐能夠問我如此簡單明瞭的問題。

「──愛。」

我低語。

並非回答，而是低語。

「我想要愛啊──」

我的心情很愉快，很想笑，真的很想笑。

恢復自由的右手按著地板，撐起身子，接著努力站起。好，就來個垂死掙扎吧。絕不束手就擒就是本人的賣點。渾身鮮血的身軀，沾滿鮮血的靈魂。這身衣服很噁心，自己的想法亦很反胃，但我也覺得自己只能如此。我望著那把刀，不愧是人類最強的承包人親贈的寶刀，經過那場破壞作業，刀刃竟無絲毫損傷。既然如此，說不定易如反掌。

輕易就能割下我的頭顱。

我望著玖渚。

玖渚仍是那副泫然欲泣的表情。抓著鐵欄杆，淚眼汪汪，但仍強忍淚水。又哭又笑的悲痛表情。對了，正如我不懂得笑，那丫頭不懂得哭。那丫頭跟我恰好相反，不懂得哭泣、不曉得悲傷的方法，是故才會露出那般笨拙的表情。這實在非常可惜，我希望死前看見的是玖渚那天真無邪、天然純度百分百的笑容。

唉，不過。

這或許。

還是過於強求了。

我感到左手很沉重。

黑犬既已失去生命的獠牙，此刻仍緊緊咬住我的手臂不放。我想起了兔吊木，想起了兔吊木的屍體。慘遭剪刀戳入眼球、破壞腦髓，割開嘴巴、胸口及腹部，貫穿雙腿，再砍斷雙臂的兔吊木垓輔。我居然在無意識之間，做出跟這起事件的犯人類似的行為，真是有夠滑稽。照這樣看，搞不好我才是真凶。

唉，事到如今，怎麼樣都無所謂了。問題不是有沒有行為，而是其中有沒有認知，不過如此。腳步聲逐漸接近。我的眼皮逐漸沉重，分不清對方究竟相距多遠，但時間真的到了。我將握刀的右手伸向黑犬嘴巴。現在這樣行動不便，而且也不太忍心讓這傢伙繼續掛著。因為很可憐，還是將牠剝離吧。不過，或許是吊掛角度的問題，一直無法順利取下。不，這並非吊掛或咬住，而是僵硬。對了，就是緊張性屍體僵硬——暴力致死所伴隨的肉體僵硬現象。老師數小時前才告訴我，沒想到竟能親眼目睹這種場景。

「——呃——」

我正想用小刀破壞黑犬嘴巴，將刀刃插入縫隙間時，這次換我僵硬了，整個人僵硬了。

緊張性屍體僵硬——嗎？我剛才是這麼說的嗎？

「——喂！你在搞什麼？」

志人君的聲音響徹地下室，可是那對我毫無意義，對於全身僵硬的我毫無意義，就連鼓膜都沒有振動。等一下，好好思考、仔細思考，冷靜下來。不，別冷靜下來，繼續緊張，就快想通了。快點伸手、把手伸出去，就差一點。快到了，差一點就到了。

換言之……**就是那麼一回事嗎**？

不知不覺間鬆開的小刀掉落地面。

兔吊木垓輔。假設、假設那個人正如我的想像，正如昨天的對話。兔吊木垓輔。害惡細菌。不滅、不淨、不死。叢集。破壞專家。不可能隨便任人宰殺的兔吊木慘遭殺害的事實。為了玖渚友。只因為這個理由，就對卿壹郎博士唯命是從的那個男人。玖渚友昔日的夥伴。

被人釘死在牆上。

倘若那是起因。

倘若並非結果，而是起因。

「喂！小子！你有沒有在聽？」

咚的一聲，我被某個人撞飛。大概是志人君吧？我好不容易站起的身軀，再度與地板卿卿我我。好痛，痛覺再度甦醒，感覺神經似乎復活了。全身無處不痛，尤其是手臂。這也很正常，畢竟一半的肉都被咬掉了。我沒有怨言，因為我奪走了對方的性命。

事到如今，我也覺得很抱歉。

話雖如此，也沒什麼不好的。

這不是你的錯。

不論好壞，生命終有一死。

不論好壞。

不論好壞。

「喂！春日井──這到底──」「啊──是這樣──　──」「你到底在搞什麼──喂！小徒弟──」「　等一下──」「──你給我說清楚──　─」「……狗……」「　──　」「　血──牙　」「　治　療　」「

「請各位先閉嘴一下。」我靜靜地道：「我出生至今，第一次想自己稱讚自己哪。嗯啊，我也知道這是錯覺，我知道。錯覺也無所謂，所以請各位再讓我享受一下這種感覺。」

可是連這也無法實現，連這點程度的願望都無法達成。我緩緩失去意識，這次是因為安心，不過也感到自己有可能再也無法醒來。

說不定再也無法醒來嗎……

啊，這或許也不錯。

反正現在非常幸運。

「……」

我的視野最後淡淡捕捉到的，還是玖渚友。儘管一切都茫然不清，但是視野一片湛藍。

純粹。

澄澈。

美麗。

舒適。

如此地——湛藍。

「……」

我可以說一句任性的話嗎？

我喜歡妳。

2

說說以前的故事吧。

某個地方有一個孤孤零零、形單影隻、無可救藥的男孩。性格極度扭曲、價值觀非常偏激，活著也只知一派戲言的那種少年。

某個地方有一個孤孤零零、形單影隻、無可救藥的女孩。性格極度坦率、價值觀非常正確，活著也只知天真微笑的那種少女。

故事本應就此結束。少年結束他有些不幸、有些悲慘的短暫人生；少女結束她有些幸福、有些優雅的短暫人生。因為少年居住的世界與少女居住的世界截然不同。

然而，故事違反常理，少年與少女相遇，少女與少年邂逅。這到底是基於誰的意志？是基於哪種意志？是哪種心血來潮、哪種記掛惦念，才導致兩人相遇？將之歸咎於偶然、命運或奇蹟，對兩人而言，或許都太過殘酷。

許多人因此而死。

許多不是人的人因此而死。

少年死了無數次。

少女亦死了無數次。

少年殺死許多人。

少女一個人都沒殺。

最後，少年無法承受深重的罪孽、無法承受沉重的刑罰，獨自潛逃。

拋下少女，獨自潛逃。

「──這是隨處可見的故事……」

假裝只有自己是被害者的悲劇。

猶如獨自背負全世界的不幸。

彷彿全世界的霉運皆為自己所有。

永遠是可憐的悲劇英雄。

明明就是加害者，明明就是加害者，明明就是加害者。

明明一點都不可憐。

「到處都有我這種傢伙啊……」

而今，我獨自呢喃。

左臂一圈又一圈地纏滿繃帶，那大概不是誇張，心視老師說這只能算是急救措施。那隻黑犬的利牙儘管並未傷及骨頭，但咬力驚人，聽說左臂橈骨發生剝離骨折。我的傷勢當然不止如此，從樓梯跌落那麼多次，這也是無可奈何的，總之好像遍體鱗傷。「好像」聽起來有些事不關己的感覺，但我的確沒什麼自覺。痛覺大多已經恢復，可是心視老師替我注射大量麻醉劑，因此我的感覺神經再度麻痺。

「不過，普通人應該還是會痛得在地上打滾哪。」

老師如是說。既然是解剖學的權威教授如此斷言，我想應該不會錯。照這樣看，我的身體搞不好真的不太對勁，真的應該讓老師解剖一次。

我在第五棟——根尾先生的研究棟屋頂獨自暗想。

話雖如此，仍是一派戲言。現在開始的究竟是什麼？既可說是一場預定和諧的鬧劇，亦可說不是。要說鬧劇的話，發展迄今——由本人擔任主角這半天都是鬧劇。

是故，正因如此，當我察覺一切——沒錯，正是一切——的那一刻，這場鬧劇亦隨之結束。不必喝采，甚至無須降幕，一切當場終結。

若然，此刻即將展開的劇情又是什麼？

「這換句話說，就是所謂的餘韻嗎……」

不，不對。

這應該是一種預兆，是某種大事發生前的預兆，某種避無可避的過程儀式。這麼一想，接下來的戲謔劇情好像也多了幾分意義；不過，我也不是想表達有意義又如何，沒有又怎樣。

好，我們開始吧！

戲言玩家退引前的最後一場傀儡戲。

首先是第五棟到第四棟的兩公尺。我已經曉得跳過這種距離非常容易，意思意思地助跑，接著飛躍至第四棟。著地衝擊隱約沿著腳底傳來，但還不至於令人介意，或許是麻醉劑生效之故。

第四棟——我、玖渚和鈴無小姐被監禁的地點。唉，話說回來，還是覺得很對不起鈴無小姐。我和玖渚遭遇這件事或許是一種必然，唯獨那個人真的毫無關係，連累他人也該有所節制。鈴無小姐不似美衣子小姐那麼溫柔，事情結束後恐怕還得被她訓一頓。唉，也好，我也不討厭聽訓，尤其對象又是鈴無小姐。

接著從第四棟跳至第三棟，這次有三公尺半，必須小心一點；反過來說，這是只要小心即可的距離。

第三棟——三好心視老師的地盤。不知道老師的想法如何，但我真的一點都不想跟她重逢。我並非討厭她，只是不想見面，真的不想再見到她；然而，倘若沒有那個人的話，一想到那個後果，這場重逢或許多少有些價值。

接下來是第三棟到第二棟。不到兩公尺，這就跟第五棟到第四棟一樣，是輕鬆就能躍過的距離。

第二棟是——神足先生的研究棟嗎？神足雛善先生。我想起那個人，又想起他與悖德者根尾古新先生透過對講機傳來的那段對話——兔吊木垓輔的死是自殺。

「嗯，假如是自殺的話，這麼像自殺的自殺還真罕見哪……」

我試著低語，可是內心並不苟同。或許是這樣，或許不是。不管事實如何，都無所謂。不論何者，都不是好事，而且最後依舊只是行為與認知的問題。

第二棟到第一棟，距離不及三公尺。

我這時想起了小姬——負責清運我的公寓，「自稱」是我的弟子，。

小姬一定能夠明白我此刻的心情。某些地方跟玖渚有些相似的那位少女，內在方面跟我比較接近。上個月因故結識，前陣子搬到我居住的骨董公寓一樓。她聘我當家庭教師，但教學並不順利，因為沒有什麼事比教導不愛讀書的學生讀書更加困難。然而，我接下來必須做的就是這種事，我必須對斜道卿壹郎博士做的就是這種事，我站在博士掌理的第一棟屋頂尋思。

我改變身體方向，第一棟到第六棟的距離是一公尺半，這何止輕鬆，根本是不費吹灰之力。

到了第六棟，就能瞭望第七棟屋頂，可以捕捉到站在那裡幾道人影。那是這場傀儡戲的觀眾，亦是主角，更是本人接下來必須扭住胳臂按倒的對象。這究竟可能嗎？我思索至此，忽地想起那位丹寧布大衣小姐。「倘若沒有那個人的話」或許是最適合她的修飾句，儘管最後不歡而散，但這完全是我的責任。職是之故，至少報恩是我的責任吧。

順道一提，關於那位「石丸小唄」，我到最後還是佯裝不知。畢竟被志人君和美幸小姐目擊，當然不可能隱瞞她存在的事實，但要是招認我與她的關係，勢必就得供出根尾先生。我判斷不該拖他下水，幸好又有開鎖小刀，就宣稱我是「自行從牢籠逃脫」，接著「沿屋頂在研究所裡亂逛」。這種解釋頗為牽強，不過對他們而言，終究比較在意「入侵者」，對我也就不了了之。

「還真是不了了之主義的極致──」我自虐地獨白道：「──不，這種情況該說是時機不巧主義嗎？」

第六棟到第七棟有五公尺，可是因為第七棟比較低，實際上大約只有四公尺半。

聽玖渚說，日本高中男生的平均跳遠紀錄差不多就是這個距離。我聽完有種鬆了一口氣的感覺，最近雖然很少運動，但我不記得自己的身體衰弱到不如十七歲的男生。或許只是我自己不記得，總之，我已經跳過一次了。縱使當時渾然忘我，但不可否認我曾經跳過。凡事只要成功過一次，都是一種鼓勵。我略微慎重地加長助跑距離。

玖渚表示，影響跳遠長短的不僅是腳的跳躍力。如何將助跑時的衝力在空中轉換成推進力，據說亦是影響結果的要素之一。具體來說，必須在助跑前半段達至極速，接著再慢慢將重心移轉到上半身……等等，我事前已經上過玖渚開的一堂跳遠課程，但這種理論即使大腦理解也沒用。熟稔者的那種「自然跳躍」，外行人的我又豈能輕易拷貝？因此我也選擇「自然跳躍」。

奔出——接著起跳。

身體浮起。

「哦！」我聽見一聲呼喊。應該有人發出聲音吧？大概也有人沒發出聲音。我還有餘力想這種無聊事。著地為止的時間感覺上非常漫長。常常聽見有人說，人類面臨生死危機時，眼前的影像將呈現慢動作，我此刻或許就是遇上那種情況。又或者，只是因為跳躍距離不夠，正朝向地面倒栽蔥墜落而已。不論何者好像也都無所謂，但或許都不太妙。

最後，幸好我成功在第七棟屋著地。正確來說，是著地失敗，慘不忍睹地滾倒。受傷的左手直接撞擊地面，雖然不致於昏厥，但不慎撞到腦袋，就這樣倒地不起，實在是有夠丟臉的登場。

「你在搞什麼鬼？」三好心視老師愕然走近問道：「沒事吧？話說回來，你為什麼要從受傷較重的那一側著地？」

「我沒事，這不重要——」

我握住老師伸來的手，抬起身子。越過老師的肩，看見所有人：斜道卿壹郎博士、宇瀨美幸祕書、大垣志人助手、根尾古新研究員、神足雛善研究員、春日井春日研究員、相隔一段距離的鈴無音音小姐，以及玖渚友。共計九人，包括我一共十人在第七棟屋頂集合，而召集眾人的不用說正是本人。

「——嗯，誠如各位所見。」我從地面站起，環顧眾人似地用力伸展雙手，說道：「就像剛才那樣，只要沿著屋頂，所有研究棟都能抵達第七棟，各位可以理解吧？」

「喔——」以極度不悅的語氣及表情瞪視我的人物，我想也不必多說，正是卿壹郎博士。「笑死人了，這簡直是笑死人啦，小毛頭。」

「小毛頭嗎？還真是嚴格哪。」我故作輕鬆地道，現在必須阻斷感情回路。「執意不肯承認現實的話，我也沒辦法繼續解釋了，博士。」

「這種騙小孩子——不，甚至騙不了小孩子的把戲，你以為能夠取信於我？從這裡看也知道，第七棟比第六棟低。就算你剛才證明第六棟跳得過來，也沒有證明第七棟跳得過去。」

不愧是博士，跟我不同，這點程度的破綻一眼就能看出嗎？這時可以直接ＱＥＤ是最輕鬆的，但事情看來沒那麼簡單。

「或者你現在要從這裡跳回第六棟？」

「不不不……這當然不可能，我的看法也一樣。」

「你看吧？」博士大笑。「真是浪費時間，我居然陪你瞎搞半天，心地未免太善良了。」

心地善良──或許正如他所言。

即便那是小覷對方所產生的從容不迫，但不可否認是斜道卿壹郎的善良。如此容許我──容許敵人恣意妄為，真的必須誇讚他善良。至於我，很抱歉，就要好好利用博士的善良了。

「哎，別這麼急著下結論。」我說：「好──正如博士所言，第七棟沒辦法跳回第六棟，就假設我們之間沒有世界級跳躍選手好了。不過，我剛才的行為至少證明了一件事實，那就是『雖然無法返回，但是有侵入第七棟的路徑』。」

「那又如何？」博士咄咄逼人地質問：「既然是進得去出不來的單行道，那種路徑毫無用處。我想你也應該曉得，就算是從內側，也必須通過多項檢查才能解除大門的保全系統。而且會留下紀錄，留下大門從內側開啟過的紀錄哪。可是事實上並沒有留下那種東西。」

「我想也是。嗯，應該沒錯。」我隨口同意道：「門鎖與紀錄的雙重限制，就算你是對的吧。」

「什麼？那種說法好像大有深意。難不成是想說本人斜道卿壹郎在其中施了什麼詭計？是說我消除了紀錄嗎？」

「我不是這個意思，況且你也辦不到吧？就算玖渚辦得到，你也辦不到，沒錯吧？就算玖渚辦得到——你是這麼說的，博士。」

聽見這句挖苦的臺詞，博士橫眉豎目地瞪視我；話雖如此，那與其說是憤怒，無寧說是看不清我的王牌所流露的困惑。

「你這小鬼——」

「不過——」我打斷博士的臺詞道：「——現在就認定『無法返回』未免言之過早，又沒有規定這非得靠人類肉體達成。例如使用繩索的話，就能創造返回第六棟的路徑。」

「或許可以，假如有能夠支撐人類體重的繩索。所以呢？哪有那種東西？」

「嗯，這間研究所或許沒有……可是繩索只是比喻，例如用身上穿的衣服連接起來代替繩索，或者用辦公設備的電線或電腦線捲成粗繩等等。」

「你覺得那可以承受人類體重嗎？」

「我不覺得。」我將目光移開博士——轉向神足先生。「不然，就配合博士的喜好來假設好了——可以承受人體體重的繩索代替品——例如頭髮的話，神足先生認為如何？」

眾人視線同時轉向神足先生，可是他只是重新扶正太陽眼鏡，未置可否。一如既往，仍舊寡言。我對他那種過度的沉默略感傻眼，又繼續道：「神足先生的頭髮相當長，要是全部接起來，大概就能抵達第六棟——各位不認為嗎？諾，鈴無小姐？」

「……咦？」鈴無小姐略顯驚訝。「哎呀，你是要問本姑娘？啊啊，是呀……頭髮的確很強韌，雖然也因人而異，不過話說回來，我也看過淺野用她的『武士馬尾』勒別人的脖子。」

「喔，那確實是教人很想見識一番的景象……不過根據紀錄，某位女性將自己的頭髮合成一束來測試負重極限，聽說到一噸為止都沒有斷掉。」這也是向玖渚現學現賣的。「就算這是極端的例子，不具普遍性，但頭髮代替繩索的手法確實可以成立，要不然——」

我這次轉向春日井小姐，眾人也隨我一起轉頭。

「如果不是人類，而是動物的話，也許就能躍過這種距離。嗯，就像這樣……」我舉起纏滿繃帶的左手向眾人展示。「例如剛才跟我表演生死鬥的那隻巨犬，這種距離應該跳得過去吧？春日井小姐，如何？」

「天曉得。我是沒試過不過或許可以吧？」春日井小姐玉頸微偏，但還是給我肯定的答覆。「要是這樣的話你就認為我是犯人嗎？」

「不，我沒有這樣講。我只是想透過這些具體實例，說明第七棟絕對不是密室、不是封閉空間。這麼一來，情況又是如何？至少就沒有懷疑玖渚一人——甚或是我們三人的道理——」

「真是老掉牙的手法。」然而博士並未就此退卻，語氣譏諷地打斷我。「**捏造**極端模稜兩可的假說，就想將這種震撼轉換成真相大白的詫異。跳躍到第七棟的特技表演也是計畫之一吧？這根本就是典型的詐欺手法，我可不會上你的當，小毛頭。」

「你說我——捏造？」

「嗯啊，思考一下就曉得了，剛才那兩個假說稍微想想就能反駁。神足的頭髮再長，充其量只有一公尺。就算拆開來編成繩索，因為有強度問題，再長也頂多四公尺，終究沒辦法連接第七棟和第六棟。至於動物犯人說，更是令人噴飯，狗這種畜生到底是怎麼刺殺人類、將屍體釘在牆上、書寫血字呢？」

「那——假如有人騎在狗背上呢？」

「我想這就不可能了。」春日井小姐連我的俏皮話都要吐槽，說不定是個好人。「揹著一個人是沒辦法跳躍的。」

「……在下失言了。」我對她一鞠躬。「多謝您的提醒。」

「所以呢？如何？小毛頭，你的王牌用完了嗎？」

「嗯——那麼這樣如何？假設兔吊木垓輔被肢解成那樣是有某種必然性。犯人為什麼要將兔吊木開腸剖腹？假設是為了**取出內臟的手法**呢？」

我模仿舞臺演員用誇張的動作詢問在場眾人般地說道。雖然有些根尾先生式的裝模作樣，不過表演一下也不算太過分。

「取出內臟——」老師不可思議地問：「這是怎麼一回事呢？小徒弟。」

「人類的消化器官就像一條管線，從食道連到直腸的一條管線。而且由肉所構成的這條管線相當有彈力，當然也非常強韌。假如**將它當成繩索的代替品——**」

「咦？等一下。」老師阻止我。「兔吊木先生的內臟都還在肚子裡喔，咱家也解剖過胃和腸子了。」

「沒錯，所以這也只是假說。」我手掌一翻。「事實上，消化器官也沒辦法當成繩索……剛才只是低級笑話，就是所謂的空口說白話。不過呢，兔吊木先生的肉體損毀具有某種必然性的想法，我認為並不壞。我這種毛頭小子無意在此對各位進行犯罪心理學的講座……可是兔吊木垓輔那種甚至讓人感到某種偏執的遇害慘狀，你們難道就不覺得奇怪嗎？」

「有什麼奇怪？」博士略顯焦躁地說：「你這小子說話實在有夠拐彎抹角，真是麻煩。你到底想說什麼？有話想說的話，就爽爽快快地說出來，像個男人一樣。」

「像個男人一樣嗎？這也無所謂……」我輕輕聳肩，拐彎抹角嗎？但這件事就是要拐彎抹角才行，我也無技可施。「只不過，仔細一想，博士的假說也不太像個男人。『玖渚友應該辦得到』的這種說法……有點牽強，而且就算玖渚辦得到，也不足以構成你——甚或是你們不可能的理由，反正你們只要堅稱自己『辦不到』就成了。」

「……這就是你的答案嗎？」

「不，這只是找碴，沒有什麼深奧的意義，就目前來說。」

博士對我這種剛提出假說又自行撤回的半吊子口吻，投以略微困惑的目光，但這次並未出言挑釁。其實這正是我的目的，到最後的最後的最後，我的目標就是放煙霧彈。拚命虛張聲勢，讓博士——以及所有人一頭霧水，總之就是讓對方莫名其妙。總之就是擾亂對方的思緒，絕對不要跟對方一同站上擂臺。

這是跟「人類最強的承包人」完全相反的手法，可是，我這種最弱人類若想超越「墮落三昧」斜道卿壹郎，也只能使出這種手段。

「老師，」我轉向心視老師問，「可以先告訴我兔吊木先生的驗屍結果嗎？」

「咦？啊啊，呃……死亡時間大約是凌晨一點，死因是刺入眼珠的剪刀抵達腦部。腹部及其他破壞是在死後，砍斷手臂是在更晚之後，釘在牆壁則還要更晚之後。嗯，簡單說就是這樣。」

我早就在第三棟聽過一次，不過這件事必須隱瞞。老師亦明白我的難處，非常自然地對著我，或者該說是對著眾人報告。雖然並非如此，亦無這種打算，但總覺得自己宛如共犯，這果然不是信賴關係。

「咱家在意的還是砍斷手臂為止的空檔，那是死亡之後過了三小時或四小時才砍斷的。又不是多麼費時的作業，為什麼——」

「喂！妳說得太多了，三好——」博士告誡似地說：「我不知道你們以前是什麼關係，我可不容許妳偏坦這傢伙哪。」

「咱家才沒偏坦哩。」心視老師對博士訕笑。「瞭解、瞭解，咱家就不多說什麼了。所以呢？小徒弟你問兔吊木先生的驗屍結果是想幹什麼呢？」

「**不想幹什麼**——可是老師，將人類的身體破壞成那樣，最後甚至釘在牆上，應該是相當費力的作業吧？」

「你是想說玖渚大小姐的小手做不到？」不知是否是想阻止老師繼續開口，博士搶先回答我的問題。「嗄？刁難也該有個限度，誰說那個作業非得玖渚大小姐親自下手？只要她打開大門，其餘的事——例如**你**也可以代勞。」

「正如博士所言，我無意反駁。」我不理會博士的挑釁。那個時候——今天早上的時候，聽見博士的挑釁言語就情緒激動是我的失策。我不會犯相同錯誤，可能的話。

「可是就算是這種情況，仍舊無法解釋犯人為什麼要那麼殘酷地肢解兔吊木垓輔。」

「你的意思是你有辦法解釋？」

「這個問題我待會再回答。好，花太多時間也沒有意義，只是拖延時間而已，差不多該進入解決篇了嗎？事實上——百分之百的事實上，不僅是在第七棟，這座研究機構內的建築物都沒有足以稱為固若金湯的入侵路徑。沒有窗戶——這點是性質上的無可奈何，可是就連入口都只有一個，而且那一個入口還有『玖渚友規格』的保全系統。嗯，先不管保全系統的問題，總之能夠通往室外的路徑除了屋頂，就只剩大門，不啻是一條朝向天空的隧道。卿壹郎博士的推理認為殺死兔吊木先生的犯人是從一樓大門進出的。」我偷看卿壹郎博士，博士一語不發，我便繼續說道：「這麼一來，犯人就只能是玖渚友一行人，嗯，不過我們當然不可能承認。博士或許會說是『共犯事先套好口供』，可是我有辦法證明玖渚無罪，或者該說，我知道玖渚友是清白的。既然如此，就變成犯人並未使用玄關大門。」

「哦喲！意思是路徑就只有屋頂一條嗎？」

「三好！」博士怒叱：「妳給我差不多一點！妳的言行從剛才開始就大有問題！」

「真是抱歉，咱家又多嘴了嗎？」

老師飄然鞠躬，對於既已放棄博士的老師而言，我的傀儡戲成功或許對她更有利。這麼說來，我與老師搞不好真是共犯關係——我不由暗想。

「嗯，就是這樣。只不過——這裡也有許多限制。」我轉向自己剛才跳過來的第六棟，低語似地說：「各位知道這個屋頂路徑的限制嗎？」

這個問題並非針對誰，亦無人回答。「所以就是單行道吧？」片刻後，博士終於不耐地應道：「就算可以過來，也沒辦法回去，就是這——」

「不是，嗯……這也是原因之一，的確沒辦法回去——可是仔細一想，『過來』本身其實也相當困難。」

「——什麼？」

「從第五棟開始，經由第一棟到第六棟為止，最長的跳躍距離也只有三公尺半左右，在場所有人大概都沒問題——不過最後的距離就不是『所有人都可以』——」

五公尺——實際距離是四公尺半，剛好等於日本高中男生的平均跳遠紀錄……可是，正因為全體參差不齊，才有所謂的平均，那絕非是所有人都能達成的最低底限；何止如此，甚至代表了全體的一半都無法達成這個距離。

換句話說，就連這個四公尺半，**也有跳得過的人和跳不過的人**——

「一如各位所見，我跳過來了。其實我以前——不過……嗯，反正各位都曉得，我就直接說了，我曾經參加ER3系統那個研究團體的計畫——培育青少年的留學制度五年。因為當時鍛鍊過身體，多虧那段日子——目前還保持平均程度的體力……雖然有一點虛弱。」我打趣似地補了一句。

「呃……對不起，鈴無小姐。」我再度問鈴無小姐。「妳跳得過這個距離嗎？」

「我想是沒問題。」彷彿猜到我會問她，鈴無小姐立刻答道：「我沒有測試過，不過五公尺左右的話，應該很輕鬆。六公尺說不定……還是沒辦法吧？我想就是這樣。」

「是嗎？」

即便是跳遠的外行人，倘若擁有鈴無小姐那種異常的身高、腿長，以及體力，這種答案也不意外，她大概跳得比我更遠。我輕輕點頭，接著轉向玖渚。

「小友，妳呢？」

「唔～～沒辦法咩。」玖渚嘟起櫻脣，不滿地應道，就像在抗議何必特地問她這種事。「一公尺——說不定也跳不過。」

這倒也一如預料。玖渚這丫頭是營養不良外加偏食自閉症，肌肉腿力都異常虛弱。「正如各位聽見的。」我轉向博士。「就連我們三人都參差不齊。不過，單就『屋頂路徑』來說，也能夠證明我們的清白，因為要是沒有待在**某個研究棟裡**，就無法使用這條路徑。既然每個研究棟都有嚴密的保全，我們也沒辦法進入建築。」

「你的意思是犯人在我們之中？」博士惡狠狠地瞪視我。

「所以我剛才不是這麼說了？」我淡淡地應道。

「誰？把名字說出來。」

「我接下來就要說，你就別這麼小家子氣嘛。這是**最後**了，好好享受吧——好，沒辦法使用屋頂這條路徑的有誰？斜道卿壹郎博士、宇瀨美幸祕書、大垣志人助手、三好心視老師、根尾古新研究員、神足雛善研究員、春日井春日研究員——」我依序睚眼環顧眾人，同時說道。接下來就是傀儡戲的高潮了。「——首先淘汰三位女性，換言之就是老師、春日井小姐及美幸小姐。」

「——」「……」「……」

三人都緘默無語。

「這單純只是體格問題……三位都是嬌小型，而且，我無意歧視女性，但畢竟有基礎體力的問題。女性想挑戰這種雜技，風險終究太大了。」

總覺得右方射來鈴無小姐的銳利視線，但我佯裝不知。要是顧忌太多而畏首畏尾，實在稱不上明智；話雖如此，她好像真的在瞪我喔。加油！現在是重要場面。我輕輕甩頭，說道：「接下來，我想根尾先生也沒辦法，這也是體格的問題。」呃……該怎麼表現才好呢？總之……「因為根尾先生的身體比一般人來得寬廣……」

「哎，也對啦。」根尾先生對吞吞吐吐的我放聲大笑，拍拍自己的大肚子。「因為是揹著二十公斤的行李跳遠嘛，我大概沒辦法。這樣子我就可以從嫌犯名單中剔除了。」

「……這麼一來，剩下的三人——斜道卿壹郎博士、大垣志人助手、神足雛善研究員……其中可以直接剔除的，當然是博士你。」

「……為什麼？」

「不，如果你硬要說自己跳得過，我也無所謂，可是博士畢竟年紀大了，六十三歲……我想應該有困難吧？」

博士什麼都沒說，不過我也無意等他答覆。就常理來想，就任何人的眼光來看，博士肯定都不可能跳過這個距離。

「所以，就剩下——兩人了。」

神足先生和志人君。

眾人視線集中於他們倆身上。

「他們倆可以使用屋頂路徑——換言之，志人君是從第一棟跳到第六棟，再到第七棟；神足先生則是從第二棟、第一棟、第六棟、第七棟，就是這樣移動……」

我邊說邊觀察兩人的模樣，神足先生跟剛才一樣，不為所動，頂多在意太陽眼鏡的位置，態度非常冷靜；可是，志人君則否。他怒上心頭似地，整張臉漲得通紅，打斷我吼道：「——喂！小子！我不說話，你就在那裡胡說八道——」

「抱歉，我沒空陪你鬥嘴，你可以乖乖閉上嘴巴聽嗎？」

「你這小子說什麼——」

「放心吧，**你也**沒辦法使用這條路徑。」我伸手制止激動的志人君，依舊淡淡說道：

「你有**視力**問題。」

「什——」「視力」這兩個字讓志人君凍結。「什麼——」

「所以就說視力……你那雙眼睛看不清楚吧？」我故意假裝自己早就知道似地答道：「好像不是水晶體或晶狀體的問題……應該是視神經方面的問題吧？我的解剖學不太好，詳細原因就不清楚了。」

眾人開始輕輕鼓譟。知道那件事的人轉向我，不知道的人轉向志人君。研究所成員之中，美幸小姐和春日井小姐兩人不知道，至於局外人方面，鈴無小姐沒發現，玖渚好像既已察覺。若是玖渚的觀察力，倒也並非不可能。

「你這小子……怎麼會知道——」

「純粹基於直覺。」

例如第一次見面時，為了確認我而異常接近、用手確認玖渚、看不出高躰的鈴無小姐是男是女。另外，明明沒看見隱藏在水塔死角的我和小唄小姐，卻發現那裡有人——這種平時依賴視力者不可能有的行為，最後卻還是看不出跟鈴無小姐一樣高躰的小唄小姐是男是女，以及小唄小姐專門攻擊他的腹部，卻不毆打臉孔的原因。就是這些小地方加總後的「直覺」。

「不是嗎？」

「——沒錯是沒錯……」

視神經異常引發的視力疾病。不知道那是先天或後天，可是不論何者，即便那是博士「人體實驗」的結果，都與我無關，毫無關係。總之，總而言之，志人君**只能看見模模糊糊**的風景及人物。既然在研究所裡移動自如，大概不是完全看不見，但這麼一來……

「這麼一來，你應該沒辦法跳過這個距離。」

「喂、喂！我的眼睛確實就像你說得那樣……可是，這樣子的話……」志人君壓抑有些憤怒的聲音，語氣驚慌地說：「這樣子的話，不就只剩一人——」

「對，只剩一人，就是神足先生。」我指著神足先生。「神足先生的情況——嗯，如何呢？性別問題、體格問題、年齡問題、感覺器官問題，或者足以與這些匹敵的理由——」

神足先生仍舊不為所動，既未瞪視我、亦未激昂，甚至沒有任何呼吸變化。

「——**沒有**。」

突然吐出那兩個字的不是我。

是神足先生本人。

「我的確沒有這些理由。」

「——神足！」博士咆哮：「你說什麼？你——」

「請冷靜。」神足先生以不遜於我的平淡口吻，簡短說道：「博士，就目前而言，這也只是代表——我能夠跳過來，沒錯吧？小情人。」

小情人——這個在此刻過於諷刺的稱呼，我聽了不禁為之一震，那換言之就是指玖渚友的男友。

我與神足先生之間的直線距離約莫五公尺——不，六公尺嗎？我暗忖再近一點或許比較好，於是再走近一步，接著與他對峙。

接下來的對手——不是博士。

接下來的對手是神足雛善。

「莫非你要說我是犯人嗎？小情人。」他一副犯人的口吻道。

「是的，你就是犯人，神足先生。」我一副偵探的語氣道。

我聽見博士的怒吼，但置之不理，又朝神足先生逼近一步。再繼續接近，反而沒有意義，直線距離四公尺半——這個距離剛剛好。

「——有趣！既然你說我是犯人，好，那你就證明給我看吧，小情人。」神足先生表情不變地說：「的確只有我能使用這條路徑，畢竟我的姓氏是『神之足』，但正如博士所言，也正如你所知，這條路沒辦法折回。」

「沒辦法折回哪——」我重複那句臺詞。「——這是指必須折回的情況。」

「……」神足先生沒有反應。

「……不，當然必須折回，否則中央電腦裡的紀錄就沒辦法吻合。假設說，你殺死兔吊木先生以後一直待在這裡，等志人君發現情況有異，再從大門離開……這種手法也無法使用。因為那是自動門，開啟之後必須馬上出去，這麼一來，就很難不被志人君察覺。因為不管是否躲在死角，志人君大概都會發現。」就像他發現我和小唄小姐一樣。「即使僥倖成功離開第七棟，接下來還得進入第二棟。雖然有辦法進入，終究不免留下紀錄。」

「我已經聽膩這種不可能的假設了。」博士並非找碴，而是真的非常不耐地道：「夠了！我沒空再聽你的戲言——」

「很可惜，正如你是『墮落三昧』，本人剛好就是『戲言玩家』，不過你無須擔心，戲言即將結束，終點站近在眼前。」我對博士扔下這句，再度轉向神足先生。「我們暫且回溯一下——兔吊木垓輔的肉體為什麼被破壞成那樣？怨恨？支配欲？儀式？嗯，原因為何都不重要，可是，我有一件事很在意——犯人為什麼要帶走兔吊木垓輔的雙臂？」

神足先生表情漠然，未置一詞。

「昔日網際恐怖分子的『手腕』——是因為想要奪走那個『手腕』嗎？不過，這種浪漫想法仍有些不合邏輯的地方……我首先想到的是，為了隱藏緊張性屍體僵硬所造成的證據。緊張性屍體僵硬是指——」我一邊偷覷老師，「——暴力致死所引發的劇烈死後僵硬現象。被害者殺死時如果用力抓住某種東西，將保持該姿勢僵硬；換言之那時握在手裡的犯人上衣釦子或名牌等等，就將成為決定性的證據，對犯人而言是排除萬難也必須消除的。」

「你的意思是兔吊木先生手裡握有決定性的證據？」鈴無小姐對我說：「可是那樣的話，砍掉手掌不就得了？只要掰開手指，就可以取出裡面的東西。喏，伊字訣，本姑娘也快受不了了，你就不能說得再簡單明瞭一點嗎？」

「對不起。」我向鈴無小姐致歉，真是丟臉。「呃……之所以不直接砍下手腕及手指，是因為那樣免不了要被懷疑『莫非是發生緊張性屍體僵硬』。從肩膀開始砍的話，多少就能彌補……或者該說掩飾，嗯，我是這麼認為，不過——」

「不過？」

「仔細一想，呃……兔吊木先生的死因是剪刀刺進眼球喔，鈴無小姐，這起事件原本就邏輯不通。」

「為什麼？應該足以稱為暴力致死啊。」

「我也這麼認為，事實上也是這樣……可是問題是，當時**有一把剪刀正對著自己的眼球**，」我朝自己的雙眼比出剪刀手示，「面對這種危機時，應該不會有人伸手去抓上衣釦子或白袍下襬……」

「啊……這倒也是。」鈴無小姐頷首。「為了保護自己，照理說會先去抓**對方的手**，嗯……聽你這麼一講，或許沒錯，但這樣的話，為什麼要砍斷手臂？」

「問題不光是這樣，正如老師剛才所言，為什麼死亡數小時之後才砍斷手臂？不過，這個答案我想很簡單，單純只是**在等雨停**吧？」

「——雨？」

「沒錯。屋頂這條路徑，原本就不容易折回，況且昨晚還下雨。」小唄小姐說過，既然是在死亡數小時之後才砍斷手臂，當時有下雨，不過反過來解釋也說得通；換句話說，**正因為當時下雨**，數小時之後才又砍下手臂。「天亮時雨就停了——嗯，其實不該在下雨的晚上執行殺人計畫，沒錯吧？神足先生。」

「你說呢？」神足先生低聲應道：「我不明白你的意思。」

「——可是你有不得不執行的理由，因為你不確定我們三人**什麼時候**會離開。假如放棄昨天的機會，而我們今天離開的話——就找不到**栽贓嫁禍**的代罪羔羊。」

「……」

「幸好雨停了，接下來只要想辦法折回即可。」

「所以呢？我問你要怎麼回去呀？」

博士終於忍不住發飆，將手杖扔向我，忍耐似乎已達極限。木杖直接擊中我的左手繃帶，因為麻醉生效，並不疼痛，可是仍被撞退兩、三步。我心想搞不好剛才那一杖徹底打斷了我的手臂。

我模仿鈴無小姐今天早上的態度，無言瞪視博士。

「——你那是什麼眼神？為什麼用那種——那種——眼神——」我並未扔東西，但博士亦後退數步，直到撞上美幸小姐才停止。「你這種小毛頭居然用那種——用那傢伙的眼神看我。」

那傢伙？是誰？應該不是鈴無小姐，是兔吊木嗎？或是兒時的玖渚友或直先生？我不知道，也不想知道。唉，誰都無所謂。

「——從第六棟朝這裡看的話，」我說：「說不定不會察覺這是一條過得來、回不去的單行道。例如神足先生——不，目前尚未確定就是他，假設犯人跳到這裡才發現回不去的話，這時該怎麼回去才好呢？很簡單，就是使用繩索。」

「……所以說！根本沒有那種東西！」

「我剛才說過了，神足先生那頭長髮可以代替繩索。」

「我剛才也說過了！頭髮不夠長——」

「**不夠長可以加長**，例如——」

「——**例如用兔吊木垓輔的手臂**。」

這時——果然沒有人插嘴。聽見出乎眾人預料的這句話——不，有一個人猜到了嗎？我轉向那名人物。

轉向神足雛善。

「將右臂及左臂分別綁在頭髮編成的繩索兩端。我不曉得成年男性的手臂平均長度是多少——如果以我的手臂為例，差不多是六十至七十公分，兩隻手臂的話就是一公尺三十公分……嗎？再加上頭髮，就足以抵達第六棟。既然是人類的肉體——沒道理無法承受人類的體重，神足先生，對吧？」神足先生沒有回答，伸手調整太陽眼鏡的位置，我繼續道：「就算使用繩索或其他代替品，還是有一個問題——就是必須有鉤子才能掛在沒有鐵欄杆的第六棟屋頂。不過，要是將兔吊木的手臂當成繩索前端——便能解決這個問題。**抓住某種東西的狀態下發生緊張性屍體僵硬**的手指，正好就呈鉤狀，甚至可以直接鉤住屋頂邊緣的排水溝——」

「——胡扯也該有個限度！」

博士——墮落三昧斜道卿壹郎博士用力踏地狂吼，氣喘吁吁地怒叱。美幸小姐從後方奔上前勸阻，也被博士一手揮開。「這種超脫現實——牛頭不對馬嘴——強詞奪理——牽強附會——的解釋，你以為說得通嗎？」

「超脫現實？牛頭不對馬嘴？強詞奪理？牽強附會？正是如此！」我裝模作樣地大聲打斷博士。「可是，博士，要解決涉及斜道卿壹郎你本人、兔吊木垓輔，以及玖渚友的這起事件，絕對不可能是符合現實、牛頭對馬嘴、言之有理、真憑實據的正常理由！這正是這間研究所內的唯一真實！」

「胡說八道……狗屁不通！那種事你說有可能發生嗎？」

「問題不是**是否有可能**，甚至不是**是否沒有可能**。行為本身根本不是問題，問題是其中是否有認知！沒錯吧？神足先生！」

「閉——閉嘴！」博士的表情因為憤怒而痙攣不已，滿臉通紅，接著逐漸蒼白。

「神……神足！你也說句話呀！對這個胡說八道的小毛頭——」

「……」神足先生對博士怒不可遏的聲音亦毫無反應，微微抬起下巴，對我道：

「……證據呢？我做過那種事的證據。」

「證據啊……只是剪過頭髮確實難以證明，不過——」我指著神足先生。「倘若我的假設沒錯，你的手臂上應該有被兔吊木先生抓過的傷痕，緊張性屍體僵硬所造成的五指印才對。」

「……」

「神足！」博士再度咆哮：「你給我反駁他！把白袍捲起來讓他看，快點證明自己的清白！然後我就將這個小毛頭永遠關在牢籠裡！關在地底、地底、地底的最底端！永遠、永遠、永遠——」

「——嗯，差不多六十分吧。」

神足先生一改原先的低沉語氣，換上輕鬆的口吻如此說道。

「神足——」

「六十分！以寬鬆的標準來看哪。畢竟手法太粗糙，時間也拖太久了。」

「——在下失禮了。」我聳聳肩。「——不過，還是可以及格……對吧？」

神足先生沉默半晌。

接著笑了。

游刃有餘、輕鬆自若的笑容。

彷彿在取笑我的滑稽模樣。

滑稽。

事實上就是如此，我從頭到尾都被這個男人耍得團團轉。從頭到尾——真的是從頭到尾，從一開始到這種預定和諧的結局，直到最後的最後的最後為止。

「為——為什麼？」出聲大叫的是志人君。「為什麼你要做這種事——你完全沒有殺死兔吊木先生的理由——」

「理由？是啊，理由嗎？」神足先生沉吟片刻，將手伸進白袍，接著——「可是你不覺得理由這種東西其實並不重要？」

「——你說什麼——」志人君聲音發顫。「毫無理由地殺人——毫無動機地殺人……」

這種事。

真的不可以嗎？

沒有理由的殺人。

沒有信念的殺人。

絕對不可以的。

既然如此。

「所以，有理由就可以殺人嗎？」

「……神足先生。」

「開玩笑的。」

神足先生淡淡一笑，那是冷笑。

宛如注視無知孩童般的冷笑。

憐憫對方般的優越。

憐愛對方般的輕蔑。

注視志人君的神足先生就是那種感覺。

「當然是開玩笑的。」伸進白袍裡的手抓住某個東西。「是啊，沒有動機的話，就不能算是殺人事件——哪！」

接著迅速抽出那隻手——擲出夾在指間的刀子。飛出的三把刀刃全數刺中我左臂的繃帶。刀刃的衝擊將我撞向後方，背脊重重摔向地面。肺部遭受強烈撞擊，我剎那間無法呼吸，下一瞬間腦袋也撞向地板。

眾人的視線這一瞬間轉到我身上，但下一瞬間又轉回神足先生。

共計兩瞬間。

但這已綽綽有餘。

房門砰咚一聲關上。

眾人轉回視線時，神足雛善早已不見蹤影。

乍然消失。

宛如。

宛如從一開始就沒有那種登場人物。

「——混帳！開什麼玩笑！畜生！畜生！」志人君奔向房門，追逐神足先生。「——哪能讓你逃走！」

「算了，志人君。」我躺在地面，用連我自己都覺得十分倦怠的聲音說：「現在追也只是白忙一場。」

「——嗄？」志人君蹙眉回頭問：「這是什麼意思？」

「就是這個意思，現在追也不可能逮捕神足先生。」

對，一定沒辦法逮捕他。他既然能夠從容不迫地參加這種解決篇，想必已有所準備，應該事先準備了某種脫身路徑——而且是保證有效的脫身路徑。不但躲得過我們，也能夠避開警方，雖然我不曉得那是什麼手段。

這樣就好了。

反正我也不打算逮捕他，重要的就只有證明玖渚友的清白，而我已成功達成任務。既然如此，這樣就夠了，其他與我無關，不是我的工作。

「況且——志人君，我想你還有其他工作。」

我站起來，將繃帶上的刀子一把把抽出。因為並未流血，大概傷得並不嚴重，多虧繃帶成為防禦壁，頂多擦破一層皮而已；雖然擦破一層皮，多虧麻醉生效，我也不覺得痛，可是一想到麻醉失效就令我發毛。這條左手今後還能用嗎？

話說回來——要是我沒能及時伸手防禦，這三把刀保證會刺中心臟。對方是認定我會伸手防禦？抑或是覺得殺死也無妨？這根本無須考慮，鐵定是後者。

他有寧可殺死我的理由。

而我有必須被他殺死的理由。

我拔完刀，用左手——

指向斜道卿壹郎博士。

「志人君，你的工作是這個人的助手吧？」我盡量讓語氣不要顯得太冷淡，但依舊口吻平淡地道：「既然如此，就必須完成任務。」

「——博士。」

志人君的聲音極度詫異。

只見那裡有一個搖搖欲墜、茫然若失、神情恍惚的老人，目瞪口呆地盯著神足先生離去的房門。

彷彿輕輕一推就會崩塌。

彷彿輕輕一戳就會毀損。

如此這般的矮小老人。

非但喪失兔吊木垓輔、亦無法取得玖渚友的老博士。

失去唯一的目的。

失去無二的希望。

失去一切的人類，就會變成這樣嗎？

墮落三昧。

這也才是真實意味的——

「真真正正、童叟無欺的戲言啊。」

我大大地嘆了一口氣。

原來如此——真不愧是害惡細菌。一味恣意擴散，甚至無法捕捉。卿壹郎博士一心想要捕捉「叢集」破壞專家兔吊木垓輔，最後卻淪落至斯——倘若兔吊木垓輔是連斜道卿壹郎這種天才都無法掌握的話——我這種小人物手裡掌握的又是什麼呢？

「阿伊。」

有人握住我的右手。

是玖渚。

藍色的。

我熟悉的女孩。

「既然事情辦完了，全部都結束了，回去吧？」

辦完了，結束了。

到底是辦完了什麼事情？又結束了什麼東西？

我不知道。

我不知道。

我只知道一件事。

玖渚友她是——

「唔咿？怎麼了？阿伊，不回去嗎？」

我看著玖渚後面的鈴無小姐，她正在點菸。我們的視線瞬間交會，可是她又立刻轉向天花板。

「……說得也是。」

對。

結束了，辦完了。

事已至此，再無任何該做之事。

此等遺跡，再無任何可行之事。

此等痕印，再無任何應為之事。

接下來，亦只能任現實擺布。

所以。

所以，回去吧。

「回去吧？小友。」

然而。

我倆究竟是要回到哪裡呢？

哀川潤
AIKAWA JYUN
承包人。
後日談——喪家犬的緘默
我（旁白）
十九歲。

兔吊木垓輔——「審判罪人」　害惡細菌（Green Green Green）。
日中涼——「埋葬寂靜」　雙重世界（Double Flick）。
梧轟正誤——「嘲笑同胞」　罪惡夜行（Reverse Cruise）。
棟冬六月——「喧囂血眼」　永久立體（Cubic Loop）。
撫桐伯樂——「頹喪餞別」　狂喜亂舞（Dancing With Madness）。
綾南豹——「旋轉鈴木」　凶獸（Chita）。
式岸軋騎——「蠢動沒落」　街（Bad Kind）。
滋賀井統乃——「復甦惡名」　屍（Trigger Happy End）。
玖渚友——「行走逆鱗」　死線之藍（DEAD BLUE）。

與其說是尾聲，無寧說是絕對不該談論的某個後臺。

若問我後來回到哪裡，我目前唯一能回去的也只有京都的骨董公寓。我們三人當晚——解決事件的那天夜還沒深，就請志人君替美衣子小姐的飛雅特加油，匆匆離開斜道卿壹郎研究所。鈴無小姐在車內訂好飯店，我們當晚便在名古屋過夜。由於是臨時決定外宿，寬敞的室內面積以及一流的服務……當然統統都沒有，話雖如此，還是比那間研究所的「鬼屋」好上百倍。我們呈川字（我↓玖渚↓鈴無小姐）昏昏沉沉、筋疲力竭、死亡似地酣睡不醒。儘管昨天也有休息，但總有一種好久沒有睡覺的錯覺。

天一亮，鈴無小姐就開始說教。我連續數小時維持跪坐姿勢，毫不回嘴，默默聆聽，時而被她敲打腦袋、盡情挨罵。玖渚醒來之後，我們幾乎整天都在名古屋觀光。眼角看著孩童般興奮的玖渚，我購買了小姬吩咐的外郎餅（剛好有賣五色包裝，當場決定），以及美衣子小姐與公寓鄰居的份，共計十條。

當天傍晚的回程上，先在滋賀縣比叡山讓鈴無小姐下車。

「替我向淺野問好，剩餘的說教就留到下次吧。」

鈴無小姐如是說。罵了那麼久，沒想到還是不夠。我一方面全身發毛，另一方面也有點期待。

接著在全國聞名（或是『臭名遠播』）的京都高級住宅區——城咲裡，依舊卓然出眾的那棟大樓前停車，親自將玖渚送回房間。

「那下次見了。」「嗯，下次見。」

雖然不知道「下次」是指什麼，總之如此打完招呼，我便回到飛雅特，朝自己的公寓駛去。將飛雅特停在停車場，接著步行不到一分鐘，抵達公寓，進入自己的房間之前，先敲敲隔壁房間的門。

「喔，你回來啦。」幸好美衣小姐在家，照例穿著甚平開門迎接我。她好像喝了一點，不，是相當多的酒，臉頰隱隱泛紅。「真快，三天兩夜嗎？」

「三天兩夜……」

沒錯，我們三人其實只在那間研究所待了兩天而已；話雖如此，不知為何卻有一種整整被監禁一個月的感覺。

「嗯，是啊……車子多謝了，鑰匙還妳。這是汽油錢……還有土產外郎餅。」

「嗯……咦？」美衣子小姐注意到我的左手，接受心視先生的二度治療後，目前不但纏滿繃帶，甚至還打上石膏。「……伊字訣，你是用這隻手從名古屋一路開回來的嗎？」

「嗄？沒什麼啦，喏，反正手指還可以動，而且換檔是右手。」

「是嗎……那就算了。」美衣子小姐就此打住，並未追問我為何身受重傷。「進來一起吃外郎餅吧，這種東西跟你一起吃比較好吃。」

「其實應該要辭謝才對……」可是，好久沒有享受這種人類的溫情，就連我也難以抗拒。「今天就恭敬不如從命了，美衣子小姐。」

「嗯，好好好，來吧。」

如此這般，我先在美衣子小姐的房間享用外郎餅和茶水——應付酒酣耳熱的美衣子小姐倒是相當辛苦——接著返回自己的房間，只見室內空無一物。

「……咦？」

不、不，沒有家具是正常的，可是為什麼連衣物和書籍都消失了呢？手機和充電器也不在。喔～～健保卡和存摺也不見了。我一時還以為是遭小偷而驚慌不已，但下一瞬間就察覺真相，前往一樓的小姬房間。

「因為師父說過要全部給我呀。」

犯人就是小姬。

「小姬我有打掃房間耶，連垃圾都丟光光囉。」

小姬所說的「垃圾」，無庸置疑也包括我的生活日用品。

「……小姬，那應該是假設我沒辦法平安回來的情況……」

「是嗎？可是可是，師父的那隻手臂看起來確實不太平安呀。」

「……或許沒錯。」

真是的……倘若所有事件都能解決得如此徹底就好了。

我最後只從小姬那裡拿回存摺和健保卡，並且將外郎餅抵押給她，接著再返回自己的房間。

「唉……怎麼會這樣？」

彷彿從虛無中醒來，彷彿做了一場惡夢，這當然只是類似妄想的錯覺，因為「墮落三昧」卿壹郎研究機構肯定是現實。

「現實啊——這又跟幻想有何不同呢？」

那間研究所今後將會如何？我仔細想著那些事。玖渚說所長斜道卿壹郎博士那副模樣恐怕已經無法執掌研究所，應該近期就會被其他研究機關吸收。完全派不上用場的——正如字面上的意思——墮落三昧，玖渚機關不可能繼續給予金援。這麼一來，其他研究員又將如何呢？

根尾先生應該不會有問題，那個人原本就是悖德者，工作就是背叛——就終極的意義而言，不屬於任何機構的悖德者。頂多是將還沒完成的部分報酬還給委託者，維持悖德者的職業操守前往下一個「工作」。

「——不過真可惜，原本還想跟你組個拍檔，一起執行任務哪。最好是可以吸收成夥伴，打包帶走。」

「一點也不好笑……請不要說『你具有背叛者的素質』這種話。」

「不不不，你的感覺不是背叛者。要說的話，你是當面拋棄對方的類型。」

「……」

「咦?這裡應該很好笑才對呀。」

——我們大概不會再相遇或共事，可是一旦分開，又覺得他是相當有趣的角色，還真是不可思議，那種直言不諱自己是「背叛者」的人畢竟非常罕見。

三好心視——心視老師說她要回ＥＲ３系統。老師那種人材，對方想必也沒有理由拒絕，一切應該會很順利。

「我們大概沒機會再見了，老師。」

「唔～～是嗎?咱家想一定很快就會再見的。」

「……」

「而且是令人哭笑不得、更～～加、更～～加適合小徒弟的最差狀況，總之就是這樣，掰掰囉～～」

老師又在我的耳裡留下不祥預言。呿！那個人為何對告別的場景如此棘手？饒了我吧，拜託！

春日井春日——春日井小姐那個人到哪裡應該都能混得很好。根本無須替她擔心，到哪裡應該都能混得很好，不論到哪裡，我相信她都能混得很好。那個人絕對不可能遇上棘手之事，打從一開始就沒有信念，總之就只是「優秀」的人類。既沒有想做的事，亦沒有不想做的事；既沒有想得到的東西，亦沒有不需要的東西。因為沒有滿足，是故沒有不滿；因為沒有幸福，是故沒有不幸；因為沒有守護的對象，是故沒有破壞的衝動；因為並非活著，是故不會死亡。雖然有價值，可是沒有價值觀；沒有任何問題，當然也沒有任何解答——因為她就是這種人。

我猜她大概會被拔擢至玖渚機關的某個部門，畢竟放棄這種純粹的研究家實在太過浪費。我們應該不會再見面了，可是……不，那個人的字典裡根本沒有「可是」這個詞彙。

大垣志人——宇瀨美幸。志人君和美幸小姐聽說決定追隨斜道卿壹郎。不論何處、不論何時都要追隨下去。我未置一詞，不知該對他們說什麼。對於擁有強烈信念的人，我這種毫無信念的人沒有置喙的餘地。

最後。

神足雛善。

神足雛善——成功脫身。

就連在山路站崗的大門警衛都沒發現他的身影，宛如化為瑞靄的雲朵，猶如煙霧般消失無蹤。

「消失——人類照理說不可能消失啊……」

然而，消除人類是可能的。

換言之，就是這麼一回事。

「……啊，還有一個人嗎？」

對了，還有一個人，一個不能忘記的人，一個絕對不能忘記的人……

我一邊想著這種事，同時墜入那一夜的夢鄉。

第二天——雖然經常忘記，但我是大學生，平日必須上學。老實說，希望至少能夠再好好休養一天，可是這次的小旅行已經連續曠課三天，即使扣掉這次，多虧上個月的住院，我也曠課時數過多。而且考試將至，身體再多麼不適，也必須拖著那副身軀出席才行。我開始準備上學（因為左手不方便，便請美衣子小姐幫忙更衣），離開公寓。只見住在樓上的崩子蹲在巷子角落，戴著遮陽草帽的模樣很適合她，十分可愛。

「嘿，早！崩子小妹妹。」

「早，戲言大哥哥。」崩子沒有回頭，對著空氣一鞠躬。「大哥哥要上學嗎？」

「嗯，妳在做什麼？」

「我在殺蟲子。」

「……喔，那加油囉。」

「好，我會努力的。」

我走過她身邊時，「戲言大哥哥，」崩子頭也不回地拉住我的褲角，「大哥哥今天去學校的話，可能會死翹翹喔。」

她若無其事地對我說。

「我知道。」我也泰然自若地答道。

「知道還要去嗎？」

「反正我的人生也很無聊。」我聳聳肩。「而且考試快到了。」

「原來如此。」崩子鬆開手。她還是沒有轉頭，我仍舊輕輕揮手，接著朝大學的方向邁步。

課堂跟平常一樣無趣，感到無趣畢竟是個人資質的問題，再怎麼抱怨也沒用。大學就是這種地方，不管是否即將考試，不論我出席與否，這點大概永遠不會改變。我在因為本人資質欠佳而感到無趣的課堂上，閱讀向七七見借的小說《死亡快艇》（註13）打發時間。裝訂和文體都非常老舊，不是很容易閱讀。那是附有外盒的硬皮書，體積龐大，放進包包裡還會凸出來，實在無法理解七七見的喜好；話雖如此，光就內容而言，讀來倒是十分有趣。

午休後是基礎專題，我買了甜麵包充當午餐，爬樓梯前往位於四樓的基礎專題教室。我雖然也想搭電梯，不過總覺得今天不是搭電梯的氣氛。

13　日本推理小說家大阪圭吉的第一本短篇集，一九三六年發行。

「……搭電梯的氣氛是什麼東西？呿！」

這麼說來——兔吊木也討厭電梯嗎？這種事已與我無關，但到底是什麼原因呢？只是因為不喜歡遭到拘禁的感覺嗎？

胡思亂想之間，我抵達教室，只見前方是一幕奇異的光景。就在教室前面，數名同學偷窺室內似地貼著門。眾人也不急著進去，一臉嚴肅地從門縫偷窺教室內側。

「……你們在幹什麼？」

「喲，伊君，」谷重同學（夏天仍穿大衣，興趣——收集珠珠）轉向我。「好久不見，啊，你又受傷啦。」

「咦？真的耶，伊君。」美奈山同學（運動服配高跟鞋，奉《腦髓地獄》（註14）為聖典）也發現我，招了招手。「哈囉！快來呀，伊君，別杵在那兒，來來來，你看看。」

「看什麼？別堵在門口了，趕快進——」

「不行不行不行！」葦柾同學（金髮倒豎配五分褲，將來的夢想是當太空人）忙不迭地按住我伸向門把的手。「別亂來、別亂來、有貴重的財產喔。」

「財產？」

「現在有一個詭異的女人在裡面。」童話同學（右肩一隻倉鼠，哥德蘿莉人）解釋道：「所以該怎麼說呢——就是有點不敢進去。」

「詭異的女人？不是同學嗎？」

14　夢野久作的畢生巨作，日本偵探小說四大奇書之一，帶有奇幻與恐怖色彩。

「對呀！可是很帥氣呢！」

「嗯！真的好驚人！」「長得超～美的。」「身材高䠷——秀髮亮麗——」「腿長～～得不像話——」「總之有一種野性的感覺——」「看起來很強喔！」「就像是『老娘才懶得理你』的感覺嗎？」「——紅紅的——」「不知該說是難以親近，還是光芒萬丈——」「不知該說是凜然或者威風，說不定——」

「等一下！」我制止眾人。「剛才好像有人說『紅紅的』？」

「咦？是我說的，怎麼了？」

「——我可能知道是誰，各位讓開，我過去看看。」

眾人眼睛瞬間噹啷一聲亮起，彷彿就等我說這句話似地同聲稱快道：「不愧是伊君！從容不迫地完成我們做不到的事！真教人迷醉！偶像！」

還真是討厭的同學。

我不理會他們，逕自開門。

室內的人物當然一如預料。

「——喲！」

以超級狂妄的態度坐在椅子上，玉腿高高翹在桌面上的人類最強——哀川潤承包人大師就在教室裡。照例穿著狂亂的紅色套裝，全身釋放著某種壓迫感，那身影便堪稱為一件藝術品。

「在這種地方相遇，還真是巧遇哪，小哥。」

「──如果這叫巧遇，就沒有人要扔骰子了……」

「哈哈哈，這倒也是。」哀川小姐嘲諷一笑，姿勢不變地從椅子躍起，越過桌面，在我眼前著地。「嗯，老實說，我是來見你的。」

「喔……無所謂，但是請不要坐著跳躍。」

「別這麼嚴肅嘛，我們又不是普通關係。」哀川小姐親暱地伸手環住我的肩，兩人的臉孔和臉頰異常接近，她接著轉向我的同班同學。「就是這樣，各位路人甲乙丙，我要搶走這位小新娘一下子。」

「請請請。」

眾人異口同聲應道。

真是有夠討厭的同學。

無力的十九歲新娘，就這麼被拖出教室。哀川小姐完全無意鬆開摟著我的手，甚至緊緊嵌住，整個人貼在我身上，宛如擁抱一般。我暗忖不知旁人看起來是怎麼樣的一番風景。

絕對不可能是情侶。

……雖然是我自己主動猜測，不過對於這種不假思索冒出的否定答案，仍舊有些沮喪。

「咦？小哥，怎麼了？好像比平常更～～安靜，你很沮喪嗎？」

「沒有……這不是重點，熱死了，妳快點離開啦。」

「這是什麼態度？真過分～～」哀川小姐無理取鬧似地指責我的發言。「大姊姊好受傷～～好受傷～～居然這樣嫌人家～～小哥真是無情耶～～你這冷血的傢伙！壞心眼、壞心眼、沒人性～～」

「我快熱死了，現在是夏天，這樣很難走路。」

「直接說你害羞就好了嘛，真是小男生。」哀川小姐嗤嗤嬌笑，終於鬆開我。「哎，這種個性說可愛倒也挺可愛的，愛吃小哥這一套的肯定受不了。所以呢？如何？過得好嗎？」

「……妳有何貴幹？特地到大學來，沒想到這麼閒哪。」

「唔～～應該說是努力擠出空閒，剛好結束了一件工作。」

「是嗎？一件工作嗎？」

「小哥真是冷淡。」哀川小姐苦笑道：「知道啦、知道啦……我就直接說了。對，我正是為了見你才到這裡來。」

「我想也是，妳剛才已經說過了。」

我們離開校舍，現在還是午休時間，校園裡人山人海。我和哀川小姐在人縫間迅速穿梭，她似乎早已決定目的地，步伐堅定不移。我對目的地感到一抹不安，但仍跟著她前進。

「總之，我就是想跟你合～～好～～啦。」

哀川小姐如是說。我對如此老實的哀川小姐大感驚異，一時不知該如何接口，但又立刻湧起極度欣喜的暢快感……同時卻也感到有些不對勁。

唔——不對，不是這樣，咱們的、我們的哀川潤應該要再——

「所以就讓你跟我道歉。」

哀川小姐光明正大、毫不歉疚地接道。我緊握右拳，對！這就對了、這就對了、這就對了，這才是哀川潤。

「我無所謂——當然無所謂，」我點點頭，「石丸小唄小姐，那是我不好，我向妳致歉。」

「好，原諒你。」哀川小姐微微撇嘴，說道：「嗯，況且那是非得出手扁你不可的情況，可是呢，因為想跟你重修舊好，我才勉強遷就一下。」

哇咧！這就叫勉強遷就嗎？

果然這樣才像哀川潤。

「這也無所謂，我當然也不想跟哀川小姐——」

「潤！」連這時也不肯留情的哀川小姐。「我不是說過不准叫我的姓氏？你也差不多該記住了吧？」

「——我當然也不想跟潤小姐吵架……」不，這確實是我的真心話。「……所以那個辮子是假髮？」

「嗯，變裝道具。還有帽子和眼鏡，唉，不過非常粗劣就是了。」哀川小姐在我眼前颼的一聲撥弄真髮，說道：「可是小哥一直都沒發現，你應該曉得我喜歡變裝才對啊。我原本還想你該不會到現在都還被蒙在鼓裡，不過這種想法終究太天真了嗎？」

「喔，那件事啊……我早就忘了，不過這樣也才算演活了魯邦三世的角色。」

「哈哈哈，也對，可是，我不記得自己在這方面有透露什麼伏筆，小哥，是哪裡露餡的呢？」

「呃，伏筆其實很多……例如離開第七棟的時候，利用聲帶模擬騙過保全系統……『小唄小姐』那時說這種事非常容易，但其實一點也不容易吧？那畢竟是玖渚創造的防禦壁，普通程度的聲帶模擬不可能過關。另外就是把開鎖小刀交給我，這件事也很奇怪。既然把小刀給了我，『小唄小姐』之後又是如何開鎖的呢？倘若擁有人類最強的聲帶模擬與開鎖技術，這兩點大概就不成問題……」

「原來是參考斜道卿壹郎式的牽強推理，才這樣判斷的啊。」

我對哀川小姐的調侃聳聳肩。

「嗯，小哥說得倒也沒錯，**騙過周圍人類的聲帶模擬或許誰都做得到**——可是要連聲紋一併改變，或許只有我才做得出來。不過，那種情況下，也別無選擇。」

「而且潤小姐以前也告訴我，沒有人會用『零崎』當假名。」

「是嗎？我可不記得。」

「真的嗎？不過，這些都是事後推拖的理由……我之所以發現，或者該說我第一次覺得『小唄小姐』不自然的地方，其實是在最後的最後。『小唄小姐』最後將開鎖小刀扔給我時，說了一句『光靠右胸那把刀也難以心安吧』之類的話。」

「嗯——我的確有說。」

「可是，那時我是將小刀藏在左胸。」我說道：「因為覺得這樣比較順手，那天早上我換過位置，『小唄小姐』卻說『右胸那把刀』。如果看穿我左胸藏有一把刀，或許只是眼光敏銳——不過曉得右胸有刀，就是**事前得知**了。事前知道這件事的，就只有將小刀及刀鞘交給我的當事人——潤小姐。」

「——哎呀！」哀川小姐啪的一聲拍打自己的腦袋。「啊啊……原來如此，這真是無聊的失誤。」

「原來潤小姐也會失誤哪，我還以為妳是故意的。」

「不～～大概是精神鬆懈，不、不對，是因為心情激憤嗎？」哀川小姐嘲諷一笑。

「看來我還有待修行。」

「修行嗎？這次換成石川五右衛門（註15）的臺詞啦——不過，潤小姐妳也真是壞心眼，為什麼不肯直接告訴我呢？要是知道石丸小唄就是哀川潤，我也能更加信賴——」

「信賴喔，別這樣說嘛，我也是有工作在身。你的嘴巴又不緊，而且最重要的是——你的反應很有趣。」

「就是因為這種理由嗎？」

「一開始叫你只是想逗逗你，不過你第二天不是被關起來了？那我也不可能袖手旁

15　漫畫《魯邦三世》裡出現的虛構人物，設定是安土桃山時代的義賊石川五右衛門的第十三代子孫。

觀吧？」

那句話說得極度自然。

「然後呢，乘機再順便取笑一下，所以才決定繼續變裝。」

……這句話也說得天經地義。

「話雖如此，你又說不用我幫忙。對於表示要自己獨力行事的傢伙，身為承包人也不能隨便出手相助，我也很傷腦筋呢……啊啊，不……」哀川小姐聳聳肩。「嗯～～事到如今，我就老實告訴你好了，當時你的言論聽來還挺感動的。就是那句『很高興能夠成為朋友』，聊著聊著就忘記說了。」

啊嗚。

啊啊——那個時候嗎？這麼說來，我的確說過那種話。完全沒想到當事人就在眼前，還以為對方是「不會再相遇」的「小唄小姐」，忍不住口吐真言。

「我早就覺得很高興能夠跟你成為朋友喔。」哀川小姐嘻皮笑臉、揶揄似地道：「人家最喜歡你了，小哥。」

「……」

嗚哇，超丟臉，我真是有夠丟臉。不妙，這種發展實在太糟糕。趕快、必須趕快轉移話題，轉到哪？轉到哪才好？

「對、對了，妳為什麼要用假名？一點都不像潤小姐，就算『零崎愛識』是惡作劇，『石丸小唄』又是什麼意思？」

「解釋起來也很麻煩……我再說一次，我也是有工作在身，自顧不暇。嗯，因為有守祕義務，沒辦法講得太詳細——這次的工作是小偷業界的委託，總之真的有石丸小唄這麼一號人物。」

「哦——那潤小姐是代替那個人去偷東西？」

「嗯啊，我其實不太喜歡小唄，那傢伙說起話來客客氣氣，不過非常討人厭。與其說是魯邦三世，我看她比較像是怪人二十面相（註16）。要是遇上真的小唄，頂多是要你幫忙，絕對不可能出手相助。唉，因為是小唄的委託，原本打算推掉的，可是剛好你和玖渚也在那裡。我多少有點擔心你們，才決定接下。」

這個人居然假公濟私。

「嗯，因為小唄那傢伙討厭根尾。」

那部分也是徇私廢公？

「我倒是挺喜歡他的。做的明明是最下流的勾當，但就是沒辦法恨他，這種人是叫老鼠男（註17）嗎？哈哈哈，小哥也是這種類型嘛。」

「請別把那個人跟我相提並論……不過，意思就是根尾先生見過真正的小唄小姐嗎？這樣也沒發現嗎？」

「不會發現的，就算扣除我高明的變裝術，因為人類根本從不注意別人，就跟你沒

16　日本推理小說作家江戶川亂步所寫的偵探小說《少年偵探團》系列裡登場的大怪盜。

17　日本漫畫《鬼太郎》裡的半妖，凡事為求自己的目的而不擇手段。

發現我是一樣的。啊，不過玖渚好像發現了。」

「或許是。」

對，若是玖渚友的眼力與記憶力，即使發現也不奇怪，但前提當然是發現了也不告訴別人。小唄小姐在第四棟地牢現身時，玖渚之所以愣在當場，或許就是因為這個原因。不過我沒有問她，也不想問她，所以沒辦法確定。

「嗯，對呀，要說的話，這次比較像是晚禮服假面（註18）」

「……」

人類最強的承包人殿下似乎也嗜讀少女漫畫。

「可是——根尾先生真的沒發現嗎？骨架又沒有改變……咦？莫非變了？」

「也不是不可能，只是根本沒有那個必要。總之，只要給予對方先主為主的觀念，要騙過人類是易如反掌——啊啊，要說有什麼不同的話，就是真正的小唄並沒有戴眼鏡，只有那個是為了矇騙你的手法。」

「啊……真的只有眼鏡嗎……」

「就是這樣，喏，未成年犯的照片不也是在眼睛畫條黑線？就跟那是一樣的道理。只要遮住眼睛，就沒辦法分辨對方身分了。話說回來，不管怎麼變裝，人類就只有**眼睛和指紋**——騙不了人。」哀川小姐說：「所以其他像是**破壞眼睛、戴太陽眼鏡，或者留長頭髮遮掩臉孔、又突然剃成大光頭**，這些或許也是不錯的方法，就跟戴手套是同

18　漫畫《美少女戰士》的男主角地場衛的變身身分。

樣的道理。」

「……喔，原來如此。」我竭力若無其事地應道：「原來如此啊。」

「充其量就只是這樣，嗯，就是這樣，總之我為了欺騙根尾，才使用石丸小唄這個假名。我這個人類最強的承包人，工作做得很漂亮吧？」

哀川小姐這時咧嘴一笑。

啊啊，該死的！這個人果然很帥氣。

真的教人心蕩神馳。

「……所以呢？工作到底辦得如何？」

「咦？我剛才不是說了？『結束了一件工作』。我這樣說的時候，換言之就是順利完成工作，本人哀川潤出手從未失敗。」

「我想也是。」

「當然……這次也多虧你的幫忙，小哥。」哀川小姐又朝我的背脊一拍。「那個就是你的目的吧？多虧你將所有人集中在一個地方，我才能在研究所裡自由來去。尤其是替我清空第一棟這件事，真的非常感謝。」

「……不客氣。」我隨口應道：「呃……那是……我能夠做的報恩。」

「小哥還真是一板一眼。」

「我雖然會說謊，但不會不守諾言。」

「哦……這聽起來還真像謊言，就好像『不能以貌取人，可是通緝犯不在此限』？」

「呃……差不多該適可而止了吧……小心巫女子會生氣喔。」

「嘻嘻嘻，這個口頭禪就由我繼承了。」

「這叫剽竊吧？」

「小哥看來沒聽過『能量不滅律』，就好像『面向後方前進，可是月球漫步』？」

模仿得真徹底。

哀川小姐這時停步，朝我伸出右手。

「就是這樣，來個合好的握手吧？或者小哥比較想要合好的接吻？」

「啊……呃……」猶豫片刻，最後我這個膽小鬼還是選擇握手打發。「嗯，今後也請多多指教。」

「我也是。」哀川小姐露出大有深意的媚惑微笑。「希望友誼長存。」

她出了校園仍不停步，話說回來，究竟是想到哪裡呢？從腳步判斷，應該是有明確的目的地，不過到抵達為止，似乎都無意告訴我。

「咦？那是什麼？那是什麼？小哥看的書好像很舊。」

不知她有沒有看出我的心思，哀川小姐一派輕鬆地盯著從我包包裡露出的書。

「向某個魔女借的，好像是推理小說。」

「喔～～誰的？誰的？」她擅自取過那本書，從外盒抽出，迅速翻頁；但很快就失去興趣，又收進盒子裡。「呿！真無聊，這種東西丟掉算了。」

哀川小姐剛說完，就將那本書連盒子從中撕成兩半，朝西大路通一扔。好巧不巧數輛卡車接連駛過，七七見的書就此離開人世。

「……」

「丟垃圾真是爽快。」

「……嗯，我想也是。」

歌德的話語也好、大宰的言論也罷，在哀川潤的面前都毫無意義。至於本人，對這種將硬皮書猶如書法宣紙般撕成兩半的人類，當然亦無話可說。啊啊，真是的！都說是借來的書……唉，無所謂，反正是七七見的。而且已經破爛成那樣，再買一本還她就好，到舊書店找的話，三百圓日幣左右吧？

「其實我不喜歡推理小說。」

衝擊性的宣言。

「一方面要追求意外的解答，一方面又要重視邏輯，最後反而顯得語無倫次。而且就連那些迷人的謎題啊，若要遵循邏輯規則，小哥不覺得本來就只能得到無聊的答案嗎？要是一加一等於三的話，說不定才有趣呢！」

「喔……那潤小姐喜歡哪種類型的小說呢？」

「問得好。小哥，我最討厭標新立異、出人意料的小說；我喜歡那種隨處可見、糾纏不清、男人為女人拚命的故事。既定的發展、王道的劇情、似曾相識的角色、耳熟能詳的反派。陳腔濫調的正義使者、司空見慣的勸善懲惡、熱血傻瓜、邏輯呆子、為敵對雙方的友情熱淚盈眶的快樂結局，我其實最喜歡這種小說。」

「……原來如此，王道啊。」

「對，根本無須意外、根本不必驚喜。手法老套也無妨……王道才配得上王道，奇道、奇策終究只是丑角，你不這麼認為嗎？嗯？」

「……我沒有意見。」

「是嗎？」哀川滿足點頭。「對了、對了，說到王道——這次斜道卿壹郎研究機構的故事，你不覺得跟鴉濡羽島的那起事件有些相似？」

「相似……嗎？」

齊聚一堂的天才、隔離的情況，以及被監禁者的密室死亡、被犯人帶走的部分身體……

「嗯，聽妳這麼一講，確實相似得教人咬牙切齒。」

「仔細一想，要是沒有那起事件，我跟小哥恐怕也不會相識——」

「這是什麼意思？請不要突然一臉認真地說這種好像最終回的臺詞。」

哀川小姐對我的調侃只是撇嘴一笑，接著又問：「小哥相信命運的相遇嗎？」

我想了一會兒，最後搖搖頭。「相信命運也就算了……但是我不相信相遇。」

「是嗎？我想也是。」哀川小姐道：「——不過，這次雖然跟四月那起事件有些相似，卻也有幾項決定性的差異。首先，那次事件可大略分為一、二……四件嗎？總之是複數，但這次只發生一件就結束了，這當然也是由於小哥比上次認真一**點點**。另外，最重要的差異是，這次齊聚一堂的天才統統都是**小哥的『敵人』**。在那座島完全不受重視的你——不被視為對手的你，這次卻成了頭號敵人。」

「敵人……」

「不但找不到半個對你有好感的人，就連被害者也與你為敵，這種事你不覺得非常罕見嗎？組成事件的骨骼**好像完全一樣**，可是完成的形狀卻完全相反。相同的行為卻導致不同的結果，這種邏輯很少見喔。人格比骨骼重要是瞭然於心的道理嘛。對了，這次就像是將鴉濡羽島的事件徹底翻轉、**內裡外翻**。」

「——沒想到潤小姐會說這麼無聊的事。那座荒唐小島上所發生的事，除了跟彩小姐的愛情故事之外，我什麼都不記得。」

「是嗎？這也無妨。」

人類最強大師滿不在乎地說完，邊走邊打呵欠，可我絕對不能被那種輕鬆的態度欺騙。

沒錯，我不能忘記。

承包人在故事裡所扮演的角色。

這個人最後登場所代表的意義。

沒錯！倘若這起事件是我與哀川小姐相遇的那起事件——**鴉濡羽島的內裡外翻**，接下來將會是什麼王道發展呢？

王道。

既定。

——既定嗎？

我們跟畢業旅行的高中生們擦身而過，穿越今出川通。又走了一小段路之後，哀川小姐終於停步，進入路旁的咖啡廳。因為正值中餐時間，播放著FM廣播的店內相當擁擠。哀川小姐是要請我吃飯嗎？這樣的話，我特地買的甜麵包怎麼辦？不，就說現在不能想這些無關緊要的事。

哀川小姐坐下，催促我坐在她的對面，隨便點了飲料，接著說道：「喏，小哥，我的另外一件事，你知道是什麼嗎？」

「——大概就是事件的事吧？」

「還真是一板一眼的答案。這時如果能說說精明一點的臺詞，小哥的人生可就大大不同囉。」哀川小姐笑道：「哎，要說事件，確實就是事件……喏，我們先聊聊別的吧？反正還有一點時間。」

哀川小姐說話時甚至沒看時間，這個人的體內時鐘就跟原子鐘一樣精準，所以無須數位時鐘或指針時鐘；不過，那句「還有」倒是相當令人在意，或許不是在意——而是聽見那句話時，我終於發現了，正如聽見「右胸那把刀」時，發現哀川小姐的變裝。

原來如此，**能夠成功避開眾人離開那間研究所，原來是這個理由嗎**？若是有這個人相助——確實什麼事都是可能的。

說不定……這才是、這才是這位承包人的工作吧？如此假設的話，哀川小姐故意對我隱瞞身分——確實不是沒有道理。

……這可能是我想太多了，然而……然而我無法停止胡思亂想。這麼說來，根尾先生也是。當這位人類最強出動時，根尾先生難不成就已決定放棄、離開那間研究所了？

我暗自思索，但哀川小姐彷彿一無所覺，開口問道：「玖渚跟你在那之後怎麼樣？」

「什麼怎麼樣……什麼都沒變啊。在名古屋一起胡鬧，昨天送她回家，今天沒有見面。」

「嗯～～」哀川小姐頷首。「那……呃……我想也是、我想也是。」

「這又怎麼了？」

「不不不，我在想小哥大概是喜歡被女人抱更勝於抱女人。」

「潤小姐，我聽不懂妳的意思。」

「因為我故意說得讓你聽不懂。這種情況，讓你聽懂反而糟糕。話說回來，你對玖渚的忠誠心真教我驚訝——忠誠心！簡直就像是中世紀的騎士。」

「妳太誇獎我了。」

「會嗎？我倒覺得是名副其實。嗯，不過呢，小哥這次的手法的確爛得引人注目。」

「當真？」

「果然。」哀川小姐笑道：「尤其是……那是什麼？用消去法揪出犯人的那個假設，你是故意等我吐槽嗎？」

「妳聽到了嗎？」

「開頭而已，因為太愚蠢，到中途就聽不下去了。所以大部分都是事後聽的——而且趁小哥表演傀儡戲的空檔，我必須在第一棟悄悄活躍，畢竟那才是正事。」

「……」

事後聽的。

那……是聽誰說的呢？

「『屋頂路徑』，唉，這個命名法我也不是很欣賞……」哀川小姐道：「因為是女人所以跳不過去、因為肥胖所以跳不過去、因為年邁所以跳不過去、因為視力不佳所以跳不過去——喂！喂！喂！這些都稱不上否定的理由啊。」

「是嗎？」我還是裝傻充愣。「我倒不這麼認為。」

「風險是很大沒錯，但有時正是因為風險很大，才更應採取行動。因為反過來說，只要能夠回避那個風險，就能夠避開他人懷疑的目光——總之，我就直截了當地說吧。」哀川小姐用大拇指朝自己一比。「換成本人——換成本人哀川潤的話，管它什麼性別、就算背上揹著兩百五十公斤的啞鈴、就算那時已經是一百歲的老婆婆，照樣閉著眼睛——助跑不到十公尺就跳過去。」

「這是因為潤小姐是……超人，妳應該可以飛簷走壁吧？」

「要我在天花板飛奔也沒問題啦。你明明認識我這種超人，為什麼又要遵循常人的邏輯？你忘記上個月的教訓了嗎？不可能吧？」

「上個月啊……嗯，這也沒錯，不過也沒有半個人表示『不，這種程度的距離我跳得過去』。」

「當然不可能說，一說就要被歸入嫌犯名單。充分運用消去法這種**系統**，我當然也很肯定小哥的狡猾。消去法——要是被點名『你就是犯人』，誰都會出言駁斥；但如果對方說『你不是犯人』，就不會有人反駁。因為對自己有利的發展，根本就不必否定。」

消去法。

從心理學的角度來看——沒有比這更愚蠢的手法；然而，這世上仍有可以將愚蠢當成武器的情況……而且非常之多。

「——不過就現實而言，那個距離並不容易，那個距離。要不是那種情況，我也不可能鼓起勇氣跳躍。」

「照你這種邏輯，唯一有可能的——**基於消去法邏輯推斷**，唯一有可能的神足也一樣。運動型肌肉男也就罷了，他可是中年科學御宅族喔！你覺得他跳得過去嗎？」

「天曉得，這可不一定。」

我繼續裝傻。雖然這種行為一點意義都沒有，可是，現在這樣被哀川小姐逼到絕境，實在很有趣，我搞不好是輕微的被虐狂。

「不過，不是這樣的話，就無法解釋這次的事件。既然是唯一可能的解釋，就不能否定。」

「喔～～啊～～是嗎？小哥原來也會耍賴啊，真可愛，嘻嘻嘻。」哀川小姐跟我相反，揚起虐待狂的微笑。「那麼……小哥，關於回程的問題，你說神足是用頭髮當繩索，再用兔吊木的手臂當鉤子離開第七棟的……這也是認真的囉。」

「當然是認真的，而且是超級認真。」

「你敢向神發誓？」

「我敢向神發誓。」

「敢向千賀光發誓？」

「這就沒辦法。」

「——你還真是可愛……」哀川小姐啞然失笑道：「也罷……就假設你說的那個方法成功在第七棟和第六棟之間搭起一條繩索。」

哀川小姐，接著又道：「——所以，**那又怎麼樣**？」

「……」

「能夠支撐人類的體重，這點就算你對，可是，接下來該怎麼辦？就假設製作好繩索、利用離心力拋出，並成功在建築物之間搭起一條繩索。到這裡已經很誇張了——不過接下來到底要怎麼樣？難不成要走鋼索？」

「不是嗎？」

「就憑科學御宅族的體力？連根棒子都沒有，即便是雜技團也不可能成功。就算是那間學校的學生，我看也只有西條玉藻辦得到吧？更何況還要賭命，可不是普通的平衡感能做到的技巧。」

「不，這可不一定。可能性或許很低，但並不是零。人類一旦賭上性命，很難預測會做出什麼事來。」

「這不就跟你剛才說的完全相反嗎？敷衍了事先生。」哀川小姐嬌笑道：「那我也反過來說吧——喏，明明賭上性命這種珍貴的玩意兒，為什麼非得做那麼危險的賭注不可？」

「……」

「與其走那種荒謬絕倫的鋼索，直接跳樓的生存率還比較高咧。」

「不，可是……妳這是吹毛求疵。」我試圖以推理作家的詭辯求生。「最後提出的解答才是真實。事實上，神足先生也完全承認嫌疑——」

「承認啊……哈哈哈。」哀川小姐假笑。「呃……你是怎麼說的？證據是——手臂上的五指印？可是，神足到最後都**沒有**讓眾人看過那個五指印吧？」

「大概是已經死心了。」

「死心嗎……真是可笑的解釋。」哀川小姐說完，真的笑了。「啊啊，不說了，今天講太多話了，小哥，你靠過來一點。」

「——幹什麼？」

「打你。」

對方都這麼說了，真的乖乖靠過去才是白痴。我沒有移動，雙手輕輕一攤表示投降。「好啦、好啦。」哀川小姐見狀向我招手。「我不打你，靠過來。」

我聞言放心湊過去。

結果被她親吻了。

「…………………………………………………………………………」

「喲？你那是什麼表情？該不會是初吻吧？」

「……嗯，呃……當然……」我再度聳聳肩，假裝不當一回事。不動聲色地撥撥頭髮，輕輕翹起二郎腿，喝一口女服務生送來的咖啡，接著伸展雙臂。

……其實，這是我的初吻。

「總而言之，戲言小子，我想說的就是──既然要扯謊，就該想想更有信賴性、更正經的謊言。」

「……」

扯謊──正如她所言。這才是卿壹郎博士說的「典型的詐欺手法」。利用驚愕模糊真相，藉此省略後半段的推理。故意提出模稜兩可、曖昧不清的解答，提出怎麼都說得通的解答，趁亂抽換真相。

無須正確答案。

只要提供意外的解答即可。

對，我根本不必探究真相。

只要讓對方詫異，那就夠了。

簡直就是絕惡邏輯。

無關行為，純粹認知的理論。

「這也是沒辦法的……」我心虛地轉開視線，但哀川小姐當然沒有移開注視我的目光。哎呀，那個白眼是什麼意思呢？「因為時間不夠，所以不便深究嘛。我也是到最後關頭才想通**事件的詭計**，再加上是一邊接受心視先生的治療，一邊在麻醉藥的強烈效力下進行推理，有漏洞也很正常吧？」

而且，最重要的是——最困難的是必須製造「意外性」。即使提出「某個研究棟裡有梯子」、「犯人利用直昇機」這種推理亦無法說服那些人，因此必須讓對方吃驚才行。

「這是藉口，白痴。」

嗚哇啊，超冷淡。

「我跟你說——**要是偵探角色、犯人角色、被害者角色都成了共犯**，任何推理都能讓犯人自白。既然如此，應該有更漂亮一點的解答吧？」

「可是神足先生都說有六十分了，哎，反正可以取得學分。」

「真是寬鬆的評分，換成我的話，一分而已。」

「潤小姐未免太嚴格啦。」

話雖如此，確實無法否認情況對我非常有利。因為擔任犯人角色的他，一開始就替我準備了解答——剩下的問題就只是我要如何烹調罷了。

不僅如此，就連登場人物也對我非常有利。齊聚於那座研究機構的人物——換言之就是具有學識的研究者，任何不可思議之事對那群傢伙都是家常便飯，他們打從心底明白世上凡事皆有祕密。面對這一類觀眾，傀儡戲十分容易發揮。

我只要攻擊對方的盲點就好——只要攻擊對手無意識閃避、甚至不視為思考對象、無聊至極、荒誕無稽的盲點就好。因為犯人正是幫手，不啻是一場事前約定好的假比賽。

是故——攻擊盲點乃是戲言玩家的拿手好戲。

敷衍了事的故弄玄虛，以及似是而非的詐欺哲學。

如果只要讓對方吃驚即可，那就是本人的個人秀。對方的頭腦越好，戲言就越顯美妙。

「嗯，不過那一分正是唯一的一分，就考試來說，或許也可以過關。」

「況且**發現的順序**剛好相反，對我來說也挺棘手的。對了……潤小姐是什麼時候發現真相的？」

「別問我！這種事不說出來比較帥氣吧？」哀川小姐帥氣地雙手一攤。「而且，小哥你問了反而會大失所望喔。」

「……」

「……啊！時間差不多了，那麼，小哥。」哀川小姐端起水杯喝水，停頓片刻。接著從口袋裡取出紅色太陽眼鏡，戴上之後，轉向我。「這有可能是最後的機會我才問的，喏，小哥，你啊——真的沒有一次、一絲懷疑過玖渚嗎？」

那語氣猶如隨口問問。

正因如此，我一時語塞。

「對玖渚而言，動動小指尖就能解決第七棟的保全系統，這是別人及她自己都承認的事吧？我想博士也並非故意刁難，應該是真的相信她有那種能力，畢竟合理的解答就只有那麼一個。唔～～不不不，這些細微末節，諸如是否有可能犯案、有動機或是沒有理由等等，這些**無聊透頂的東西**就先不管它——小哥，你是否確信玖渚友絕對不會殺死兔吊木垓輔？」

「……」

縱然是丟棄物，我的就是我的。

丟棄物被人撿走也很不愉快。

「我……」

「你不回答也無所謂，反正我只是隨口問問。」哀川小姐伸手捂住我正欲開口的嘴脣。「這次你很努力，所以，再繼續努力吧，我很高興自己的朋友是個很棒的傢伙。」

她說完，順手拿走帳單，從椅子上站起。那態度極為英姿颯爽、神聖不可侵犯、卓然出眾、帥氣逼人、紅得發亮、目眩神迷，我這種角色甚至難以直視她。不，我肯定沒辦法看清這個人的真面目。

然而，我仍舊直視那個令人眼睛生疼的紅色，開口道：「哀川小姐，下次見面的時候……」

「咦？什麼？」

「妳可以跟我睡嗎？」

強作鎮定的聲音。

我聽得出自己在假裝。

我曉得自己裝得不像。

哀川小姐聞言略顯詫異，杏眼圓睜，難得浮現青澀的神情，但下一瞬間又露出一如平時的邪惡訕笑，吐了吐鮮紅欲滴的香舌，「你還早一百萬年咧，小處男。」朝我比了一個中指。「那麼，等下次有十全的機會再見囉，吾友。」

她最後換上小唄小姐的聲音如此說完，沒等我回應就轉身離開咖啡廳，將我獨自留在雙人座的桌子。我一時腦袋放空，完全不想思考；然而……我終究辦不到，我不論何時都被迫思考。一回神，就發現自己被逼入那種局勢。

結果——誰才是她的委託人呢？

石丸小唄？

根尾古新？

兔吊木垓輔？

或是……神足雛善？

「不過，下次的機會啊……」

這種機會。

這種機會，究竟會不會降臨？這實在是很微妙的問題。不過呢，若想繼續跟哀川潤保持友誼，試著去努力創造這種機會或許也不賴，試著去活個一百萬年或許也不賴。

我這麼認為。

我如此暗想。

「『不能以貌取人』……妳說得很對，哀川小姐。」

我啜飲著眼前的咖啡沉吟。對於玖渚有沒有可能犯案，我能夠斬釘截鐵地斷言那是不可能的。玖渚具有無法獨自進行極端上下移動的詭異毛病——或者該說是強迫症，因此無法使用樓梯或電梯這類工具進行移動，那是邏輯性及物理性的不可能。

然而。

若是進行非邏輯性、非物理性的思考，若是針對玖渚有沒有殺死兔吊木這一點來講。

玖渚友或許不會做。

但「死線之藍」就有可能。

我是這麼認為的。

「——純屬戲言。」

對，這當然是戲言。

話雖如此。

縱使那個保全系統在玖渚面前毫無意義，縱使其他人都無法突破那個保全系統，也只是代表玖渚擁有萬能鑰匙——若然，即便玖渚本人沒有親自犯案，只要將那把鑰匙交給別人，正如小唄小姐——哀川小姐將開鎖小刀交給我。

那就有可能。

「到頭來，問題就是——那天玖渚和兔吊木說了什麼。」我喃喃自語。「我完全無法想像那兩個天才的對話啊——」

儘管完全無法想像。

假如玖渚**曾經告訴他**的話。

的話？

兔吊木就可以自由地在研究所裡昂首闊步，一定就能解除保全系統、刪除紀錄，隨心所欲地在研究所裡昂首闊步。

一旦得知密技——坦率使用那個密技就好，故意不用也只是卑微膽小鬼的最後自尊。

「……」

不過，就算玖渚告訴我那個密技，我恐怕亦無法執行。我沒有運用那種密技的能力，可是兔吊木——那個害惡細菌擁有那種能力、擁有足以理解那些知識的腦髓與手腕。

是故，玖渚當然會告訴他，告訴他「使用這種方法就能逃離這裡」，她應該會一五一十地明白告訴他。

然而，兔吊木拒絕使用，那傢伙無法接受那個提議，因為囚禁他的並非第七棟這個狹窄密室，而是斜道卿壹郎的五指山。

倘若真想逃離斜道卿壹郎的掌握——確實只有自殺一途。

所以，兔吊木毀滅了自己。

「同時一併毀滅了斜道卿壹郎……嗎？」

不愧是破壞專家，不愧是害惡細菌。

究竟誰才是墮落三昧——這次的事件便是這種故事。真的就只有破壞，除了破壞，別無他物。沒有救贖、沒有寬恕、沒有詛咒、沒有殺戮，只有破壞。極度滑稽、極度諷刺、極度悲慘，就是這種虛假的故事。

到頭來——明明沒有監禁的必要，就算不那麼做，只要將玖渚當成盾牌，兔吊木就不會逃走——卿壹郎博士明知如此，仍執意將兔吊木囚禁在第七棟裡，不得不囚禁他的理由乃是……

對兔吊木垓輔的恐懼。

對兔吊木垓輔的忌憚。

一如他對玖渚友的恐懼。

「那個博士應該也明白才對……」

啊啊，原來如此，我這時驀地發現。

博士之所以得知我逃出那座牢籠，並非是我原本猜測的那些理由，單純只是那傢伙向博士告密嗎？原來如此，因為我一直無法順利解決事件——一直無法抵達那傢伙準備好的解決篇，所以才用這種方式叱責我。

確實是我不好。

可是，就算那傢伙與根尾先生的那席話透露了一大堆暗示……

「誰會發現嘛——」我將喝完的咖啡杯放回盤子裡。「那種暗示教我怎麼發現？又沒有人提醒我？」

這未免太強人所難了。

為什麼我非得陪你們做這種莫名其妙的事情？為什麼我非得聽從這種莫名其妙的指令？哀川小姐只給我的推理一分……但那種推理連一分都不值。至於這種真相，我也無法給予正面評價。

啊啊，卿壹郎博士。

此刻的我非常能夠體會你的心情。

至於玖渚友。

兔吊木垓輔。

「你們這些人的心情啊，別說是自行思考而理解，就算當面聽你們解釋，我也絕對無法接受……」

更何況是要洞燭機先。

然而，最後提出的解答才是真實。

這是規則。

這是傀儡戲的規則。

無法理解也無妨，無法接受也無妨。

既無須讚賞，亦不必評價。

什麼都不強求，什麼都不追尋。

只要聽從即可。

猶如羔羊般沉默，猶如家豬被吞噬。

「——真是絕妙邏輯啊，卑鄙小人。」

讓地獄這種地獄成為地獄吧。

讓虐殺這種虐殺成為虐殺吧。

讓罪惡這種罪惡成為罪惡吧。

讓絕望這種絕望成為絕望吧。

讓混沌這種混沌成為混沌吧。

讓屈服這種屈服成為屈服吧。

無須顧忌，無須畏懼他人。
吾人應對這美麗世界自豪。
此處是死線的寢室，死線容許一切，大鬧一場吧。
「……為所欲為、無拘無束，一下子死掉、一下子復活——你們是《魁!!男塾》（註19）嗄？」
真實……真實？
莫名其妙、莫名其妙、莫名其妙。
什麼真實？什麼真相？
別開玩笑了！
現在這樣——根本就只有結果而已。
可是。
一旦出現結果——我就無法抱怨。
「再怎麼說明、再怎麼解釋……都是戲言哪。」
並非不明白。
而是不曉得。
因此我的說明就是不說明。
面向後方前進。

19　日本漫畫家官下亞喜羅所畫的格鬥漫畫，壯烈死掉的角色在後期都有可能復活出現。

那是我的最後自尊。

——女服務生注意到我的杯子空了，走來問我要不要續杯，但我拒絕了。「好的。」她笑容可掬地離開，那是營業用的笑容，但即便是裝出來的笑容，笑容仍是個好東西，也許是最好的東西，而好東西——絕對不能失去。

「——戲言到此為止。」

喀啦。

腳步聲響起。

就連在大聲播放FM廣播的咖啡廳裡，那個腳步聲顯得也分外刺耳。

喀啦——喀啦喀啦——喀啦喀啦喀啦——喀啦喀啦喀啦喀啦——喀啦喀啦喀啦喀啦喀啦喀啦喀啦喀啦喀啦喀啦喀啦喀啦喀啦喀啦喀啦喀啦喀啦——

一聽見那個聲音，我的左臂就隱隱作痛。我想起依舊收藏在上衣內側的小刀，以及插在褲腰帶的手槍，哎呀呀，這些武器好像也不太可靠。

那陣腳步聲經過我旁邊——在我對面坐下，在人類最強剛剛坐過的位子大搖大擺地坐下。

翹起二郎腿，接著優雅地雙手抱胸。

全身打扮非常入時，大概是某某名牌。純白色的西裝、手套、鞋子、手錶。沒有白袍，這恐怕才是他的標準打扮。這身打扮配上大光頭倒也別有一番風味，釋放出一種滑稽的魄力。

臉上戴著在研究所戴過的那副太陽眼鏡，但鏡片既非橘色、亦非黑色，而是清澄明亮、無限透明的綠。

就在那片綠的後方，只見瞳孔不懷好意地、不懷好意地嘻笑；可是那雙瞳孔深處，一點也沒有笑。

至於那個人。

那個人就保持那個姿勢，沉默不語。

「──啊啊，換我發問了嗎？」

沒想到這傢伙如此拘禮。

即便是在這種情況下，我仍稍感愉快。

備詢者的目光，十分愉快。

既不討厭，亦不致招人反感。

「砍下手臂純粹是因為指紋的問題嗎？」

他──

默默頷首，微笑點頭。

這實在是非常爽快的答案。

真是非常爽快的解答。

假如所有……所有事件都能這般漂亮地理解、接受，爽快地解決，那就太好了。

「仔細一想……用『死線之藍』稱呼玖渚的人，就只有你而已，其他人根本就沒聽過那個名稱。」

靜觀其變吧，玖渚友。

玖渚——鐵定一開始就已知悉一切。

包括石丸小唄是哀川潤。

包括事件的真實、真相。

以及這個結果。

知道卻保持沉默。

默默地看著一切。

無妨，這並非壞事。

這不是背叛。

沒有信念之處，就沒有背叛。

具有信賴之處，就沒有倒戈。

因為就連我也——

學會了沉默。

「好——」

各位觀眾。

請大家先別離席。

如此有趣之事——無法停止。

讓我們開始這場終結的開始吧。

「你其實是討厭玖渚友的吧？」

兔吊木——兔吊木垓輔冷不防，毫無預警和前言，極度自然且極度必然，沒有任何迷惑，沒有任何停頓，甚至沒有剎那猶豫和一絲顧慮，卻也並非特別強勢倨傲，既像抬舉又像鄙視，就這麼輕描淡寫、爽朗乾脆、理所當然地直言不諱。

我如此回答：

「不知道。」

《Mad Demon & DEAD BLUE》is Very Very DEAD END.

後記——

呃……老實說我也不是記得很清楚，俄國小說家杜斯妥也夫斯基的小說裡好像有這麼一段話說：「我認同二乘二等於四是很美好的事，可是話說回來，二乘二等於五不也是很值得喜愛的事嗎？」。「可是……就算這麼說，二乘二就是等於四啊……」會有這樣的困惑畢竟是外行人才有的想法，的確對於「二乘二等於五」這句話具有魅惑觀看者的奇妙力量。說正確的事輕而易舉，說漂亮的話欣然自喜，高談理想很美，高談未來很爽，但世間並非如此簡單。人生不會如乘法般順利，正確的事物其實是錯的，美麗的事物被弄髒，理想輕易被打破，未來被過去摧毀，活在世上萬事都不易，大部分的事都令人作噁，既不美也不快，大家不可能知道這才是世界另一面。然而，只要能在那樣的狀況中渾渾噩噩地過一輩子，人類不是也挺了不起的嗎，我時不時會這麼想。其實我想說的並不是不認同那部分就無法前進，或若沒發現倒下去就無法站起來這種冠冕堂皇的話個，只不過正反是相對的，正因為有「二乘二等於五」錯誤的答案，「二乘二等於四」才能傲然地展現其正確無誤。唯一的正確答案和無數的錯誤現實的平衡才得以成立，畢竟所有人都講求正確的話會身心俱疲吧。弄錯也是常有的事，有這樣的認知不挺好的嗎？當然只追求正確的生存方式也很了不起，若能實現的話，我想任何人都希望能這樣。

繼《斬首循環》、《絞首浪漫派》、《懸梁高校》之後……話說回來，亦算是獨立於前作的第四集，對主角戲言玩家而言，既是開始也是終結，既是終結也是開始的一集。當然主角並不是正確的，話雖如此，本書中也可以說沒有任何人是正確的，但卻不想說有誰是錯誤的，《絕妙邏輯（下）石丸小唄之裝神弄鬼》就是這樣的感覺。

講談社文庫出版部發行西尾維新文庫也進入到第五本書。當然這也要多虧各位讀者的大力支持。竹老師的插圖也愈來愈精彩的戲言系列，今後也請多多指教。

西尾維新

浮文字

絕妙邏輯下 石丸小唄之裝神弄鬼

（原名：サイコロジカル（下）曳かれ者の小唄）

作者／西尾維新　插畫／take　譯者／常純敏
發行人／黃鎮隆　副總經理／陳君平
副理／洪琇菁　國際版權／黃令歡
執行編輯／呂尚燁　美術編輯／李政儀
企劃宣傳／邱小祐
發行／英屬蓋曼群島商家庭傳媒股份有限公司城邦分公司　尖端出版
台北市中山區民生東路二段一四一號十樓
電話：（〇二）二五〇〇－七六〇〇（代表號）
傳真：（〇二）二五〇〇－一九七九
中彰投以北經銷（含宜花東）／楨彥有限公司
電話：（〇二）八九一九－三三六九
傳真：（〇二）八九一四－五五二四
雲嘉經銷／威信圖書有限公司　嘉義公司
電話：（〇五）二三三－三八五二
傳真：（〇五）二三三－三八六三
客服專線：〇八〇〇－〇二八－〇二八
南部經銷／威信圖書有限公司　高雄公司
電話：（〇七）三七三－〇〇七九
傳真：（〇七）三七三－〇〇八七
一代匯集／香港九龍旺角塘尾道六十四號龍駒企業大廈十樓B&D室
電話：（八五二）二七八三－八一〇二
傳真：（八五二）二七八二－一五二九
馬新經銷／城邦（馬新）出版集團　Cite(M)Sdn.Bhd.
E-mail：Cite@cite.com.my
法律顧問／王子文律師　元禾法律事務所
台北市羅斯福路三段三十七號十五樓
二〇二〇年八月二版一刷

■中文版■

郵購注意事項：
1. 填妥劃撥單資料：帳號：50003021戶名：英屬蓋曼群島商家庭傳媒(股)公司城邦分公司。2. 通信欄內註明訂購書名與冊數。3. 劃撥金額低於500元，請加附掛號郵資50元。如劃撥日起 10～14日，仍未收到書時，請洽劃撥組。劃撥專線TEL：(03) 312-4212 ・ FAX：(03) 322-4621。E-mail：marketing@spp.com.tw

國家圖書館出版品預行編目資料

絕妙邏輯下 石丸小唄之裝神弄鬼 / 西尾維新 著；
譯. --1版. --臺北市：尖端出版, 2020.08
面；公分. --(浮文字)
譯自:サイコロジカル下 曳かれ者の小唄
ISBN 978-957-10-8936-2

861.57　　109004979